BOOMERANG

Née en 1961, Tatiana de Rosnay est franco-anglaise. Elle vit à Paris avec sa famille. Journaliste, elle est l'auteur de neuf romans, dont *Le Voisin* et *Elle s'appelait Sarah* (prix Chronos, prix des lecteurs de Corse et prix des lecteurs-choix des libraires du Livre de Poche).

TATIANA DE ROSNAY

Boomerang

ROMAN TRADUIT DE L'ANGLAIS PAR AGNÈS MICHAUX

ÉDITIONS HÉLOÏSE D'ORMESSON

Titre original :

BOOMERANG

À la mémoire de Pierre-Emmanuel (1989-2006).

Que mon nom soit prononcé à la maison
Comme il l'a toujours été,
Sans emphase d'aucune sorte et sans trace d'ombre.

Henry Scott Holland.

Pour Sophie et Nicolas
en souvenir d'un week-end à Dinard.

Manderley n'était plus.

Daphné DU MAURIER,
Rebecca.

La petite salle d'attente est morne. Dans un coin, un ficus aux feuilles poussiéreuses. Six fauteuils en plastique se font face sur un lino fatigué. On m'invite à m'asseoir. Je m'exécute. Mes cuisses tremblent. J'ai les mains moites et la gorge sèche. La tête me lance. Je devrais joindre notre père avant qu'il ne soit trop tard, mais je suis tétanisé. Mon téléphone reste dans la poche de mon jean. Appeler notre père ? Pour lui dire quoi ? Je n'en ai pas le courage.

La lumière est crue. Des tubes de néon barrent le plafond. Les murs sont jaunâtres, craquelés par le temps. Hébété sur mon siège, désarmé, perdu, je rêve d'une cigarette. Je dois lutter contre un haut-le-cœur. Le mauvais café et la brioche pâteuse que j'ai avalés il y a deux heures ne passent pas.

J'entends encore le crissement des pneus. Je revois l'embardée de la voiture. Ce drôle de balancement quand elle s'est brutalement déportée vers la droite pour venir heurter le rail de sécurité. Puis le cri. Son cri. Qui résonne toujours en moi.

Combien de gens ont patienté ici ? Combien ont attendu sur ce même siège d'avoir des nouvelles d'un être cher ? Je ne peux m'empêcher d'imaginer ce dont ces tristes murs ont été témoins. Les secrets qu'ils renferment. Leur mémoire. Les larmes, les cris. Le soulagement et l'espoir, aussi.

Les minutes s'égrènent. Je fixe d'un œil vide la pendule crasseuse au-dessus de la porte. Rien d'autre à faire qu'attendre.

Après une demi-heure, une infirmière entre dans la pièce. Son visage est long et chevalin. De sa blouse dépassent de maigres bras blancs.

— Monsieur Rey ?

— Oui, dis-je, le souffle court.

— Vous voudrez bien remplir ces papiers. Nous avons besoin de renseignements complémentaires.

Elle me tend plusieurs feuilles et un stylo.

— Elle va bien ? tenté-je d'articuler.

Ma voix n'est qu'un faible fil prêt à se rompre. De ses yeux humides, aux cils rares, l'infirmière me lance un regard inexpressif.

— Le docteur va venir.

Elle sort. Elle a le cul plat et mou.

J'étale les feuilles sur mes genoux. Mes doigts ne m'obéissent plus.

Nom, date et lieu de naissance, statut marital, adresse, numéro de sécurité sociale, mutuelle. J'ai les mains qui tremblent tandis que j'écris : *Mélanie Rey, née le 15 août 1967 à Boulogne-Billancourt, célibataire, 49 rue de la Roquette, 75011 Paris.*

Je ne connais pas le numéro de sécurité sociale de ma sœur, ni sa mutuelle, mais je dois pouvoir les trouver dans son sac à main. Où est-il ? Je ne me souviens pas de ce qu'est devenu ce fichu sac. Mais je me rappelle parfaitement la façon dont le corps de Mélanie s'est affalé quand on l'a extraite de la carcasse. Son bras inerte qui pendait dans le vide quand on l'a déposée sur la civière. Et moi ? Pas une mèche de travers, pas un bleu. Pourtant j'étais assis à côté d'elle. Un violent frisson me secoue. Je veux croire que tout ceci n'est qu'un cauchemar et que je vais me réveiller.

L'infirmière revient et m'offre un verre d'eau. Je l'avale avec difficulté. L'eau a un goût métallique. Je la remercie. Je n'ai pas le numéro de sécurité sociale de Mélanie. Elle hoche la tête, récupère les papiers et sort.

Les minutes me semblent aussi longues que des heures. La pièce est plongée dans le silence. C'est un petit hôpital dans une petite ville. Aux environs de Nantes. Je ne sais pas vraiment où. Je pue. Pas d'air conditionné. La sueur s'instille de mes aisselles jusqu'au pli de mes cuisses. L'odeur âcre et épaisse de la peur et du désespoir me submerge. Ma tête me lance toujours. Je tente de maîtriser ma respiration. Je ne tiens que quelques minutes. Puis l'atroce sensation d'oppression me gagne à nouveau.

Paris est à plus de trois heures de route. Ne devrais-je pas appeler mon père ? Ou ferais-je mieux d'attendre ? Je n'ai aucune idée de ce que le médecin va me dire. Je jette un coup d'œil à ma montre. Vingt-deux heures trente. Où se trouve notre père à cette heure ? Est-il sorti dîner ? Ou dans son bureau à regarder une chaîne du câble, avec Régine dans le salon d'à côté, probablement au téléphone ou en train de se faire les ongles ?

Je décide de patienter encore un peu. J'ai envie de parler à mon ex-femme. Le nom d'Astrid est toujours le premier qui s'impose dans les moments de détresse. Mais… Elle et Serge, à Malakoff, dans notre maison, dans notre lit, cette manie qu'il a de décrocher, même si c'est son portable à elle qui sonne. Rien que d'y penser… « Salut Antoine, ça va, mon pote ? » C'est plus que je ne peux le supporter. Alors, voilà, je ne vais pas appeler Astrid, même si j'en crève d'envie.

Je suis toujours assis dans ce cagibi étouffant à essayer de garder mon calme. À tenter de dominer la panique qui s'empare de moi. Je pense à mes enfants. Arno, dans la pleine gloire de son adolescence rebelle. Margaux, à peine quatorze ans et déjà si mystérieuse. Lucas, onze ans, gros bébé comparé aux deux autres et à leurs hormones débridées. Impossible de m'imaginer leur annonçant : « Votre tante est morte. Mélanie est morte. Ma sœur est morte. » Ces mots n'ont aucun sens. Je les repousse farouchement.

Une heure supplémentaire d'angoisse pure. Prostré, la tête entre les mains, je me concentre sur ce que j'ai à faire. Demain, c'est lundi et après ce long week-end, il y a tant d'urgences à régler. Rabagny et sa foutue crèche, un chantier que je n'aurais pas dû accepter. Lucie, l'assistante cauchemardesque que je dois me décider à virer. La situation est absurde. Comment puis-je penser à mon boulot alors que Mélanie est entre la vie et la mort ? Pourquoi Mélanie ? Pourquoi elle ? Et pas moi ? Ce voyage, c'était mon idée. Mon cadeau pour son anniversaire. Ses quarante ans qu'elle redoutait tant.

Une femme, qui doit avoir mon âge, entre dans la pièce. Elle porte une blouse verte et le drôle de petit bonnet de papier que mettent les chirurgiens au bloc. Des yeux noisette perspicaces, une chevelure courte et châtain où courent quelques mèches grises. Elle sourit. Les battements de mon cœur s'accélèrent. Je me lève d'un bond.

– C'était limite, monsieur Rey.

Je remarque avec effroi des taches brunes sur sa blouse. Est-ce le sang de Mélanie ?

– Votre sœur va s'en tirer.

Malgré moi, je sens mon visage qui se décompose et je fonds en larmes. Mon nez coule. Je suis gêné de pleurer devant cette femme, mais incapable de me retenir.

– Ça va aller, ne vous en faites pas, me dit le docteur.

Elle me prend fermement le bras. Ses mains sont petites et carrées. Elle m'oblige à me rasseoir et s'installe à côté de moi. Je gémis comme quand j'étais môme. Le chagrin me prend aux tripes, les sanglots sont irrépressibles.

– C'est elle qui conduisait, n'est-ce pas ?

Je confirme d'un hochement de tête, en m'essuyant le nez d'un revers de main.

– Nous savons qu'elle n'était pas sous l'emprise de l'alcool. Les analyses le prouvent. Pouvez-vous m'expliquer ce qui s'est passé ?

Je m'efforce de répéter ce que j'ai déjà dit à la police et au SAMU. Ma sœur avait voulu prendre le volant pour la fin du voyage. C'était une bonne conductrice. J'avais parfaitement confiance à ses côtés.

– A-t-elle perdu connaissance ?

Sur son badge, je lis : « Docteur Bénédicte Besson ».

– Non.

À cet instant, un détail me revient. J'ai oublié de le confier aux ambulanciers pour la bonne raison que je ne m'en souviens que maintenant.

Je fixe les traits fins et bronzés du médecin. Mon visage est encore déformé par l'émotion. Je respire profondément.

— Ma sœur voulait me dire quelque chose. Elle s'est tournée vers moi. Et c'est là que tout est arrivé. La voiture a fait une embardée sur l'autoroute. Tout s'est passé si vite.

Le médecin me presse.

— Que voulait-elle vous dire ?

Mélanie. Ses mains sur le volant. *Antoine, il faut que je te dise quelque chose. J'y ai pensé toute la journée. La nuit dernière, à l'hôtel, tout m'est revenu. C'est à propos...* Ses yeux. Troublés, inquiets. Puis la voiture quittant la route.

Elle s'était endormie dès qu'ils avaient quitté le périphérique. Antoine avait souri en voyant sa tête appuyée contre la vitre de la voiture. Elle avait la bouche ouverte et il entendait un discret ronflement. Quand il était passé la prendre ce matin-là, peu après le lever du soleil, il l'avait trouvée de mauvaise humeur. Elle avait toujours détesté les surprises. Après tout, il le savait. Pourquoi diable, alors, avait-il organisé ce voyage ? Franchement ! Assumer la quarantaine était déjà assez difficile comme ça. Sans parler de surmonter une séparation compliquée, de ne jamais avoir été mariée, de ne pas avoir eu d'enfants, de subir sans broncher les réflexions des uns et des autres sur ces histoires d'horloge biologique. « Si quelqu'un ose encore prononcer ce mot, je lui casse la gueule », avait-elle menacé, les dents serrées. Cependant, l'idée de passer seule ce long week-end lui était insupportable. Tout comme la perspective de se retrouver au-dessus du tumulte de la rue de la Roquette, dans cet appartement vide, étouffant en cette période estivale, alors que ses amis auraient déserté Paris en lui laissant des messages joyeux sur son répondeur : « Mais dis donc, Mel, ce ne serait pas le jour de tes quarante ans, par hasard ? » Quarante ans.

Il jeta de nouveau un coup d'œil vers elle. Mélanie, sa petite sœur, allait donc avoir quarante ans. Il n'arrivait pas à y croire. Ce qui lui faisait quarante-trois ans. Cela lui paraissait aussi invraisemblable.

Pourtant, ces yeux aux pattes-d'oie naissantes, que lui renvoyait le rétroviseur, étaient bien ceux d'un quadragénaire. Une tignasse poivre et sel, un visage long et mince. Il remarqua que Mélanie se teignait les cheveux. Ses racines blanches la trahissaient. Il trouvait touchant qu'elle ait succombé à cette pratique. Et pourquoi pas, après tout ? La plupart des femmes se colorent les cheveux. Peut-être parce qu'elle était sa petite sœur, il avait du mal à l'imaginer vieillir. Son visage était encore séduisant. Peut-être plus même qu'à vingt ou trente ans. Sans doute ses traits avaient-ils cette élégance qui sied mieux à l'âge. Il ne se lassait jamais de l'observer. Elle incarnait la grâce et la féminité. Tout – le vert sombre de ses yeux, la finesse de son nez, la blancheur éclatante de son sourire, la délicatesse de sa silhouette – lui rappelait leur mère. Elle n'aimait pas qu'on évoque sa ressemblance avec Clarisse. Elle n'appréciait guère cette comparaison. Mais pour Antoine, à travers Mélanie, c'était l'image de sa mère qui surgissait.

Malgré le feu nourri de ses questions après son invitation, il n'avait pas craché le morceau ; leur destination restait une surprise. Il lui avait seulement lâché : « Prends ce qu'il faut pour quelques jours. Nous allons fêter dignement ton anniversaire ! » Il appuya sur l'accélérateur de la Peugeot. Ils arriveraient dans moins de quatre heures.

Cela avait posé un léger problème avec Astrid, son ex-femme. Ce week-end prolongé était normalement « le sien ». Les enfants devaient quitter la Dordogne et leurs grands-parents maternels pour venir le rejoindre. Il n'avait pas cédé. Il tenait à fêter l'anniversaire de Mel, ses quarante ans, parce qu'elle se remettait difficilement de sa rupture avec Olivier. Il voulait que ce soit un moment inoubliable. Ce à quoi Astrid avait répondu : « Oh, merde, Antoine, j'ai eu les enfants pendant quinze jours. Serge et moi, nous avons aussi besoin de nous retrouver seuls tous les deux. »

Serge. Rien que le prénom le crispait. Photographe, la trentaine. Le genre belle gueule, sain et musclé. Sa spécialité ? La photo culinaire de prestige. Il passait des heures à éclairer des pâtes, à rendre du veau irrésistible, à insuffler une sensualité torride à des fruits. Serge ! À chaque fois qu'il lui serrait la main quand il venait prendre les enfants, Antoine ne pouvait réprimer le souvenir de sa découverte dans l'appareil numérique d'Astrid, ce fameux samedi où elle était sortie faire du shopping. Devant la vidéo d'une paire de fesses poilues contractées, relâchées, contractées, relâchées, il était d'abord resté interdit. Mais soudain il avait compris : ces fesses besognaient à introduire un pénis dans ce qui avait tout l'air d'être le corps d'Astrid. Impossible d'échapper à l'évidence : elle le trompait. Ce maudit samedi, il avait cueilli sa femme avant même qu'elle n'ait eu le temps de poser ses paquets. Elle avait éclaté en sanglots et avoué qu'elle était amoureuse de Serge. Cela durait depuis leurs vacances avec les enfants au Club Med, en Turquie. Et pour couronner le tout, elle lui avait avoué se sentir soulagée, au fond, qu'il soit au courant.

Pour chasser ces souvenirs désagréables, Antoine eut envie d'allumer une cigarette. Mais la fumée réveillerait certainement sa sœur qui ne manquerait pas de le gratifier d'une remarque cinglante. Alors il se concentra sur le ruban d'autoroute qui se déroulait devant lui.

Il l'avait deviné à sa voix : Astrid se sentait encore coupable. À cause de la façon dont il avait tout découvert. À cause du divorce aussi. De tout ce qui avait suivi. Et puis Astrid aimait tendrement Mélanie, elles étaient amies depuis longtemps, avant même qu'elle et Antoine ne se rencontrent ; elles travaillaient toutes les deux dans l'édition. Alors elle n'avait pas su refuser. En soupirant, elle avait fini par céder : « Ok… Les enfants te rejoindront plus tard. Je compte sur toi pour lui organiser un fabuleux anniversaire ! »

Quand Antoine s'arrêta dans une station-service pour faire le plein, Mélanie ouvrit enfin un œil en bâillant, puis baissa la vitre.

– Hé, Tonio ! Tu vas me dire où on est, à la fin ?
– Tu n'en as vraiment aucune idée ?

Elle haussa les épaules.

– Naaan…
– Évidemment, tu dors depuis deux heures.
– Forcément, tu te pointes à l'aube, salopard !

Après un petit café (elle) et une cigarette (lui), ils remontèrent dans la voiture. Antoine crut remarquer que sa sœur s'était adoucie.

– C'est vraiment sympa de faire ça pour moi.
– Je t'en prie.
– Tu es un gentil frangin.
– Je sais.
– Rien ne t'obligeait… Tu n'avais pas prévu autre chose ?
– Non, rien.
– Même pas avec une petite amie ?

Il soupira.

22

– Même pas.

La pensée de ses aventures récentes l'accabla. Depuis le divorce, ça n'avait été qu'un long défilé, un cortège de désillusions. Des rencontres sur des sites Internet lamentables. Des femmes de son âge, mariées, divorcées, plus jeunes. Il s'était lancé dans ce ballet de rendez-vous avec entrain, bien décidé à s'amuser. Mais ces numéros d'acrobaties sexuelles le laissaient toujours le cœur lourd au moment de rejoindre son nouvel appartement, aussi vide que son lit. Rien n'y faisait, il aimait encore Astrid. Inutile de se voiler la face, il ne parvenait pas à l'oublier. Il avait l'impression qu'il en crevait.

Mélanie renchérissait :

– Tu as probablement mieux à faire que de te traîner ta pauvre sœur en week-end.

– Ne dis pas de bêtises, Mel. J'en ai envie. Ça me fait plaisir.

Elle avait jeté un regard sur un panneau.

– Ah, on roule vers l'ouest !

– Bien vu !

– À l'ouest, mais où ? demanda-t-elle sans prêter attention au ton tendrement ironique de son frère.

– Réfléchis.

– Hmm… en Normandie ? En Bretagne ? En Vendée ?

– Tu brûles.

Elle abandonna le jeu de devinettes, se laissant bercer par le CD des Beatles qu'Antoine venait de glisser dans le lecteur. Après quelques kilomètres supplémentaires, elle laissa échapper :

– Je sais ! Tu m'emmènes à Noirmoutier !

– Bingo !

Son visage se ferma, ses lèvres se crispèrent. Elle baissa la tête et fixa ses mains.

– Ça ne va pas ? dit-il, inquiet.

Il attendait un rire, un sourire, de l'enthousiasme, tout sauf ce visage figé.

– Je ne suis jamais retournée là-bas.

– Et alors ? Moi non plus !

– Ça fait…

Elle compta sur ses doigts fins.

– 1973, c'est ça ? Ça fait trente-quatre ans. Je ne me souviendrai probablement de rien. Je n'avais que six ans.

Antoine ralentit.

– Ça n'a pas d'importance. C'est juste histoire de fêter ton anniversaire. Comme pour tes six ans. C'était là-bas, tu te souviens ?

– Non, répondit-elle lentement, j'ai oublié tout ce qui concerne Noirmoutier.

Elle dut se rendre compte qu'elle se conduisait en enfant gâtée car elle posa immédiatement la main sur le bras de son frère.

– Oh, ça ne fait rien, Tonio. Ça me fait plaisir. Vraiment, je t'assure. Et puis, il fait si beau. C'est bon d'être avec toi, rien que nous deux, et de tout laisser derrière nous !

Par « tout », Antoine savait qu'elle voulait dire Olivier et leur rupture désastreuse. Et aussi la pression de son boulot d'éditrice dans une des plus grandes maisons d'édition parisiennes.

– J'ai réservé à l'hôtel Saint-Pierre. Ça, au moins, ça te dit quelque chose ?

– Oui ! s'écria-t-elle. Oui, bien sûr ! Cet hôtel charmant, noyé dans la verdure ! Avec grand-père et grand-mère… Oh ! mon Dieu, ça fait si longtemps.

Les Beatles chantaient. Mélanie fredonnait. Antoine se sentait soulagé, en paix. Elle était heureuse de la surprise qu'il lui faisait. Elle était heureuse de retourner là-bas. Mais un détail le taraudait. Un petit rien dont il ne s'était pas soucié quand il avait eu l'idée de ce voyage.

Noirmoutier 1973. Leur dernier été avec Clarisse.

Pourquoi Noirmoutier ? Il n'avait jamais été nostalgique, il n'était pas du genre à regarder en arrière. Mais depuis son divorce, Antoine avait changé. De plus en plus, il pensait au passé, davantage qu'au présent ou à l'avenir. Cette première année qu'il avait dû affronter seul, ces longs mois d'une solitude pesante avaient éveillé le désir de retrouver l'enfance et ses jolis souvenirs. Et ceux de l'île s'étaient imposés, timidement d'abord, puis plus puissamment à mesure que les images refaisaient surface, en vrac, comme des lettres qui s'amoncellent dans une boîte.

Ses grands-parents, majestueux aînés aux tempes d'ivoire. Blanche et son parasol, Robert et son étui à cigarettes en argent qu'il gardait toujours sur lui. Assis à l'ombre de la véranda de l'hôtel, buvant leur café. Antoine leur faisait signe depuis la pelouse. La sœur de son père, Solange, grassouillette, qui, sujette aux coups de soleil, lisait néanmoins à longueur de journée des magazines de mode dans une chaise longue. Mélanie, petite et maigrichonne, un chapeau mou encadrant ses joues. Clarisse offrant son visage en forme de cœur aux rayons du soleil. Leur père qui arrivait pour le week-end et sentait le cigare et la ville. La route pavée qui disparaissait à marée haute – ce qui le fascinait toujours. Le passage du Gois, qu'on ne pouvait emprunter qu'à marée basse. Seule voie d'accès à l'île, avant la construction du pont en 1971.

Il imaginait organiser quelque chose de spécial pour l'anniversaire de Mélanie depuis plusieurs mois. Il ne voulait pas d'une énième soirée avec les amis cachés dans la salle de bains, bouteilles de champagne en main, gloussant de la bonne surprise qu'ils lui réservaient. Non, il fallait du nouveau, de l'inédit. Quelque chose d'inoubliable, qui la sortirait de l'ornière où elle s'enlisait. Il parviendrait, malgré elle, à l'éloigner de ce boulot qui lui bouffait la vie, à la guérir de son obsession de l'âge et surtout de cette histoire avec Olivier dont elle ne se remettait pas.

Il n'avait jamais aimé Olivier. Snob. Prétentieux. Coincé. Cordon-bleu, préparant lui-même ses sushis. Spécialiste d'art asiatique. Fin connaisseur de Lully. Parlant quatre langues couramment. Dansant merveilleusement la valse. Le profil du type exaspérant. Avec ça, incapable de s'engager, même après six ans de vie commune. Olivier ne voulait pas s'installer, à quarante et un ans. Mais à peine s'étaient-ils séparés qu'il engrossait une manucure de vingt-cinq ans. Il était désormais l'heureux papa de jumeaux. Mélanie ne pouvait pas lui pardonner.

Pourquoi Noirmoutier ? Parce qu'ils y avaient passé des étés de rêve. Parce que Noirmoutier symbolisait l'enfance, ce temps de l'insouciance, ces grandes vacances que l'on croit éternelles. Rien n'était plus beau que la perspective d'un après-midi à la plage avec des copains. Où les bancs de l'école semblent à des siècles de distance. Pourquoi n'avait-il jamais emmené Astrid et les enfants là-bas ? Bien sûr, ces souvenirs, il les avait partagés avec eux. Mais Noirmoutier avait quelque chose de privé, d'intime, ce lieu incarnait leur passé, à lui et à Mélanie. Un passé pur et idyllique.

Il avait aussi envie de retrouver sa sœur. Elle et lui, personne d'autre. À Paris, les occasions de se voir étaient trop rares. Elle était toujours prise par des déjeuners ou des dîners avec des auteurs. Lui quittait souvent la capitale pour visiter un chantier, ou était retenu par un projet de dernière minute. Elle venait parfois prendre le brunch le dimanche matin quand les enfants étaient avec lui. Elle cuisinait les œufs brouillés les plus savoureux du monde. Oui, il ressentait le besoin d'être avec elle, seul à seul, en cette période délicate. Certes, ses amis comptaient. Ils lui apportaient joie et vitalité. Mais à présent, ce qui lui importait le plus, c'était Mélanie, sa présence, son soutien, et ce lien unique avec son passé.

Il avait oublié à quel point le trajet était long depuis Paris. Il revoyait les deux voitures. La poussive DS noire pour Robert, Blanche, Solange, Clarisse et Mélanie. La Triumph nerveuse pour leur père, son havane, et lui sur la banquette arrière, avec la nausée. Six ou sept heures de route, en comptant le déjeuner dans la petite auberge aux environs de Nantes. Grand-père choisissait de bonnes tables au service irréprochable.

Qu'en était-il des souvenirs de Mélanie ? Elle avait tout de même trois ans de moins que lui… Il jeta un coup d'œil dans sa direction. Elle ne fredonnait plus. Elle observait ses mains avec cette expression sévère et concentrée qu'il trouvait parfois effrayante.

Était-ce une bonne idée ? Était-elle heureuse de retourner en ces lieux après tant d'années ? De revenir là où l'enfance les attendait, immobile comme une eau dormante ?

28

– Tu reconnais maintenant ? demanda Antoine, tandis que la voiture abordait la large courbe du pont.

Sur leur droite, le long de la terre ferme, s'élevaient de gigantesques éoliennes argentées.

– Non, dit-elle, mais une image me revient : papa s'impatientant parce que Grand-père avait mal lu, comme toujours, les horaires des marées, et l'attente dans la voiture. Puis le passage du Gois. C'était chouette.

Lui aussi se souvenait avoir dû attendre le reflux. Pendant des heures. Jusqu'à ce que le passage du Gois daigne apparaître sous les vagues. Et ses pavés émergeaient enfin, miroitants. Route submersible, longue de quatre kilomètres, avec refuges de secours surélevés pour les conducteurs imprudents et les piétons piégés par la marée montante.

Elle lui posa furtivement la main sur le genou.

– Antoine, peut-on aller au Gois ? Ça me ferait vraiment plaisir.

– Bien sûr !

Le mystérieux passage. Gois, prononcé comme « boa ». Ce son le fascinait. Un nom ancien pour une vieille route.

Grand-père ne prenait jamais le nouveau pont. Il ne se faisait pas au péage excessif et déplorait cette plaie de béton qui défigurait le paysage. Il empruntait toujours le Gois, malgré les railleries de son fils et l'attente.

En pensée, le calvaire austère qui ouvrait la voie lui apparut. « Protéger et chérir », murmurait toujours Clarisse en lui serrant la main. L'odeur vive du varech et la morsure salée du vent lui piquaient le visage. Il s'asseyait, hypnotisé par le spectacle des vagues cédant enfin la place à une vaste étendue grise. Le banc de sable se couvrait immédiatement de chasseurs de coquillages armés de filets à crevettes. Il revoyait les petites jambes de Mélanie courant sur la grève et le seau en plastique de Clarisse qui débordait de coques, palourdes et bigorneaux. Ses grands-parents, côte à côte, qui les surveillaient, bienveillants, du coin de l'œil. Et les longs cheveux noirs de Clarisse dans le vent. La voie dégagée, les voitures circulaient à nouveau sur le Gois. Noirmoutier n'était plus une île. Mais bientôt la mer reprendrait ses droits.

Il ne se lassait pas d'entendre les récits terrifiants à propos du Gois. À l'hôtel Saint-Pierre, le jardinier, le vieux père Benoît, prenait un malin plaisir à insister sur les détails les plus sordides. L'histoire qu'Antoine préférait était celle de l'accident de juin 1968, quand trois personnes de la même famille avaient été englouties : leur voiture était restée bloquée à la marée montante et ils n'avaient pas pensé à se réfugier sur les perchoirs prévus à cet effet. La tragédie avait fait la une des journaux. Comment la voiture avait-elle pu être balayée par l'eau et pourquoi n'avaient-ils pas réussi à s'en tirer ? Antoine ne comprenait pas. Alors le vieux père Benoît, qui empestait la Gitane et le rouquin, l'avait emmené voir les flots escamoter le passage du Gois.

Antoine avait attendu un long moment. Puis il avait remarqué que les gens arrivaient, de plus en plus nombreux. « Regarde, mon garçon, ils sont venus assister à la disparition du passage. Chaque jour, à marée haute, les gens viennent de très loin pour voir ça. » Plus aucune voiture n'empruntait la route. Sur sa gauche, dans un grand silence, lentement la baie s'était remplie, comme un immense lac, sombre et profond. L'eau coulait en creusant de fins canaux dans le sable boueux. Et sur sa droite, des vagues surgies de nulle part inondaient déjà la chaussée. Ces deux flux convergeaient en une étrange étreinte formant un long ruban d'écume sur les pavés. Le passage du Gois disparut en un instant. Impossible d'imaginer qu'une route ait pu se trouver là quelques minutes plus tôt. Seuls la mer et les neuf balises de refuge émergeant au-dessus des flots tourbillonnants occupaient l'horizon. Des mouettes triomphantes criaient en décrivant des cercles dans le ciel. Antoine était subjugué.

« Tu vois, mon garçon, c'est aussi rapide que ça. Y'en a qui croient qu'ils peuvent couvrir les quatre kilomètres qui les séparent du continent avant l'arrivée de la marée... Mais tu as vu, hein ? la vague... On ne joue pas au plus malin avec le Gois. Souviens-toi bien de ça ! »

Chaque habitant de l'île possédait un calendrier des marées au fond de sa poche ou dans sa boîte à gants. Antoine savait aussi qu'ils ne disaient pas : « À quelle heure peut-on traverser ? » mais « Peut-on encore passer ? », car on mesure le Gois à ses refuges : « Le Parisien a été bloqué à la seconde balise, son moteur s'est noyé. »

Enfant, Antoine avait lu avec avidité tous les livres disponibles sur le Gois. Pour préparer l'anniversaire de Mélanie, il avait voulu remettre la main sur ces ouvrages. Il avait fouillé dans les cartons qu'il n'avait pas déballés depuis son récent divorce et son déménagement consécutif. Il était finalement tombé sur son livre préféré : *L'Histoire extraordinaire du passage du Gois*. Il s'était souvenu des heures qu'il avait passées à regarder les photographies noir et blanc d'épaves de voitures dont seul un pare-chocs dépassait près d'une balise de secours. En refermant le livre, une carte s'était échappée. Intrigué, il l'avait ramassée :

À Antoine, pour que le passage du Gois n'ait plus de secrets pour toi.
Ta maman qui t'aime. 7 janvier 1972.

Il n'avait pas vu l'écriture de sa mère depuis longtemps. Sa gorge s'était serrée et il s'était empressé de ranger cette carte reçue pour son huitième anniversaire.

La voix de Mélanie le ramena au présent.
— Pourquoi n'a-t-on pas pris le Gois ? demanda-t-elle.
Il eut un sourire embarrassé.
— Désolé. J'ai oublié l'horaire des marées.
La première chose qu'ils remarquèrent fut l'expansion de Barbâtre. Ce n'était plus un petit village surplombant la plage, mais une ville entourée de lotissements et de zones artisanales animées. Conséquence logique et autre déception : les routes étaient encombrées. La saison d'été culminait le 15 août. Mais lorsqu'ils atteignirent la pointe nord de l'île, ils virent, à leur grand soulagement, que là rien, ou presque, n'avait changé. Ils traversèrent le bois de la Chaise, planté de pins et de chênes verts, avec, çà et là, ces maisons excentriques qui l'amusaient quand il était enfant : villas néogothiques, chalets de bois, fermes basques, manoirs anglais, dont les noms lui revenaient comme des visages familiers : « Le Gaillardin », « Les Balises », « La Maison du Pêcheur ».

Mélanie s'écria soudain :

– Je me souviens ! – Elle balaya le pare-brise de la main. – De tout ça !

Était-elle heureuse ou tendue ? Antoine, lui, se sentait un peu anxieux. Ils remontèrent l'allée de gravier de l'hôtel, bordée d'arbousiers et de mimosas, et s'arrêtèrent devant l'entrée, dans un crissement de pneus. Rien n'a changé, pensa Antoine, en claquant sa portière. Le même lierre grimpant le long de la façade. La porte vert sombre. Le hall. La moquette bleue. Les escaliers sur la droite. Rien n'avait changé, mais tout paraissait plus petit.

Ils se rendirent devant la baie vitrée qui donnait sur le jardin. Les roses trémières, les arbres fruitiers, les grenadiers, les eucalyptus et les lauriers-roses. Comme tout semblait familier ! Presque éprouvant. Même le parfum qui flottait à l'entrée, Antoine le connaissait par cœur. Un mélange d'humidité, d'encaustique, de lavande, de linge propre et d'effluves de cuisine. L'odeur caractéristique des vieilles demeures de bord de mer, forgée par les années. Avant qu'Antoine ait pu confier à sa sœur ses émotions, une jeune femme gironde les appela depuis la réception. Chambres 22 et 26. Deuxième étage.

En montant, ils jetèrent un coup d'œil dans la salle à manger. Elle avait été repeinte – aucun des deux ne se rappelait ce rose agressif –, mais c'était la seule modification notable. Les photographies sépia du passage du Gois, les aquarelles du château de Noirmoutier, des marais salants, de la régate annuelle. Les mêmes chaises de rotin, les mêmes tables avec leurs nappes blanches amidonnées.

Mélanie murmura :

– On descendait cet escalier pour aller dîner. Tu avais les cheveux plaqués à l'eau de Cologne, un blazer et une chemise Lacoste jaune…

Il acquiesça en riant et désigna la plus grande table qui trônait au milieu de la pièce.

– On s'asseyait là. C'était notre table. Et tu portais cette robe à smocks rose et blanc d'une boutique de l'avenue Victor-Hugo. Un ruban assorti dans les cheveux.

Comme il se sentait fier en descendant l'escalier au tapis bleu, campé dans son blazer, coiffé comme un petit monsieur ! De leur table, leurs grands-parents les suivaient tendrement du regard. Robert avec son whisky-glaçons et Blanche avec son martini. Solange, elle, savourait du champagne le petit doigt en l'air. Tous levaient les yeux vers ces enfants si bien mis, soigneusement peignés, les joues rosies par le soleil. Dignes héritiers des Rey. Une famille bien sous tous rapports, respectable et fortunée. Qui avait la meilleure table. Blanche laissait les plus gros pourboires, son sac Hermès semblait renfermer des liasses inépuisables de billets. La table des Rey était l'objet de l'attention constante du personnel. Le verre de Robert devait toujours être servi. Blanche exigeait un régime sans sel à cause de son hypertension. La préparation de la sole meunière de Solange devait être irréprochable. À la moindre arête, elle faisait un scandale.

Se souvenait-on encore des Rey ? Quelqu'un ici avait-il connu les grands-parents vénérables, la fille attentionnée, le fils brillant qu'on ne voyait que le week-end, les enfants modèles ?

Et la splendide belle-fille.

Soudain elle était là, sa mère, dans sa robe bustier noire. Ses cheveux bruns, encore humides, roulés en chignon, ses pieds fins dans des ballerines en daim. Les taches de rousseur sur son nez. Les perles qui ornaient ses oreilles… Tous les regards la suivaient, captivés par cette légèreté et cette grâce de danseuse dont avait hérité Mélanie. Il la revoyait si nettement que cela lui faisait mal.

– Ça ne va pas ? demanda Mélanie. Tu as l'air bizarre.

– Rien, dit-il. Allons à la plage.

Quelques instants plus tard, ils marchaient vers la plage des Dames, située à quelques minutes seulement de l'hôtel. De cela aussi, il se souvenait. La joie de cette promenade vers la plage, la lenteur frustrante du pas des adultes. Le chemin était envahi de joggers, de cyclistes, de familles avec chien, enfants ou poussette. Il montra du doigt la grande villa aux volets rouges que Robert et Blanche avaient failli acheter un été. Un van Audi était garé devant. Un homme de son âge et deux adolescents sortaient des courses du coffre.

– Pourquoi ont-ils finalement renoncé à l'acheter ? dit Mélanie.

– Après la mort de Clarisse, je crois que personne n'est plus revenu sur l'île, répondit Antoine.

– Je me demande bien pourquoi, reprit Mélanie.

Antoine pointa à nouveau le doigt, vers la route cette fois.

– Il y avait une épicerie, juste là. Blanche nous y achetait des bonbons. On dirait qu'elle a disparu.

La plage apparut au bout du chemin et leurs visages s'éclairèrent. Les émotions roulaient en eux comme des vagues. Mélanie indiqua la longue jetée de bois tandis qu'Antoine se tournait vers l'alignement imparfait des cabines de plage.

— La nôtre sentait le caoutchouc, le bois et le sel, dit Mélanie en riant.

Puis elle s'écria :

— Oh, regarde, Tonio, la tour Plantier, elle a l'air minuscule tout à coup !

Antoine ne put s'empêcher de sourire à son enthousiasme. Mais elle avait raison. La tour qu'il admirait tant quand il était enfant, qui surplombait la cime des pins, avait rétréci. Ça fait toujours ça quand on grandit, couillon, se dit-il, eh oui, mon gars, tu n'es plus tout jeune. Comme il brûlait de redevenir le petit garçon d'alors, le gamin qui construisait des châteaux de sable, qui courait sur l'estacade en se plantant des échardes sous les pieds et tirait sur le bras de sa mère pour avoir une autre glace à la fraise ! Il fallait bien l'admettre : il n'était plus cet enfant, mais un homme d'âge mûr, seul, dont la vie avait perdu son sel. Sa femme l'avait quitté, il détestait son boulot et ses adorables bambins s'étaient métamorphosés en adolescents renfrognés.

Il fut tiré de ses réflexions par un cri. Mélanie, qui avait abandonné ses vêtements pour un bikini minuscule, se jetait dans la mer. Il la fixa, stupéfait. Sa joie était incandescente. Ses longs cheveux flottaient dans son dos.

— Allez, viens, pauvre nouille ! hurla-t-elle. C'est divin !

Elle prononçait « divin » comme Blanche, en laissant traîner la première syllabe. Il n'avait pas vu sa sœur en maillot de bain depuis des années. Elle était plutôt bien roulée, mince et ferme. En meilleure forme que lui en tout cas. Il avait pris du poids tout au long de cette première année de divorcé. Les longues soirées solitaires devant son ordinateur ou à regarder des DVD avaient laissé des traces. Finie la cuisine équilibrée d'Astrid, avec la juste portion de protéines, vitamines et fibres. Il se nourrissait désormais de surgelés et de plats à emporter, une nourriture trop riche mais qui avait l'avantage de se réchauffer facilement au micro-ondes. Question diététique, son premier et insupportable hiver de célibataire avait été une catastrophe. Ses abdos avaient cédé la place à une véritable bedaine, qui lui évoquait son père et son grand-père. Se mettre au régime était un effort dont il se sentait incapable. Il en fournissait suffisamment pour se lever le matin et venir à bout du travail qui s'accumulait. C'était déjà bien assez dur de vivre seul après dix-huit ans à jouer les mari et père de famille. Bien assez dur de tenter de convaincre tout le monde, et surtout lui-même, qu'il était parfaitement heureux.

À la pensée que les yeux de Mélanie se poseraient sur son ventre flasque, il tressaillit.

— J'ai oublié mon maillot de bain à l'hôtel ! hurla-t-il à son tour.

— Lâcheur !

Il se dirigea vers l'estacade et se tint debout face à la mer. La plage se remplissait progressivement. Des familles, des couples de retraités, des adolescents boudeurs. Le temps n'avait rien modifié. Il sourit, et ses yeux se remplirent de larmes. Il les essuya d'un revers de main agacé.

De nombreux bateaux fendaient une mer agitée. Il marcha jusqu'au bout de la jetée branlante et se retourna pour regarder la plage. Il avait oublié à quel point l'île était belle. Il inspira profondément, avalant goulûment de grandes lampées d'air marin.

Il observa sa sœur. Elle sortait de l'eau et secouait ses cheveux pour les sécher, comme l'aurait fait un chien. Malgré sa petite taille, ses jambes étaient longues. Comme Clarisse. De loin, elle avait d'ailleurs l'air plus grande qu'elle n'était en réalité. Elle s'approcha du ponton, son sweat-shirt enroulé autour de sa taille. Elle frissonnait.

– C'était fabuleux, dit-elle en passant un bras autour des épaules de son frère.

– Tu te souviens du vieux jardinier de l'hôtel ? Le père Benoît ?

– Non...

– Un vieux bonhomme avec une barbe blanche. Il nous racontait des histoires horribles de noyés au passage du Gois.

– Oui, peut-être... Un type avec une haleine atroce, c'est ça ? Entre le camembert et le vieux rouge. Plus les Gitanes !

– C'est lui ! gloussa Antoine. Une fois, il m'a amené ici et il m'a raconté le désastre du *Saint-Philibert*.

– Et qu'est-ce qui lui est arrivé à ce pauvre Saint-Phiphi ? C'est pas le moine de Noirmoutier qui a donné son nom à l'église du village ?

– Il est mort au VIIe siècle, Mel, voyons... dit Antoine en souriant. Non, l'histoire dont je te parle est bien plus récente. J'adore ! Elle est tellement gothique !

– Raconte !

– Il s'agit d'un bateau portant le nom du moine. Ça remonte à 1931, je crois, et ça s'est passé juste là.

Antoine montra la baie de Bourgneuf qui s'ouvrait en face d'eux.

– Une tragédie ! Un mini-Titanic ! Le bateau était en route pour Saint-Nazaire. Le temps que les passagers aient fini de pique-niquer sur la plage des Dames, la météo avait changé. Au moment où le bateau quitta cette baie, une énorme tempête éclata. Une lame de fond frappa la coque et le navire chavira. Cinq cents personnes sont mortes noyées, beaucoup de femmes et d'enfants. Il n'y eut pratiquement aucun survivant.

– Pourquoi ce vieux schnock te racontait-il de telles horreurs ? souffla Mélanie. Quel vieux tordu ! À l'âge que tu avais !

– Mais non, il n'était pas tordu. Moi, je trouvais ça magnifiquement romantique. J'en avais le cœur brisé. Le cimetière de Nantes est plein de tombes des victimes de la tragédie du *Saint-Philibert* et il disait qu'il m'y emmènerait un jour.

– Ouf, il ne l'a pas fait ! Et Dieu merci, aujourd'hui, il bouffe les pissenlits par la racine !

Ils rirent tout en continuant de contempler le large.

– Tant d'images me reviennent qui me bouleversent. J'espère ne pas m'écrouler et fondre en larmes.

Il pressa son bras.

– Je ressens la même chose, ne t'en fais pas.

– Nous voilà bien ! Une impayable paire de pleurnicheurs !

Ils rirent à nouveau en rebroussant chemin vers la plage où Mélanie avait laissé son jean et ses sandales. Ils s'assirent dans le sable.

– Je vais fumer une cigarette, dit Antoine. Que ça te plaise ou non.

– Tu fais ce que tu veux. Ce sont tes poumons, ça te regarde. Mais, par pitié, laisse les miens tranquilles. Ne m'enfume pas !

Il se retourna. Elle s'appuya contre son dos. À cause du vent, ils devaient crier pour s'entendre.

– Tant de choses refont surface.

– Clarisse ?

40

– Oui, dit-elle. Je la revois ici. Sur le sable. Elle porte un maillot de bain orange. Dans un tissu pelucheux. Tu te souviens ? Elle s'amusait à nous poursuivre jusque dans l'eau. Elle nous a appris à nager.

– Tous les deux, le même été. Solange n'arrêtait pas de s'offusquer, que tu étais bien trop jeune, du haut de tes six ans, pour nager.

– Solange avait déjà la manie de tout diriger, non ?

– Autoritaire et vieille fille, comme aujourd'hui. Tu la vois, parfois, à Paris ?

Mélanie secoua la tête.

– Non. Elle ne voit pas beaucoup papa non plus. Je crois qu'ils sont en froid depuis la mort de Grand-père. Une histoire de fric. Et elle ne s'entend pas mieux avec Régine. Elle s'occupe beaucoup de Blanche. Elle a engagé une équipe médicale pour elle, elle fait en sorte que l'appartement soit bien tenu, enfin, ce genre de truc.

– Elle avait de l'affection pour moi, autrefois, dit Antoine. Elle me payait des glaces, m'emmenait pour de longues balades sur la plage en me tenant par la main. Elle venait même faire du dériveur avec moi et les autres garçons du club de voile.

– Robert et Blanche ne se baignaient jamais. Ils restaient toujours dans ce café.

– Ils étaient trop vieux.

– Antoine ! s'indigna-t-elle. C'était il y a plus de trente ans. Ils avaient tout juste la soixantaine.

Il se mit à siffler.

– Tu as raison. Plus jeunes que papa ! Mais ils se comportaient comme des vieillards. Ils se méfiaient de tout. Toujours à faire des histoires. Des pinailleurs.

– Blanche n'a pas changé, dit-elle. Lui rendre visite n'est pas de tout repos ces temps-ci.

– Je n'y vais quasiment plus, admit Antoine. La dernière fois, je ne suis pas resté longtemps. Elle était mal lunée et se plaignait pour un rien. C'était insupportable. Qui plus est, dans cet appartement sombre et gigantesque…

– Le soleil n'y entre jamais, dit Mélanie. Mauvais côté de l'avenue Georges-Mandel. Et Odette ? À traîner du pied dans de vieux chaussons éculés pour faire briller le parquet. Toujours à nous dire de nous taire.

Antoine éclata de rire.

– Son fils Gaspard lui ressemble tant. Je suis content qu'il soit toujours là pour veiller sur la maison. Pour gérer les infirmières engagées par Solange, et les sautes d'humeur de Blanche.

– Blanche était une grand-mère affectueuse, non ? C'est drôle qu'elle soit devenue un tyran.

– Peut-être bien. Elle était tendre, à condition qu'on fasse ce qu'elle nous demandait. Et on était plutôt du genre obéissant.

– Qu'est-ce que tu veux dire ?

– Que nous étions des petits-enfants excessivement calmes, polis, quasiment soumis. Jamais de colère ou de caprice.

– Parce que nous avons été élevés comme ça.

– En effet, dit Mélanie qui se retourna pour faire face à son frère, s'empara de sa cigarette à moitié fumée et l'enterra dans le sable, sans se soucier de ses protestations. On a été élevés comme ça.

– Où veux-tu en venir ?

Elle plissa les yeux.

– J'essaie de me rappeler si Clarisse s'entendait bien avec Robert et Blanche. Si elle approuvait le fait qu'on exige de nous, sans arrêt, une telle retenue. C'était comment dans ton souvenir ?

42

— Dans mon souvenir ?

— Oui. C'était comment entre Clarisse et eux ?

— Je ne me rappelle pas, reconnut-il platement.

Elle le regarda en souriant.

— T'en fais pas. Ça te reviendra. Si les souvenirs me reviennent, ce sera pareil pour toi.

Ce soir, j'ai passé une éternité à t'attendre sur l'estacade. Le temps s'est rafraîchi et j'ai préféré rentrer, pensant que tu n'avais pas pu t'échapper cette fois. J'ai dit que j'avais besoin de marcher un peu après le dîner et je me demande s'ils m'ont crue – elle me regarde toujours comme si elle savait, bien que j'aie la certitude que personne n'est au courant. Comment le seraient-ils? Comment quiconque pourrait-il se douter de quelque chose? Ils me voient comme une maman dévouée et timide, flanquée de son charmant garçon et de sa jolie petite fille. Quand ils te voient... Ah, quand on te voit, tu es la tentation incarnée. Comment te résister? Comment aurais-je pu te résister? Tu le sais, n'est-ce pas? Depuis la première seconde où tu as posé les yeux sur moi à la plage, l'été dernier, j'étais à toi. Tu es le diable en personne.

Il y a eu un arc-en-ciel aujourd'hui. Et maintenant, la nuit tombe et l'obscurité referme le ciel. Tu me manques.

Ils déjeunèrent tard, au Café Noir, à Noirmoutier-en-l'Île. L'établissement était bondé et bruyant, à l'évidence un lieu que les insulaires appréciaient. Antoine commanda des sardines grillées et un verre de muscadet, Mélanie prit une assiette de bonnottes, les petites pommes de terre locales, sautées au lard et frottées à l'ail. La chaleur montait, mais un vent frais soufflait. La terrasse du Café Noir donnait sur le petit port et l'étroit canal longeant les vieux entrepôts de sel, encombré de barques de pêche rouillées et de bateaux de plaisance.

— On ne venait pas souvent par ici, hein ? demanda Mélanie, la bouche pleine.

— Blanche et Robert n'aimaient pas quitter l'hôtel, répondit-il. Ils dépassaient rarement la plage.

— On ne venait pas non plus ici avec Solange ou Clarisse, me semble-t-il…

— Exact. Solange nous a emmenés visiter le château de Noirmoutier une fois ou deux, l'église aussi. Clarisse devait se joindre à nous, mais l'une de ses migraines l'en a empêchée.

— Aucun souvenir du château, dit Mélanie. Mais des migraines, oui.

Il observa la table voisine où étaient venus s'asseoir une flopée d'adolescents bronzés. Presque toutes les filles portaient des deux-pièces rikiki. Guère plus âgées que sa fille Margaux. Il n'avait jamais été attiré par les filles beaucoup plus jeunes que lui. Mais celles qu'il avait rencontrées depuis son divorce, par Internet ou par des copains, l'avaient stupéfait par l'audace éhontée de leur comportement sexuel. Plus elles étaient jeunes, plus elles étaient délurées au lit. Cela l'avait d'abord excité, mais assez rapidement, l'enthousiasme de la nouveauté s'était estompé. Où était le sentiment ? Où était l'émotion, le cœur qui se serre, le partage, la gêne délicieuse ? Ces filles étalaient leur sensualité avec les mêmes poses que les stars du porno et se précipitaient sur votre braguette avec un savoir-faire blasé qui avait fini par le dégoûter.

— À quoi tu penses ? demanda Mélanie, en étalant de l'écran solaire sur le bout de son nez.

— Tu vois quelqu'un en ce moment ? répondit-il. Je veux dire, tu as un petit ami ?

— Rien de sérieux. Et toi ?

Il regarda de nouveau en direction de la bande d'adolescents bruyants. Une des filles était assez spectaculaire. Longs cheveux blond foncé, un port de tête de reine égyptienne, des épaules larges, des hanches étroites. Mais trop maigre à son goût. Et un peu trop sûre d'elle.

— Je t'ai déjà répondu dans la voiture. Je n'ai personne.

— Même pas des aventures d'une nuit ?

Il soupira et recommanda du vin. Pas très bon pour son embonpoint, pensa-t-il fugitivement. Tant pis.

— J'en ai ma dose de ce genre de relations.

— Moi aussi.

Il fut surpris. Elle éclata de rire.

— Tu crois que je suis une sainte-nitouche, c'est ça ?

46

– Bien sûr que non.

– Mais si, j'en suis sûre. Eh bien, pour ne rien te cacher, mon cher frère, j'ai une aventure avec un homme marié.

Il la regarda, interloqué.

– Et ?

Elle haussa les épaules.

– Et je déteste ça !

– Alors, pourquoi ?

– Parce que je ne supporte pas d'être seule. Le lit vide, les nuits solitaires… Très peu pour moi.

Elle avait dit cela avec un air farouche, presque menaçant. Puis ils se remirent à boire et à manger en silence. Mélanie reparla la première.

– Il est beaucoup plus vieux que moi. La soixantaine. J'imagine que ça m'aide à me sentir jeune.

Elle eut un sourire amer.

– Sa femme n'est pas très portée sur la chose, le genre intello, enfin, c'est ce qu'il dit. Il couche ici et là. C'est un homme d'affaires puissant. Il travaille dans la finance. Bourré de fric. Il me couvre de cadeaux.

Elle tendit son poignet pour lui montrer un lourd bracelet en or.

– Il est accro au sexe. Il se jette sur moi et me suce chaque centimètre carré. Comme un vampire. Au lit, il est dix fois plus homme qu'Olivier ou n'importe lequel des mecs que j'ai connus.

L'image de Mélanie batifolant avec un sexagénaire lubrique était repoussante. Elle gloussa en voyant la grimace d'Antoine.

– Je sais, c'est dur d'imaginer sa sœur en plein Kama-sutra. De la même façon qu'on a du mal à se représenter ses parents faisant l'amour.

– Ou ses enfants, ajouta-t-il, l'air sombre.

Elle retint son souffle.

– Oh ! je n'avais pas pensé à ça. Tu as raison.

Elle n'insista pas et il se sentit soulagé. Il pensa aux préservatifs qu'il avait trouvés dans son sac de sport, quelques mois plus tôt. Arno le lui avait emprunté. Quand il avait rendu à son fils ce qui semblait lui appartenir, Arno avait vaguement souri, l'air penaud. Au bout du compte, Antoine avait été plus gêné que son fils.

C'était arrivé sans prévenir. Le mignon petit garçon avait poussé en une nuit pour devenir un géant filiforme avec un semblant de barbe, qui ne communiquait que sur le mode du grommellement. L'irruption brutale d'Arno au royaume de la puberté avait coïncidé avec la trahison d'Astrid. Le plus fâcheux des timings : il devait affronter seul les inévitables disputes du week-end à propos de la permission de minuit, des devoirs à finir et de la douche à prendre. Astrid n'échappait sûrement pas, de son côté, à ce genre de conflits, mais au moins, elle avait un homme à la maison. Et elle était sans doute moins grincheuse et impatiente que lui, son ex. Antoine était anéanti, déprimé par sa solitude. Encaisser le choc des disputes de plus en plus orageuses avec Arno aggravait son état. Auparavant, Astrid et lui formaient une véritable équipe. Ils prenaient ensemble les décisions. Faisaient corps face aux événements. Désormais, il devait se débrouiller seul. Et quand arrivait le vendredi soir et qu'il entendait la clef des enfants tourner dans la serrure, il s'armait de courage et redressait les épaules comme un soldat partant pour le front.

Margaux aussi avait fait une entrée fracassante dans l'adolescence. Il était encore plus désemparé. Il n'avait aucune idée de la façon dont il devait s'y prendre. Elle était comme un chat, sinueuse et renfermée. Elle passait des heures à chatter sur son ordinateur ou pendue à son téléphone portable. Un SMS pouvait la faire fondre en larmes ou la plonger dans le plus profond silence. Elle se tenait à distance, évitant tout contact physique avec son père. Son affection et ses câlins manquaient à Antoine. Le moulin à paroles au sourire en coin et aux nattes enfantines avait disparu pour laisser place à une femme-enfant avec des seins naissants, une peau boutonneuse et un maquillage des yeux outrancier, qu'il avait furieusement envie de lui ôter.

Merci pour ton billet doux. Je sais que je ne peux pas garder tes lettres, comme tu ne peux conserver les miennes. Je n'arrive pas à croire que la fin de l'été est déjà là et qu'une fois encore, nous allons nous quitter. Toi, tu as l'air calme et confiant. Peut-être es-tu plus sage que je ne le suis. Tu sembles n'être en proie à aucune inquiétude, garder espoir en notre histoire, penser que tout va s'arranger. Je ne sais pas. Tu as une telle place dans ma vie depuis un an. Tu es la marée envahissant inexorablement le Gois. Comme lui, je me rends, encore et encore. Mais la peur cède vite à l'extase.

Souvent, elle me regarde bizarrement, et je sens que je dois être prudente. Mais comment pourrait-elle savoir quoi que ce soit ? Comment aurait-elle pu deviner ? Qui le pourrait ? Je ne me sens pas coupable car ce que je ressens pour toi est pur. Ne souris pas, je t'en prie. Ne te moque pas de moi. J'ai trente-cinq ans, je suis mère de deux petits et, avec toi, je me sens comme une enfant. Tu le sais. Tu sais ce que tu as provoqué en moi. Tu m'as rendue vivante. Non, ne ris pas.

Tu as des diplômes, un travail, un statut. Moi, je n'ai pas ton raffinement, ta culture. Je ne suis qu'une mère au foyer. J'ai grandi dans un village du Sud qui sentait la lavande et le fromage de chèvre. Mes parents vendaient des fruits et de l'huile d'olive sur le marché. Quand ils ont disparu, ma sœur et moi avons travaillé dans les halles du Vigan. J'ai pris le train pour la première fois à vingt-cinq ans. J'étais montée à Paris pour les vacances. Je ne suis jamais rentrée. J'ai rencontré mon mari dans un restaurant sur les grands boulevards. Je prenais un verre avec une amie. Voilà comment ça a commencé, entre lui et moi.

Je me demande parfois ce que tu me trouves. Mais je sens que tu te rapproches de plus en plus, je le vois à la façon dont tu me regardes sans dire un mot. Tes yeux me veulent près de toi.

Demain nous appartient, mon amour.

Après le déjeuner, ils décidèrent d'aller à la piscine de l'hôtel. Antoine avait si chaud qu'il se résolut à affronter Mélanie en maillot de bain. Elle ne fit aucun commentaire sur ses huit kilos en trop. Il lui en fut reconnaissant. Il fallait vraiment qu'il agisse. Comme pour la cigarette.

L'eau d'un bleu pétard artificiel était pleine d'enfants brailleurs. La piscine n'existait pas dans les années soixante-dix. Robert et Blanche auraient détesté, pensa Antoine. Ils abhorraient la vulgarité, les gens bruyants et tout ce qui faisait nouveau riche. Leur immense appartement glacial, sur la paisible avenue Georges-Mandel, non loin du bois de Boulogne, était un havre d'élégance, de raffinement et de silence. Odette, la bonne au menton fuyant, y promenait son boitillement, poussant et fermant les portes sans le moindre bruit. Même le téléphone semblait sonner en sourdine. Les repas duraient des heures et le pire, se souvenait-il, était l'obligation de se coucher le soir de Noël, juste après le dîner, pour être réveillé à minuit, à la remise des cadeaux. Il n'avait jamais oublié cette sensation pâteuse, semblable à celle que l'on éprouve quand on subit un décalage horaire, et l'arrivée, complètement groggy, dans le salon, les yeux encore tout ensommeillés. Pourquoi n'avaient-ils pas le droit de rester debout pour attendre le Père Noël ? Veiller un peu tard, juste une fois dans l'année.

— Je n'arrête pas de penser à ce que tu as dit, lança-t-il.

— C'est-à-dire ?

— À propos de Clarisse et de nos grands-parents. Je crois que tu as raison. Ils lui en ont fait baver.

— Tu te souviens d'un incident précis ?

— Non, pas vraiment, marmonna-t-il. Juste leur façon de s'énerver pour tout et n'importe quoi.

— Ah… Alors, ça te revient….

— Oui, en quelque sorte.

— Et quoi, précisément ?

Il la regarda, les yeux mi-clos à cause du soleil.

— Une dispute. C'était pendant le dernier été que nous avons passé ici.

Mélanie se redressa.

— Une dispute ? Mais il n'y avait jamais aucune dispute. Tout était toujours d'un calme et d'un lisse !

Antoine se redressa à son tour. La piscine débordait de corps luisants et ondulants. Sur le bord, des parents stoïques semblaient monter la garde.

— Une nuit, elles se sont engueulées. Blanche et Clarisse. C'était dans la chambre de Blanche.

— Et qu'as-tu entendu exactement ?

— J'ai entendu Clarisse pleurer.

Mélanie ne dit rien. Antoine continua.

— La voix de Blanche était froide et dure. Je ne distinguais pas ce qu'elle disait, mais elle semblait très en colère. Clarisse est sortie et c'est là qu'elle m'a vu. Elle m'a pris dans ses bras et a essuyé ses larmes. Elle a souri et m'a expliqué qu'elle venait d'avoir une petite dispute avec Grand-mère. Et puis d'abord, pourquoi je n'étais pas au lit ? a-t-elle ajouté avant de me renvoyer illico presto dans ma chambre.

— Qu'est-ce que ça voulait dire, d'après toi ? dit pensivement Mélanie.

— Aucune idée. Ce n'était peut-être qu'une broutille.

— Tu crois qu'ils étaient heureux ensemble ?

— Papa et elle ? Oui. Enfin, je crois… En fait, j'en suis presque convaincu. Clarisse rendait les gens heureux. Tu n'as pas oublié ça tout de même ?

Elle acquiesça. Un silence s'installa, puis elle reprit en murmurant :

— Elle me manque.

Il perçut le sanglot qui se cachait dans sa voix et s'approcha pour lui prendre la main.

— Revenir ici, c'est comme revenir vers elle, dit-elle dans un souffle.

Il serra sa main dans la sienne, soulagé qu'elle ne voie pas ses yeux derrière ses lunettes de soleil.

— Je sais. Je suis désolé. Je n'avais pas pensé à ça en organisant ce voyage.

Elle lui sourit.

— Ne t'excuse pas. Au contraire, tu m'as offert un cadeau merveilleux. Je la retrouve… Après tout ce temps. Merci.

Il retint ses larmes en silence, maîtrisant son émotion, comme il l'avait fait toute sa vie, comme on le lui avait appris.

Ils se rallongèrent, leurs visages de Parisiens pâlichons tournés vers le soleil. Elle avait raison. Ils retrouvaient leur mère, peu à peu, au rythme des vagues qui glissaient sur le passage du Gois. Des fragments de mémoire s'échappaient comme des papillons d'un filet.

Rien de chronologique, rien de précis, un rêve nébuleux. Des images d'elle sur la plage dans son maillot de bain orange, son sourire, ses yeux vert clair.

Blanche ne transigeait jamais sur le fait que les enfants devaient attendre deux heures après le déjeuner avant de pouvoir se baigner. Elle répétait sans cesse à quel point il était dangereux de nager juste après avoir mangé. Alors, ils patientaient en construisant des châteaux de sable interminables. L'attente était si longue. Mais parfois, Blanche s'endormait. Elle était là, la bouche ouverte à l'ombre de son parasol, accablée de chaleur dans sa longue jupe de toile et son gilet, ses escarpins pleins de sable, son tricot sur les genoux. Solange était en ville, à assouvir sa fièvre de shopping, et reviendrait à l'hôtel plus tard dans la journée, les bras chargés de cadeaux pour tout le monde. Robert était retourné à l'hôtel, la Gitane au bec, son chapeau de paille enfoncé vers l'arrière. Clarisse sifflait alors en direction des enfants, en montrant la mer d'un geste du menton. « Mais il reste encore une demi-heure à attendre ! » murmurait Antoine. Alors Clarisse lui souriait comme un diable tentateur. « Ah oui ? Qui a dit ça ? » Et tous les trois se dirigeaient à pas de loup vers la mer, laissant Blanche à ses ronflements et à son parasol.

— Tu as des photos d'elle ? demanda Antoine. Moi, je n'en ai que quelques-unes.
— Pas plus, dit Mélanie.
— C'est dingue quand même.
— C'est pourtant le cas.
Un tout jeune enfant se mit à brailler à côté d'eux. Une femme au visage vermeil voulait le faire sortir de l'eau.

— Il n'y a plus de photos d'elle dans l'appartement de l'avenue Kléber.

— Et celle où nous sommes tous les trois au Jardin d'Acclimatation, dans le petit train. Qu'est-elle devenue ? Et leur photo de mariage ?

— Je ne me souviens pas de ces photos.

— L'une était dans l'entrée et l'autre dans le bureau de papa. Mais elles ont disparu après la mort de Clarisse. Pareil pour les albums.

Où avaient bien pu passer toutes ces images du passé ? Qu'en avait fait leur père ? Rien ne prouvait plus que Clarisse avait habité dix ans avenue Kléber, que cet appartement avait été son foyer.

Régine, leur belle-mère, avait apposé sa patte, réaménagé entièrement les lieux, effaçant toute trace de la première femme de François Rey, Clarisse. C'était seulement maintenant qu'Antoine s'en rendait compte.

Je me demande parfois, quand je suis dans tes bras, si j'ai jamais connu le bonheur avant toi. J'ai dû me sentir heureuse, en avoir l'air en tout cas, mais tout ce que j'ai vécu me semble désormais fade. Pourtant j'étais une enfant joyeuse. Je t'imagine hausser ton sourcil parfait comme quand tu affiches ton sourire ironique. Cela m'est égal, ces lettres seront détruites de toute façon, déchirées, alors je peux bien écrire ce que je veux.

J'ai un fort accent méridional que la famille de mon mari déteste. Pas assez chic. Je ne suis pas stupide, tu sais. Si je n'avais pas eu ce physique, ils ne m'auraient jamais acceptée. Ils passent sur mon accent parce que j'ai de l'allure en robe de cocktail. Parce que je suis jolie. Et tu sais que je dis ça sans vanité. On a vite conscience d'être jolie. À cause de la façon dont les autres vous regardent. Ma fille connaîtra ça. Elle n'a que six ans, elle est encore petite, mais je sais qu'elle sera belle. Pourquoi est-ce que je te confie tout ça ? Cela t'est bien égal de savoir que je viens du Midi et que j'ai l'accent. Tu m'aimes comme je suis.

Ils dînèrent dans la salle à manger rose. Antoine avait tenu à réserver « leur » table, mais la jeune hôtesse gironde les informa qu'elle était réservée en priorité aux familles nombreuses. La pièce se remplit d'enfants, de couples, de vieux. Mélanie et Antoine observaient la scène. Rien n'avait changé. Ils sourirent en lisant le menu.

– Tu te souviens du soufflé au Grand Marnier? murmura Antoine. Nous n'en avons mangé qu'une seule fois.

Mélanie éclata de rire.

– Comment pourrais-je l'avoir oublié !

Le garçon l'apportait avec un air solennel et cérémonieux. Les convives des autres tables se tournaient pour regarder les flammes bleu et orange. Le silence se faisait dans la salle. On déposait le plat devant les enfants. Tout le monde retenait son souffle.

– Nous étions une famille parfaite, ironisa Mélanie. Parfaite sous toutes les coutures.

– Trop parfaite, c'est ça? dit Antoine.

Elle fit oui de la tête.

– Oui, à en mourir. Pense à ta famille à toi. Ça, c'est ce que j'appelle une vraie famille. Des enfants avec du caractère, des humeurs, qui dépassent un peu les bornes parfois, mais c'est ce que j'aime chez eux.

Il avait l'impression que tout son visage dégringolait, alors il tenta un pauvre sourire.

– Ma famille ? Quelle famille ?

Elle posa la main devant sa bouche.

– Oh, Tonio, je suis désolée. Je n'ai pas encore tout à fait intégré ton divorce.

– Pareil ! répondit-il avec une pointe d'agacement.

– Comment tu t'en sors ?

– On parle d'autre chose ?

– Excuse-moi.

Elle lui tapota nerveusement le bras. Ils dînèrent en silence. La solitude dans laquelle vivait Antoine le submergeait à nouveau. Le vide qu'il ressentait n'était-il rien d'autre qu'une crise de la quarantaine ? Probablement. L'histoire d'un homme qui possédait tout et avait tout perdu. Sa femme, partie avec un autre. Un boulot d'architecte qui ne l'amusait plus. Comment tout cela était-il arrivé ? Il avait bataillé dur pour créer sa propre entreprise, se faire une place dans ce milieu ; cela avait exigé des efforts constants. À présent, il avait l'impression d'avoir perdu tout son jus, d'être sec comme une trique. Il n'avait plus envie de travailler avec son équipe, d'aller sur les chantiers, d'accomplir toutes ces tâches que son travail et sa position exigeaient. Il n'avait plus l'énergie. Elle s'était évanouie.

Le mois dernier, il était allé à une soirée où il avait retrouvé de vieux amis, des gens qu'il n'avait pas vus depuis son adolescence, tous anciens élèves du même collège, célèbre pour l'excellence de ses résultats, sa stricte éducation religieuse et l'inhumanité de ses professeurs. Jean-Charles de Rodon, un fayot qu'il n'avait jamais aimé, avait retrouvé sa trace sur Internet et lui avait envoyé une invitation pour une soirée « reconstitution de ligue dissoute ». Il avait d'abord voulu refuser ces retrouvailles, mais un rapide coup d'œil sur son salon désert avait eu raison de lui. Il s'était ainsi retrouvé assis autour d'une grande table ronde, dans un appartement surchauffé du parc Monceau, entouré de couples mariés depuis des lustres dont l'activité principale semblait la production en série d'héritiers, et qui haussèrent des sourcils désolés en apprenant qu'il était divorcé. Il ne s'était jamais senti si isolé. Ses anciens camarades d'école étaient devenus d'affreux raseurs, dégarnis et contents d'eux-mêmes. Ils travaillaient dans la finance, les assurances ou la banque, avaient des femmes qui devaient leur coûter cher et qui étaient encore pires qu'eux, avec un parisianisme si aigu qu'il confinait au ridicule et d'interminables conversations sur l'éducation des enfants.

Astrid lui avait tant manqué ce soir-là. Astrid et ses vêtements si peu conventionnels, sa longue redingote de velours rouge qui lui donnait un air d'héroïne des sœurs Brontë, ses bijoux dénichés aux Puces, ses leggings. Ses blagues, aussi, et son rire éclatant. Il avait prétexté un réveil aux aurores pour se sauver le plus vite possible et ressenti un vif soulagement à rouler dans les rues désertes du 17e arrondissement. Finalement, il préférait le *no man's land* de son appartement à une demi-heure de plus avec monsieur de Rodon et sa cour.

Tandis qu'il arrivait à Montparnasse, une vieille chanson des Rolling Stones passa à la radio. *Angie.* Il se mit à fredonner.

Angie, I still love you baby
Everywhere I look, I see your eyes
There ain't a woman that comes close to you.

Un instant de bonheur, ou presque.

Antoine ne ferma pas l'œil lors de cette première nuit à l'hôtel Saint-Pierre. Ce n'était pas à cause du bruit, l'endroit était paisible et silencieux. Il n'y avait pas dormi depuis 1973. Il avait alors neuf ans et sa mère était encore vivante.

Les chambres avaient peu changé. C'était toujours la même moquette épaisse, le papier peint bleu, les vieilles photographies de baigneuses d'autrefois. La salle de bains avait été rénovée. Le bidet avait été remplacé par un W-C. Avant, les toilettes étaient sur le palier. Il écarta les rideaux bleus dont la teinte avait passé et regarda le jardin plongé dans l'obscurité. Personne à l'horizon. Il était tard. Les enfants turbulents avaient enfin été mis au lit.

Il était passé devant sa chambre, au premier étage. C'était celle qui se trouvait juste en face de l'escalier. La numéro 9. Il n'avait que des souvenirs très flous de son père dans cette chambre. Ses séjours sur l'île étaient rares. Trop occupé. Pendant les deux semaines de vacances de la famille Rey, il ne faisait qu'une ou deux brèves apparitions.

Mais quand son père arrivait, c'était comme si un empereur rentrait dans son royaume après une longue absence. Blanche s'assurait qu'on disposait des fleurs fraîches dans la chambre de son fils et rendait chèvre le personnel de l'hôtel en l'assommant de recommandations pointilleuses sur les vins et les desserts préférés de François. Robert regardait sa montre toutes les cinq minutes, tirait nerveusement sur sa Gitane et se lançait dans de fastidieuses conjectures sur l'avancée du trajet routier de son fils. « Papa arrive, papa arrive », clamait Mélanie en sautillant de chambre en chambre. Clarisse enfilait la robe noire qu'il préférait, la courte, celle qui lui découvrait les genoux. Seule Solange, qui prenait un bain de soleil sur la terrasse, semblait indifférente au retour du fils prodigue. Antoine adorait voir son père descendre de sa Triumph avec un rugissement victorieux et en étirant les bras et les jambes. La première personne vers laquelle il se dirigeait était Clarisse. Quelque chose dans le regard que son père lançait à sa mère lui donnait envie de détourner les yeux. Un amour brut, cru, qui le mettait mal à l'aise, comme l'embarrassaient les mains balladeuses de son père sur les hanches de Clarisse.

En montant vers sa chambre, Antoine s'arrêtait aussi devant celle de Blanche. Sa grand-mère ne se montrait jamais le matin. Elle prenait son petit déjeuner au lit pendant que lui, Solange, Mélanie et Clarisse étaient installés avec Robert sous la véranda, à une table entourée de palétuviers. À dix heures précises, Blanche descendait l'escalier, son petit parasol coincé sous son bras, drapée d'épais effluves d'Heure Bleue.

Quand, au matin, Antoine se réveilla, sa nuit ne l'avait guère reposé. Il était tôt et Mélanie dormait encore. Il avala avec plaisir son café, émerveillé de constater que les viennoiseries qu'il avait l'habitude d'engloutir quand il était enfant avaient toujours le même goût. Quelle vie bien rangée ils avaient menée. Tous ces étés qui s'étaient étirés sans surprise…

Le point d'orgue de la saison était le feu d'artifice sur la plage des Dames le 15 août, date qui coïncidait avec l'anniversaire de Mélanie. Toute petite, elle croyait que ce spectacle était pour elle et que tous les gens réunis sur la plage venaient exprès pour son anniversaire. Il se souvenait d'un 15 août pluvieux où le feu d'artifice avait été annulé et où tout le monde avait été confiné à l'hôtel. Il y avait eu un violent orage. Mélanie avait eu peur. Clarisse aussi. Oui, Clarisse avait peur des orages, elle se recroquevillait et enfouissait sa tête entre ses bras en tremblant. Comme une petite fille.

Il finit son petit déjeuner et attendit l'arrivée de Mélanie. Une femme d'une cinquantaine d'années s'occupait de la réception. Elle reposa le combiné qu'elle tenait encore à la main et le regarda avec insistance tandis qu'il passait devant elle.

— Vous ne vous souvenez pas de moi, n'est-ce pas ? roucoula-t-elle.

Il s'approcha. Il y avait quelque chose de vaguement familier dans les yeux de cette femme.

— C'est moi, Bernadette.

Bernadette ! Bernadette avait été un joli brin de fille, une brune piquante, à des années-lumière de la matrone qu'il avait devant lui aujourd'hui. Quand il était petit garçon, il en pinçait pour elle, pour Bernadette et ses longues nattes. Elle ne l'ignorait pas et lui donnait toujours le meilleur morceau de viande, un petit pain supplémentaire ou une autre part de tarte Tatin.

— Je vous ai reconnu tout de suite, monsieur Antoine. Mademoiselle Mélanie aussi !

Bernadette et ses dents blanches. Bernadette et son beau visage fin. Bernadette et son joyeux sourire.

– Comme ça me fait plaisir de vous revoir, bafouilla-t-il, embarrassé.

– Vous n'avez pas changé, lança-t-elle en tapant dans ses mains. Quelle belle famille vous faisiez ! Vos grands-parents, votre tante, votre mère…

– Vous vous souvenez d'eux ? demanda-t-il en souriant.

– Bien sûr, monsieur Antoine. Votre grand-mère nous laissait les plus gros pourboires de la saison ! Votre tante aussi ! Et votre mère, si charmante, si gentille. Croyez-moi, ça nous a brisé le cœur quand votre famille a cessé de venir ici.

Antoine l'observa un instant. C'étaient toujours les mêmes yeux sombres et brillants.

– A cessé de venir…, répéta-t-il.

– Mais oui, dit-elle en hochant de la tête. Votre famille est venue plusieurs étés d'affilée et puis soudain, on n'a plus vu personne. La propriétaire, la vieille madame Jacquot – vous vous souvenez d'elle ? –, elle en était toute retournée. Elle se demandait si vos grands-parents étaient mécontents, si quelque chose leur avait déplu à l'hôtel. Alors, tous les ans, on attendait le retour de la famille Rey, mais il n'a jamais eu lieu. Jusqu'à aujourd'hui… puisque vous êtes là !

Antoine se racla la gorge.

– Le dernier été où nous sommes venus, je crois que c'était en 1973.

Bernadette se pencha pour prendre un grand livre noir au fond d'un tiroir. Elle l'ouvrit, feuilleta quelques pages jaunies par le temps. Son doigt s'arrêta sur un nom, inscrit au crayon dans une colonne.

– Oui, c'est bien ça, 1973.

– C'est que, hésita-t-il, notre mère est morte l'année suivante.

Le visage de Bernadette s'empourpra. On aurait dit qu'elle s'étranglait, une main tremblante posée sur sa gorge.

Il y eut un silence embarrassant.

– Votre mère est morte ? J'ignorais, nous ignorions tous… Je suis désolée…

– Ne le soyez pas, je vous en prie, murmura Antoine. C'est arrivé il y a longtemps maintenant.

– Je n'arrive pas à y croire, ajouta-t-elle très bas, une jeune femme si charmante…

Si seulement Mélanie pouvait pointer le bout de son nez ! Il n'avait aucune envie d'évoquer la mort de sa mère avec Bernadette. L'idée même lui était insupportable. Il se tenait, farouchement silencieux, les mains posées bien à plat sur le comptoir de la réception, le regard bas.

Bernadette ne lui posa aucune question. Elle resta figée, aussi immobile qu'une statue. Et tandis que le rouge de ses joues se retirait comme une lente marée, les larmes montaient au bord de ses paupières. Elle avait de la peine.

J'aime notre secret. Notre amour secret. Mais pour combien de temps ? Combien de temps tiendra notre secret ? Cela fait déjà un an. Je promène ma main sur ta peau soyeuse en me demandant si tu désires vraiment que la vérité se sache. Je sais ce qui en découlerait. Comme une odeur de pluie portée par le vent. Je sais ce que cela voudrait dire pour toi, pour moi. Mais je sais aussi que j'ai profondément et douloureusement besoin de toi. Tu es l'être que j'attendais. Cela m'effraie, mais c'est ainsi. C'est toi que j'attendais.

Comment tout cela va finir ? Qu'adviendra-t-il de mes enfants ? Quelles seront les conséquences pour eux ? Comment trouverons-nous une façon de vivre ensemble ? Quand ? Et où vivrons-nous ? Tu dis que tu n'as pas peur que le monde sache. Mais tu n'ignores pas à quel point cela est plus facile pour toi que pour moi. Tu as ton indépendance, tu gagnes ta vie, tu es ton propre maître. Tu n'as pas la bague au doigt. Pas d'enfants. Tu es libre. Et moi ? Regarde ma situation. Mère au foyer. Celle qui fait l'affaire en petite robe noire.

Je ne suis pas retournée dans mon village natal depuis si longtemps. Dans la vieille maison de pierre, perdue dans la montagne. Les souvenirs ne meurent pas. Les chèvres bêlant dans le champ brûlé de soleil, les oliviers, ma mère étendant les draps sur le fil à sécher le linge.

La vue sur le mont Aigoual. Les pêches et les abricots que mon père aimait caresser de ses mains calleuses. S'ils étaient encore de ce monde, s'ils savaient, si ma sœur savait l'étrangère que je suis devenue depuis que j'ai épousé un Parisien, je me demande ce qu'ils en penseraient. Pourraient-ils jamais comprendre ?

Je t'aime je t'aime je t'aime.

Mélanie avait dormi tard. Il remarqua que, malgré ses paupières encore gonflées, son visage rayonnait. Ses traits étaient détendus après cette bonne nuit de repos et sa peau avait un joli teint rosi par le soleil et la journée en plein air. Il décida de ne rien lui dire pour Bernadette. Pourquoi lui faire part de cette conversation ? C'était inutile. Cela la chagrinerait elle aussi.

Elle prenait son petit déjeuner en silence pendant que lui lisait le journal local en buvant son café. Le temps va se maintenir, annonça-t-il. Elle sourit. Une fois encore, il se demanda si cette escapade était une bonne idée. N'était-ce pas malsain de ramener le passé dans le présent ? Et particulièrement *leur* passé ?

– J'ai dormi comme un loir, dit-elle en reposant sa serviette. Ça faisait longtemps que ça ne m'était pas arrivé. Et toi ?

– Très bien dormi, merci.

C'était un mensonge. Il ne voulait pas lui avouer qu'il avait passé la nuit à réfléchir à leur dernier été ici. Qu'il avait eu beau s'efforcer de garder les paupières closes, les images étaient là, toutes les images du passé, désespérément accrochées à ses yeux.

Une jeune femme et son petit garçon entrèrent dans la salle et vinrent s'asseoir à une table voisine.

Un enfant à la voix geignarde et aiguë, entièrement imperméable aux remontrances de sa mère.

– Tu dois être content que les tiens aient dépassé cet âge-là, non ? murmura Mélanie.

Il haussa les sourcils.

– Pour tout te dire, en ce moment, j'ai la sensation que mes enfants sont de parfaits étrangers !

– Qu'est-ce que tu veux dire ?

– Ils ont leur vie désormais, une vie dont je ne sais rien. Les week-ends où ils sont avec moi, ils se plantent devant leur ordinateur ou la télé, quand ils ne passent pas des heures à envoyer des SMS à Dieu sait qui.

– J'ai du mal à te croire.

– Et pourtant, c'est la vérité. On se croise à l'heure des repas, qu'on prend dans un silence de mort. Il arrive même que Margaux vienne à table avec son iPod dans les oreilles. Heureusement, Lucas n'en est pas encore là ! Mais ça ne saurait tarder.

Mélanie le dévisagea, éberluée.

– Mais pourquoi tu ne lui demandes pas de l'enlever, son iPod ? Pourquoi tu n'obliges pas tes enfants à avoir la politesse de te parler ?

Il la regarda. Que pouvait-il bien lui dire ? Qu'est-ce qu'elle connaissait aux enfants, et aux adolescents en particulier ? Qu'est-ce qu'elle savait de leur mutisme, de leurs colères, de la rage qui bouillonnait en eux ? Comment pouvait-il lui expliquer qu'il sentait si crûment leur mépris qu'il abandonnait jusqu'à l'idée d'intervenir ?

– Tu dois faire en sorte qu'ils te respectent, Antoine.

Le respect. Bien sûr. Comme il avait respecté son père quand il était adolescent. Ne franchissant jamais la ligne jaune. Ne se révoltant jamais. Pas un mot plus haut que l'autre, pas une porte qui claque.

– Je pense que ce qu'ils traversent en ce moment est sain et normal, marmonna-t-il. C'est normal d'être malpoli et difficile à cet âge-là. C'est comme ça. Une certaine révolte doit s'exprimer.

Elle n'ajouta rien, sirotant son thé. Il poursuivit, le visage légèrement plus rouge. Le petit garçon à la table voisine n'avait toujours pas fini de brailler.

– Ce sont bien tes enfants et pourtant, ce sont des étrangers. Et tu ne sais rien de leur vie, tu ne sais ni qui ils voient ni où ils vont.

– Comment est-ce possible?

– À cause d'Internet, des téléphones portables… À notre époque, nos amis devaient appeler à la maison, ils tombaient sur papa ou Régine et devaient demander à nous parler. C'est fini ce temps-là. Aujourd'hui, tu peux très bien ne pas savoir qui tes enfants fréquentent. Tu n'es plus jamais en contact direct avec leurs amis.

– Sauf s'ils les ramènent à la maison.

– Ce qu'ils ne font pas toujours.

Le petit garçon avait enfin cessé de pleurnicher et se concentrait sur un énorme croissant.

– Est-ce que Margaux voit encore Pauline? demanda Mélanie.

– Oui, bien sûr. Mais Pauline, c'est l'exception. Elles sont ensemble à l'école depuis qu'elles ont quatre ans. En parlant de Pauline, je suis sûre que tu ne la reconnaîtrais pas.

– Ah oui? Pourquoi?

– Parce que notre Pauline aujourd'hui, on dirait Marilyn Monroe.

– Tu plaisantes ! La maigrichonne petite Pauline, avec ses dents en avant et ses taches de rousseur ? Mon Dieu, dit Mélanie sous le choc.

Puis elle tendit la main pour tapoter tendrement celle de son frère.

– Tu t'en sors bien, frangin. Je suis fière de toi. Ça doit être un boulot de dingue d'élever deux ados.

Il sentit des larmes lui monter aux yeux. Il se leva brusquement.

– Que dirais-tu d'un petit plongeon matinal ? proposa-t-il en souriant.

Quelques heures plus tard, après s'être baignée et avoir déjeuné, Mélanie remonta dans sa chambre. Elle voulait finir de lire un manuscrit. Antoine décida de se trouver une place à l'ombre pour faire la sieste. La chaleur était moins intense qu'il ne redoutait, mais il finirait sans doute par piquer une tête dans la piscine pour se rafraîchir. Il s'installa sur la terrasse, dans une chaise longue en teck, protégé par un grand parasol, et essaya de commencer la lecture d'un roman que Mélanie lui avait donné. Écrit par un de ses auteurs vedettes, un jeune homme dans le coup, de vingt ans à peine, avec des cheveux peroxydés et une attitude très étudiée. Au bout de quelques pages, l'intérêt d'Antoine était déjà retombé.

Autour de la piscine, les familles allaient et venaient. C'était bien plus divertissant de les observer que de s'ennuyer à lire ce roman. Il aperçut un couple de quadras. L'homme était mince, avec des abdos bien dessinés et des bras imposants. Elle, était moins en forme, en passe de devenir grasse. Cela l'amusa de les comparer à Astrid et lui. Leurs deux ados auraient pu être les siens. La fille, au vernis à ongles noir corbeau, faisait perpétuellement la gueule, ses écouteurs enfoncés dans les oreilles. Le garçon, plus jeune et plus proche de Lucas, était hypnotisé par sa console Nintendo. Quand leurs parents leur adressaient la parole, ils recevaient pour toute réponse des haussements d'épaules ou de vagues grognements. Bienvenue au club, pensa Antoine. Ce couple avait la chance d'être uni, contrairement au sien. Ils formaient une équipe face aux orages à venir. Lui, il devait se débrouiller tout seul.

À quand remontait la dernière conversation avec Astrid à propos de leurs enfants ? Il était incapable de s'en souvenir. Comment se comportaient-ils avec elle, avec Serge ? Étaient-ils aussi difficiles ? Plus ? Moins ? Comment réagissait-elle ? Perdait-elle parfois patience ? Leur hurlait-elle dessus ? Et Serge ? Comment s'en tirait-il avec ces trois enfants qui n'étaient même pas les siens ?

Antoine remarqua une autre famille, plus jeune. Ils devaient approcher la trentaine et avaient deux enfants en bas âge. La mère était assise dans l'herbe avec sa fille, l'aidant patiemment à composer un puzzle en plastique. Chaque fois que l'enfant trouvait la bonne pièce, sa mère applaudissait. Lui aussi avait joué avec ses enfants. À l'époque bénie où ils étaient petits et gentils. Quand il pouvait encore les câliner et les chatouiller, jouer avec eux à cache-cache, faire le méchant monstre, leur courir après, les prendre tout entier dans ses bras, les balancer comme un baluchon par-dessus son épaule. Le temps des cris et des gazouillis, des berceuses chantées tendrement au bord de leurs lits, des heures passées à les regarder comme un miracle, émerveillé par la perfection de leurs jeunes traits.

Il observa le père donner le biberon au bébé, le tenant avec précaution et ajustant la tétine dans la bouche de son fils. Une tristesse envahit soudain Antoine. Toutes ces choses qui ne seraient plus… Ce temps heureux de sa vie avec Astrid, quand tout allait pour le mieux. Il se revoyait traverser Malakoff avec sa famille, le dimanche matin, pour se rendre au marché. Lucas était encore dans sa poussette. Les deux autres suivaient joyeusement la marche, en le tenant par la main. Les voisins, les commerçants les saluaient d'un hochement de tête ou d'un signe. Il se sentait si fier, en sécurité dans le monde qu'il s'était construit. Comme si rien, jamais, ne le détruirait.

Quand tout avait-il commencé ? S'il avait senti le vent tourner, les choses auraient-elles été plus faciles ? Et s'il s'agissait du destin ? Il ne supportait plus de voir cette jolie petite famille, miroir de son passé. Il se leva en rentrant son ventre et se glissa dans la piscine. L'eau fraîche lui fit du bien et il nagea un bon moment, jusqu'à ce que ses bras et ses jambes soient douloureux et qu'il s'essouffle. Il retourna vers sa chaise longue, prit sa serviette et l'étala sur la pelouse.

Le soleil cognait. C'était exactement ce dont il avait besoin. Un puissant parfum de rose lui rappela les après-midi où, avec ses grands-parents, sur cette pelouse, il prenait le thé près des buissons de rosiers. Le goût des petits sablés qu'il trempait dans son Darjeeling au lait, l'âcreté de la fumée de cigarette de son grand-père, les intonations veloutées, comme celle d'une soprano, de sa grand-mère, le rire abrupt et rauque de sa tante. Lui apparut aussi le sourire de sa mère, et son regard qui s'illuminait quand il se posait sur ses enfants.

Disparu. Envolé. Tout cela n'était plus. Il se demanda ce que lui réservait l'année à venir. Et comment il allait faire pour chasser cette tristesse lancinante qui le broyait. Elle ne s'était jamais manifestée aussi intensément que depuis leur arrivée à Noirmoutier. Peut-être devrait-il voyager ? Prendre des vacances et partir loin, le plus loin possible, dans un endroit où il n'était pas retourné depuis des années, comme la Chine ou l'Inde ? Mais l'idée de partir seul le désespérait. Et s'il demandait à des amis proches de l'accompagner ? Hélène ou Emmanuel ? Didier ? Ridicule. Qui pouvait se permettre de prendre, au pied levé, quinze jours ou un mois ? Hélène élevait trois enfants qui avaient besoin d'elle. Emmanuel travaillait dans la pub et composait avec un emploi du temps infernal. Didier était architecte, comme lui, et ne s'arrêtait jamais de bosser. Non, personne ne pourrait se faire la malle en Asie.

Demain, c'était l'anniversaire de Mélanie. Il avait réservé dans un des meilleurs restaurants de Noirmoutier, L'Hostellerie du Château. Ils n'y étaient jamais allés, pas même à la grande époque de Robert et Blanche.

En se retournant sur le ventre, il pensa à la semaine à venir. Les gens allaient regagner la ville. Les vacances étaient finies. Les rues de Paris seraient envahies de visages bronzés. Les dossiers s'entasseraient sur son bureau. Il devrait enfin se décider à trouver une nouvelle assistante. Les enfants reprendraient bientôt leurs cours. Août glissait irrémédiablement vers septembre. Et l'hiver viendrait vite. Un hiver qu'il ne se sentait pas le courage d'affronter seul.

Pendant le terrible orage qui a éclaté le soir de l'anniversaire de la petite, j'ai eu peur, comme toujours. Mais alors qu'ils étaient tous regroupés autour de la lumière des bougies dans la salle à manger, tu m'as rejointe dans le noir, mon amour. L'électricité était coupée, mais tes mains étaient comme des rayons de lumière dirigés vers moi, étincelant sur ma peau, des mains incandescentes de passion. Et tu m'as transportée vers un état que je ne connaissais pas, où mon mari ne m'avait jamais emmenée, ni personne, tu entends, personne. Je suis allée les rejoindre quand l'électricité a été rétablie. Le gâteau est arrivé à ce moment-là et j'ai repris mon rôle de mère et d'épouse parfaite, mais je brillais encore de ton désir, il était partout en moi. Elle m'a de nouveau regardée comme si elle soupçonnait quelque chose, comme si elle savait. Mais je n'ai pas peur, tu entends ? Ils ne me font plus peur. Je sais que, bientôt, il faudra que je parte, que je rentre à Paris, que je retourne à ma routine, à l'avenue Kléber et à son atmosphère tranquille et bien élevée, aux enfants et à leur éducation…

Je te parle trop de mes enfants, n'est-ce pas ? Parce que ce sont mes trésors. Ils sont tout pour moi. Tu connais l'expression « la prunelle de mes yeux » ? Voilà ce qu'ils sont, mes précieux petits anges, la prunelle de mes yeux. Si ma vie est d'être à tes côtés, ce que je désire plus que tout au monde, mon amour, alors il faut qu'ils soient là eux aussi. Que nous soyons tous les quatre. Une vraie petite famille. Mais est-ce vraiment possible ? Est-ce possible ?

Mon mari a annulé son week-end avec nous ici. Ce qui veut dire que tu peux venir, encore une fois, me rejoindre dans ma chambre, tard dans la nuit. Je t'attendrai. Je frissonne déjà en pensant à ce que tu vas m'offrir et à ce que je vais te donner.

Tu dois détruire cette lettre.

Sa sœur était superbe ce soir, avec ses cheveux tirés en arrière et retenus par un ruban, sa silhouette svelte soulignée par une petite robe noire. Si semblable à leur mère qu'il avait la sensation que celle-ci l'observait à travers les yeux de Mélanie. Mais il ne le dit pas. Cela ne concernait que lui et ses souvenirs les plus intimes. Il était content du choix du restaurant, situé à deux pas du château de Noirmoutier, malgré un premier moment de déception : à l'extérieur, son porche étroit et ses volets vert olive ; à l'intérieur, une salle principale vaste et haute de plafond, avec des murs crème, des tables en bois et une grande cheminée. Mais ils ne dîneraient pas dans ce décor, car il avait réservé sur la petite terrasse protégée par une tente, et une table les attendait sous un figuier odorant qui poussait contre un mur en ruine. Pas de familles bruyantes ici, remarqua-t-il, pas de bébés hurleurs, pas d'adolescents capricieux. Idéal pour célébrer le quarantième anniversaire de Mélanie. Il commanda deux flûtes de champagne rosé, celui qu'elle préférait, puis ils regardèrent le menu en silence. Foie gras poêlé au vinaigre de framboise et au melon. Huîtres chaudes au caviar d'Aquitaine et à la crème de poireaux. Homard bleu à l'Armagnac. Turbot de pleine mer sur galette de pommes de terre ailées.

– C'est un très bel endroit, Tonio, finit-elle par dire quand ils eurent trinqué. Merci beaucoup.

Il sourit.

– Alors, contente d'avoir quarante ans ?

Elle fit la grimace.

– Horrible !

Elle avala une gorgée de champagne.

– Tu es pourtant vraiment pas mal pour ton âge, Mel.

Elle haussa les épaules.

– Ça ne fait pas de moi une femme moins seule, Tonio.

– Peut-être que cette année…

Elle ricana.

– Oui, peut-être… Peut-être que cette année je rencontrerai un type sympa. Je me dis ça tous les ans. Le problème, c'est que les types de mon âge ne recherchent pas spécialement une femme de quarante ans. Soit ils sont divorcés et ils veulent remettre ça avec une plus jeune, soit ils sont célibataires – ce qui les rend encore plus méfiants – et ils ont, de la même façon, tendance à éviter les femmes de leur âge.

– Moi, je n'ai pas le fantasme de la femme plus jeune. J'en ai eu ma dose. Tout ce qu'elles veulent, c'est sortir en boîte, faire du shopping et se marier.

– Ah ! dit-elle. Se marier, voilà le cœur du problème. Tu peux me dire pourquoi personne n'a jamais voulu m'épouser ? Tu crois que je vais finir comme Solange ? Tu crois que je vais devenir vieille fille, grosse et autoritaire ?

Ses yeux verts se remplirent de larmes. Il ne supportait pas de voir leur charmante soirée gâchée par sa tristesse. Il posa sa cigarette dans le cendrier et lui prit les poignets gentiment mais fermement. Leurs plats arrivaient et il attendit que la serveuse fût repartie.

— Mel, c'est juste que tu n'as pas trouvé la bonne personne. Olivier était une erreur, et une erreur qui a duré trop longtemps. Tu espérais toujours qu'il te demanderait en mariage, il ne l'a jamais fait, et je t'avoue que j'en suis plutôt heureux, ça aurait été catastrophique pour toi. Tu n'as jamais voulu l'accepter et pourtant, tu le sais aussi bien que moi.

Elle essuya doucement ses larmes et lui sourit.

— Oui, je sais que tu as raison. Il m'a volé six ans de ma vie et a tout laissé en ruine. Mais je ne sais pas comment rencontrer des mecs. Peut-être que l'édition est le pire des milieux. Beaucoup d'écrivains et de journalistes sont soit gay soit torturés et névrosés. J'en ai ma claque des aventures sans lendemain avec des hommes mariés, comme avec ma vieille bête de sexe. Je devrais peut-être travailler avec toi. Tu vois des mecs toute la journée, non ?

Il eut un rire ironique. Oui, c'était bien vrai, il voyait des hommes toute la journée, et peu de femmes. Rabagny, qui manquait désespérément de charme, des chefs de chantier bourrus avec lesquels il avait encore moins de patience qu'avec ses propres enfants, et des plombiers, des charpentiers, des peintres, des électriciens qu'il connaissait depuis des années.

— Tu n'aimerais pas ceux que je fréquente dans mon boulot, ajouta-t-il en avalant une huître.

— Qu'est-ce que tu en sais ? Emmène-moi sur un de tes chantiers. Prends-moi à l'essai !

— D'accord, si tu veux, dit-il avec un sourire forcé. Je te présenterai Régis Rabagny. Mais je t'aurais prévenue !

— Mais c'est qui, à la fin, ce Régis Rabagny ?

– Mon pire cauchemar! Un jeune entrepreneur plein d'ambition. C'est le meilleur pote du maire du 12e arrondissement. Il se prend pour le bienfaiteur des parents parisiens parce qu'il a créé des crèches bilingues d'avant-garde qui, je te l'avoue à toi, sont plutôt tape-à-l'œil. Mais il a du mal à obtenir l'agrément des services chargés des normes de sécurité et j'ai beau lui répéter qu'avant-garde ou pas, nous devons respecter les normes et ne prendre aucun risque quand il s'agit de la vie d'enfants, il refuse de m'écouter. Il est persuadé que je ne comprends pas son « art », ses « créations ».

Il espérait distraire sa sœur avec quelques exemples bien choisis des atermoiements de Rabagny, mais il remarqua qu'elle ne l'écoutait plus. Elle regardait par-dessus son épaule.

Un couple venait de faire son entrée sur la terrasse. On les conduisit à une table voisine de la leur. L'homme et la femme avaient une cinquantaine d'années. Grands et extraordinairement élégants, ils avaient tous les deux les cheveux gris – tirant vers le blanc pour la femme, poivre et sel pour l'homme – et la peau bronzée, mais avec cette teinte que l'on attrape en naviguant ou en montant à cheval ; jamais en restant allongé sur une chaise longue. Leur beauté était si frappante qu'une sorte de murmure envahit la terrasse. Toutes les têtes se tournèrent vers le couple. Indifférents à l'attention qui leur était portée, ils s'installèrent et une serveuse ne tarda pas à arriver avec du champagne. Ils portèrent un toast en se souriant puis se prirent les mains.

– Oh ! dit tranquillement Mélanie.

– Beauté et harmonie !

– Amour véritable !

– Ça existerait donc vraiment…

Mélanie se pencha vers lui.

– C'est peut-être bidon. Juste un couple d'acteurs qui fait un numéro.

Antoine éclata de rire.

– Pour nous rendre jaloux ?

Le visage de Mélanie s'éclaira.

– Non, pas pour nous rendre jaloux, pour nous redonner espoir. Pour que nous croyions encore que c'est possible.

Antoine était ému par sa sœur et il la regarda, le cœur plein de pensées chaleureuses. Sa jolie sœur dans sa petite robe noire, agrippée à sa flûte de champagne, la belle ligne de ses épaules et de ses bras qui se dessinait sur fond de figuier. Il devait bien se trouver un homme, pensa-t-il, un homme bon, gentil, intelligent, qui tomberait amoureux d'une femme comme Mélanie. Il n'avait pas besoin d'être aussi spectaculaire que celui qui dînait à la table voisine, il pouvait être deux fois moins beau, mais il devrait être fort et sincère, voilà tout ce dont elle avait besoin pour être heureuse. Où se trouvait cet être précieux ? À des milliers de kilomètres ou au coin de la rue ? Il ne supportait pas l'idée que Mélanie vieillisse seule.

– À quoi tu penses ? dit-elle.

– Je voudrais que tu sois heureuse.

Sa bouche se déforma en un drôle de rictus.

– Je te souhaite la même chose.

Ils dînèrent, s'efforçant de ne pas poser leurs yeux sur le couple parfait.

Puis Mélanie rompit le silence :

– Il faut que tu oublies Astrid.

Il soupira.

– Je ne sais pas comment faire, Mel.

– Tu dois y arriver, c'est important. Parfois, je la déteste, à cause de ce qu'elle t'a infligé, murmura-t-elle.

Il tressaillit.

– Je t'en prie, non. Ne la déteste pas.

Mélanie lui avait pris son briquet et jouait avec.

– On ne peut pas détester Astrid. C'est impossible.

Elle avait mille fois raison. Détester Astrid était tout bonnement impossible. Astrid était un soleil. Son sourire, sa démarche légère, sa voix chantante, tout en elle était lumineux et gracieux. Elle savait vous prendre dans les bras, vous embrasser, fredonner doucement à votre oreille, toujours là pour ses amis et sa famille. À n'importe quelle heure du jour et de la nuit, elle vous écoutait en hochant la tête, vous donnait des conseils, essayait de vous aider. Elle ne se mettait jamais en colère, ou alors uniquement pour votre bien.

Le gâteau arriva avec ses bougies qui illuminaient le crépuscule. Tout le monde applaudit et les splendides cinquantenaires levèrent leurs flûtes de champagne en direction de Mélanie, comme tous les convives présents. Antoine sourit et applaudit lui aussi, malgré le chagrin ravivé par l'évocation d'Astrid.

Alors qu'ils prenaient un café et une tisane, le chef arriva pour saluer ses hôtes de table en table et s'assurer qu'ils avaient apprécié leur dîner.

– Madame Rey !

Le visage de Mélanie s'empourpra. Celui d'Antoine également. Cet homme d'une soixantaine d'années était de toute évidence persuadé de se trouver devant Clarisse.

Prenant la main de Mélanie, il y porta un baiser empressé.

– Cela fait si longtemps, madame Rey. Plus de trente ans, je dirais ! Mais je ne vous ai jamais oubliée. Jamais ! Vous aviez l'habitude de dîner ici avec vos amis de l'hôtel Saint-Pierre. J'ai l'impression que c'était hier. Je démarrais tout juste à l'époque…

Il y eut un silence tendu. Les yeux du chef passaient de Mélanie à Antoine. Son regard dansait de l'un à l'autre. Peu à peu, il prit conscience de sa confusion. Il relâcha doucement la main de Mélanie. Elle était demeurée muette. Flottait vaguement sur ses lèvres un petit sourire embarrassé.

– Mon Dieu, quel vieux fou je fais ! Vous ne pouvez pas être madame Rey, vous êtes beaucoup trop jeune…

Antoine se racla la gorge.

– Pourtant, vous lui ressemblez tellement… Vous devez être…

– Sa fille, dit enfin Mélanie, très calmement.

Elle lissa une mèche de ses cheveux qui s'échappait de sa queue-de-cheval.

– Sa fille ! Bien sûr ! Et vous devez être…

– Son fils, articula laborieusement Antoine, qui ne souhaitait qu'une chose, que l'homme s'en aille.

Il ignorait sans doute que leur mère était morte. Antoine ne se sentait pas le courage de prononcer à nouveau ces mots. Il espérait que Mélanie se tairait elle aussi. Ce qu'elle fit. Elle tint sa langue pendant que l'homme continuait à se perdre en conjectures. Antoine se concentra sur l'addition et laissa un bon pourboire. Puis ils se levèrent pour partir. Le chef insista pour leur serrer la main.

– Présentez mes respects à madame Rey, je vous prie, dites-lui à quel point j'ai été honoré de rencontrer ses enfants, mais dites-lui aussi que la plus belle surprise qu'elle pourrait me faire serait de revenir ici.

Ils le saluèrent d'un signe de tête, murmurèrent un vague merci et se sauvèrent.

– Je lui ressemble tant que ça ? murmura Mélanie.

– Eh bien, oui, il n'y a plus de doute.

Tu viens de quitter ta chambre et je glisse cette lettre sous ta porte, plutôt que dans notre cachette habituelle, en priant pour que tu la trouves avant de prendre le train pour Paris. J'ai dormi avec tes roses. C'était un peu comme passer la nuit avec toi. Elles sont douces et précieuses, comme ta peau et tous les recoins de ton corps où j'aime me perdre, ces endroits qui sont miens désormais, où je veux laisser mon empreinte pour que jamais tu ne m'oublies, pour que jamais tu n'oublies le temps que nous avons passé ensemble. Notre rencontre, notre premier regard, le premier mot échangé, le premier baiser resteront gravés sur ta peau. Je suis certaine que tu souris en me lisant, mais cela m'est égal, car je sais à quel point notre amour est fort. Je sais aussi que tu penses que je suis parfois puérile et stupide. Bientôt, nous trouverons un moyen d'affronter le monde, toi et moi. Très bientôt.

Détruis cette lettre.

Ils s'installèrent côte à côte, devant la mer, regardant l'eau glisser lentement sur le Gois. Mélanie n'avait guère envie de parler. Ses cheveux bruns flottaient dans le vent, son visage était sombre. Elle avait mal dormi, avait-elle expliqué en arrivant ce matin au petit déjeuner. Ses yeux étaient à peine ouverts, à peine deux fentes, ce qui lui donnait un air asiatique. Plus la matinée avançait, plus elle devenait silencieuse. Il lui demanda si quelque chose n'allait pas, mais elle se contenta de hausser les épaules. Antoine remarqua qu'elle avait éteint son téléphone, elle qui y était sans arrêt suspendue d'habitude, à regarder si elle n'avait pas reçu de SMS ou d'appels en absence. Tout cela avait-il à voir avec Olivier ? Peut-être l'avait-il appelé pour son anniversaire, ce qui avait ravivé sa blessure. Sombre connard, pensa-t-il. Mais peut-être était-ce le vieux beau porté sur la chose qui avait oublié de l'appeler ?

Il fixa son attention sur les vagues qui dévoraient peu à peu la route pavée. Il éprouvait la même fascination que dans son enfance. Et voilà. C'était fait. Plus de route. Une infime douleur vint le frapper, comme si un moment unique s'évanouissait. Peut-être était-il plus réconfortant de voir le passage du Gois apparaître, solide et gris, long ruban séparant les eaux, que d'assister à son agonie sous des vagues écumantes. Si seulement ils avaient choisi un autre moment. L'endroit était sinistre aujourd'hui et l'étrange humeur de Mélanie n'arrangeait rien.

C'était leur dernier matin sur l'île. Était-ce pour cela qu'elle demeurait muette, indifférente au spectacle de la nature, à ces goélands planant au-dessus d'eux, au vent qui mordait leurs oreilles, aux gens rebroussant chemin ? Elle avait ramené ses genoux contre sa poitrine et posé son menton dessus. Elle avait un air hébété. Peut-être souffrait-elle d'une migraine ? Leur mère en avait fréquemment, de terribles crises qui la terrassaient. Il pensa au long trajet qui les attendait pour rentrer à Paris, aux inévitables embouteillages. À son appartement désert. À l'appartement tout aussi désert de sa sœur. Où personne ne vous attend. Où personne n'est là pour vous accueillir quand vous ouvrez la porte, harassé par des heures de route. Où personne n'est là pour vous embrasser. Bien sûr, il y avait toujours l'amant lubrique, qui avait dû passer son week-end du 15 août, en bon mari, avec sa femme. Peut-être pensait-elle à demain, quand il faudrait retourner au bureau, à Saint-Germain-des-Prés, se coltiner des auteurs névrosés et nombrilistes, ainsi qu'un patron impatient et insatisfait, flanqué d'une assistante dépressive.

Le même genre d'individus qu'affrontait Astrid dans une maison d'édition rivale. Antoine s'était toujours senti loin de ce monde. Il n'avait jamais aimé ces fêtes clinquantes où le champagne coulait à flots, où les auteurs faisaient les yeux doux aux journalistes, aux éditeurs et aux agents. Durant ces soirées, il regardait Astrid glisser parmi la foule, passant de groupe en groupe avec aisance dans sa jolie robe de cocktail et ses hauts talons, un sourire accroché aux lèvres, un balancement de tête gracieux. Lui restait au bar, fumait cigarette sur cigarette et se sentait minable, pas à sa place. Au bout d'un certain temps, il avait cessé de l'accompagner dans ces raouts. Peut-être n'aurait-il pas dû, pensait-il maintenant. Cette façon de s'éloigner de la vie professionnelle de sa femme avait dû être sa première erreur. Il avait été aveugle. Et stupide.

Demain, lundi. Son petit bureau triste de l'avenue du Maine. La dermatologue avec laquelle il partageait les locaux. Une femme taciturne, au teint blafard, dont le seul plaisir était de brûler des verrues sur les pieds de ses patients.

Lucie, son assistante. Ses joues rebondies, son front luisant, ses yeux noirs et ronds comme des billes, ses cheveux bruns toujours gras. Ses mollets dodus, ses doigts boudinés. Lucie avait été dès le départ une catastrophe. Elle ne faisait jamais rien comme il fallait – elle était évidemment persuadée du contraire, c'était lui qui expliquait les choses de travers. Elle affichait une susceptibilité extrême et pouvait se mettre dans des états frôlant l'hystérie, pour finir par pleurnicher en s'étalant sur son clavier d'ordinateur.

Demain, lundi, et tout un futur de soirées effrayantes s'alignant dans son esprit comme un embouteillage sur une autoroute sans fin. La copie conforme de l'année qu'il venait de vivre, percluse de solitude, de chagrin et de dégoût de soi-même.

Une fois de plus, il douta d'avoir eu une bonne idée en revenant sur les lieux de leur enfance. Fallait-il faire remonter du passé les yeux de leur mère, sa voix, son rire, sa démarche légère sur cette plage ? Pourquoi n'avait-il pas plutôt entraîné Mélanie à Deauville ou Saint-Tropez, Barcelone ou Amsterdam, n'importe où, où la mémoire familiale ne serait pas venue les hanter ? Il passa un bras autour de ses épaules et tenta maladroitement de la chatouiller, comme pour lui dire : « Allez, remets-toi ! Ne gâche pas tout. » Cela ne la fit pas rire. Elle tourna la tête et le regarda intensément. Que cherchait-elle au fond de ses yeux ? Elle entrouvrit les lèvres, mais les referma bientôt, secoua la tête avec une grimace et soupira.

– Qu'est-ce qu'il y a, Mel ?

Elle sourit, mais il n'aima pas ce sourire tendu qui déformait sa bouche et lui donnait l'air plus marqué et plus triste encore.

– Rien, murmura-t-elle dans le vent. Rien du tout.

Ce ne fut qu'au moment de déposer les bagages dans le coffre de la voiture qu'elle sembla se détendre un peu. Puis, sur la route, tandis qu'il conduisait, elle passa quelques coups de fil et fredonna une vieille chanson des Bee Gees. Un profond soulagement envahit alors Antoine. Elle allait bien, tout irait bien, l'humeur de tout à l'heure avait dû être provoquée par un mal de crâne. Un mauvais moment déjà vécu, déjà oublié.

Peu après Nantes, ils firent une halte sur l'autoroute pour boire un café et grignoter quelque chose. Elle proposa de prendre le volant. Elle était une bonne conductrice, depuis toujours. Ils échangèrent leurs places. Elle avança son siège, attacha sa ceinture et abaissa le rétroviseur. Elle était si délicate, des jambes minces, des bras fins. Si fragile, aussi. Il s'était toujours senti son protecteur. Même avant la mort de leur mère. Pendant les années sombres et troublées qui avaient suivi la disparition de Clarisse, Mélanie était angoissée par l'obscurité. Il fallait toujours laisser une veilleuse, pendant qu'elle dormait, comme Bonnie, la fillette de Scarlett O'Hara. Les jeunes filles au pair qui défilaient dans la maison, même les plus gentilles, n'arrivaient jamais à la consoler quand un cauchemar la réveillait au milieu de la nuit. Lui seul savait comment s'y prendre, il la câlinait, en lui fredonnant doucement les berceuses que Clarisse leur chantait pour les endormir. Leur père venait rarement dans ces moments-là. Comme s'il ignorait que Mélanie faisait des cauchemars, alors que nuit après nuit elle réclamait sa mère en pleurant. Mélanie n'avait pas compris que Clarisse était morte. Elle demandait sans cesse : « Où est maman ? » et personne ne lui répondait, pas même Robert et Blanche, ni leur père, ni Solange, ni la cohorte d'amis de la famille qui avaient défilé avenue Kléber après la mort de leur mère, laissant du rouge à lèvres sur leurs joues ou leur ébouriffant les cheveux. Personne ne savait que dire à cette petite fille désespérée et terrifiée. Lui, à dix ans, avait une connaissance intuitive de la mort, il en comprenait les conséquences : leur mère ne reviendrait jamais.

Les petites mains délicates de Mélanie sur le volant. Une seule bague, à la main droite – un simple anneau d'or, plutôt large, qui avait appartenu à Clarisse. La circulation s'intensifiait, annonçant un embouteillage géant. Une forte envie de fumer une cigarette le saisit.

Après un long silence, Mélanie commença à parler.

– Antoine, il y a quelque chose que je dois te dire.

Sa voix était si éteinte qu'il se tortilla pour pouvoir la regarder. Ses yeux fixaient la route, mais sa mâchoire était crispée. Puis elle retomba dans le silence.

– Tu peux tout me dire, lui murmura-t-il avec douceur. Ne sois pas inquiète.

Il remarqua que les articulations de ses doigts étaient blanches. Antoine sentit son cœur battre plus rapidement.

– J'ai gardé ça pour moi toute la journée, jeta-t-elle précipitamment. La nuit dernière, à l'hôtel, je me suis souvenue de quelque chose. C'est à propos de …

C'était arrivé si vite qu'il avait à peine eu le temps de respirer. Elle avait tourné les yeux vers lui, des yeux sombres, troublés. Il lui avait semblé que la voiture aussi tournait, virant à droite. Sur le volant, les mains de Mélanie furent impuissantes. Puis ce fut le crissement insupportable des pneus, le son strident d'un klaxon derrière eux et la sensation étrange et nauséeuse de perdre l'équilibre quand il avait vu Mélanie passer au-dessus de sa tête. Son hurlement, de plus en plus aigu, alors que la voiture se couchait sur le côté, l'air qui lui comprimait les oreilles quand les airbags s'étaient ouverts en lui heurtant le visage. Le cri de Mélanie s'était brisé en une plainte étouffée, perdue dans le fracas de verre et de métal. Alors seulement, il avait entendu le son sourd des battements de son cœur.

Antoine, il y a quelque chose que je dois te dire. J'ai gardé ça pour moi toute la journée. La nuit dernière, à l'hôtel, je me suis souvenue de quelque chose. C'est à propos de...

Le docteur attend que je parle. Que je réponde à sa question :

— Que vous disait-elle ?

Mais comment puis-je répéter les mots que Mélanie m'a confiés avant que la voiture ne quitte l'autoroute ? Cela ne regarde pas le médecin. Je ne veux parler à personne de ce que Mélanie m'a confié, pas pour l'instant. J'ai mal à la tête et mes yeux sont rouges et irrités, toujours pleins de larmes.

— Je peux la voir ? demandé-je enfin au docteur Besson, brisant ce silence pesant entre nous. Je ne peux pas rester assis là, je dois la voir.

Elle me fait non de la tête, avec fermeté.

— Vous la verrez demain.

Je la fixe, hébété.

— Vous voulez dire que nous ne pouvons pas partir maintenant ?

Au tour du médecin de me fixer, interloquée.

— Votre sœur a failli mourir, vous savez.

J'avale ma salive. Je ne me sens pas très bien.

– Quoi ?

– Nous avons dû l'opérer, il y avait un problème à la rate. Et plusieurs de ses vertèbres dorsales sont brisées.

– Ce qui veut dire ?

– Ce qui veut dire qu'elle va rester avec nous quelque temps. Et quand on pourra la déplacer, elle regagnera Paris en ambulance.

– Dans combien de temps ?

– Une quinzaine de jours.

– Mais je croyais qu'elle allait bien !

– C'est le cas, elle se porte bien, à présent. Elle va avoir besoin de temps pour se remettre. Vous avez eu de la chance de vous en tirer sans une égratignure, mais il faut tout de même que je vous examine. Vous pouvez me suivre, s'il vous plaît ?

Dans un état de quasi-torpeur, je la suis dans le cabinet de consultation voisin. L'hôpital semble vide, tout est silencieux, j'ai l'impression qu'il n'y a que moi et le docteur Besson. Elle me demande de m'asseoir, remonte ma manche, prend ma tension. Pendant ce temps, des images me reviennent. Je m'extirpe du véhicule, couché sur le côté comme un animal blessé. Mélanie est recroquevillée au fond à gauche, inanimée. Je ne vois pas son visage, dissimulé par l'airbag. Je l'appelle, je hurle son nom à m'en déchirer les cordes vocales.

Le docteur Besson déclare que je vais bien, à part une légère hypertension.

– Vous pouvez passer la nuit ici, nous avons des chambres pour les familles des malades. L'infirmière viendra vous voir.

Je la remercie et me dirige vers l'accueil, à l'entrée de l'hôpital. Je sais qu'il faut que j'appelle notre père.

Il est temps que je lui apprenne ce qui est arrivé, j'ai déjà trop attendu. Il est presque minuit. Je sors du bâtiment pour fumer une cigarette. Devant moi, deux autres fumeurs et le parking désert. La ville dort. Au-dessus de ma tête, le ciel est zébré de grandes traînées bleu sombre. Des étoiles scintillent. Je m'assois sur un banc en bois, le temps de finir ma cigarette. Je jette mon mégot au loin et compose le numéro de la maison, avenue Kléber. Je tombe sur le répondeur et la voix nasillarde de Régine. Je raccroche et tente le numéro de portable.

– C'est pour quoi ? aboie-t-il avant même que je prononce un mot.

Je savoure la minuscule puissance de l'instant, ce que je peux brandir face à la domination et à la tyrannie de ce père vieillissant, qui continue à me donner la sensation que j'ai douze ans et que je ne suis bon à rien. Un père qui désapprouve mon boulot ennuyeux d'architecte médiocre, mon récent divorce, ma fâcheuse habitude de fumer, ma façon d'élever mes enfants, ma coupe de cheveux, toujours trop longs à son goût, ma manie de porter des jeans plutôt que des costumes, mon refus obstiné des cravates, ma voiture étrangère, mon lugubre appartement de la rue Froidevaux qui donne sur le cimetière Montparnasse. L'intense plaisir que je glane de cet infime pouvoir ressemble à celui d'une rapide branlette sous la douche.

– Nous avons eu un accident. Mélanie est à l'hôpital. Elle a des fractures au niveau du dos et ils ont dû l'opérer de la rate.

Je me délecte du léger affolement de sa respiration.

– Où êtes-vous ? finit-il par me demander d'une voix étranglée.

– À l'hôpital du Loroux-Bottereau.

– Où diable se trouve ce bled ?

– C'est à une vingtaine de kilomètres de Nantes.

– Qu'est-ce que vous foutiez dans ce coin ?

– Nous sommes partis en week-end pour son anniversaire.

Un silence interrompt la conversation.

– Qui était au volant ?

– Elle.

– Que s'est-il passé ?

– Je ne sais pas. La voiture a quitté l'autoroute, voilà tout.

– Je serai là demain matin. Je m'occuperai de tout. Ne t'inquiète pas. Au revoir.

Il raccroche. Je maugrée intérieurement. Lui, ici, demain. Menant les infirmières à la baguette. Exigeant le respect. Regardant les médecins de haut. Notre père s'est voûté avec l'âge, mais il continue de se conduire comme s'il dépassait tout le monde. Quand il entre dans une pièce, les visages se tournent immédiatement vers lui, tels des tournesols vers le soleil. Il n'a pourtant plus aussi fière allure qu'autrefois, il perd ses cheveux, son nez s'est épaissi, son regard est moins sympathique. Il était plutôt bel homme, étant jeune. On me dit souvent que je lui ressemble, même taille, mêmes yeux marron. Mais je n'ai pas une once de son caractère de chef. Il a pris de l'embonpoint, je l'ai remarqué la dernière fois que nous nous sommes vus. C'était il y a six mois. Maintenant que les enfants sont assez grands pour rendre visite à leur grand-père tout seuls, je le vois encore plus rarement qu'avant.

Notre mère est morte en 1974. Depuis, Mélanie et moi l'appelons par son prénom quand nous parlons

d'elle, Clarisse. C'est trop difficile de dire « maman ».
Rupture d'anévrisme. François – c'est le prénom de
notre père, François Rey, ce qui colle parfaitement à
son autorité naturelle et à sa façon d'en imposer – avait
trente-sept ans. Six ans de moins que moi aujourd'hui.
Je ne me rappelle plus ni où ni quand il a rencontré la
blonde et ambitieuse Régine (une décoratrice d'intérieur aux lèvres pincées), mais leur mariage pompeux
a eu lieu en mai 1977, dans l'appartement de Robert
et Blanche près du bois de Boulogne. Mélanie et moi
étions si consternés. Notre père n'avait pas l'air amoureux, il ne jetait pas un coup d'œil en direction de
Régine, n'avait aucun geste tendre. Alors pourquoi
l'épousait-il ? Parce qu'il se sentait seul ? Parce qu'il
avait besoin d'une femme à ses côtés pour tenir la maison ? Nous nous sentions trahis. Régine paradait, la
trentaine drapée dans un costume Courrèges blanc
cassé qui lui dessinait un vilain cul. Oh oui, elle venait
de faire une bonne prise. Un veuf, mais un veuf plein
aux as. Un des plus brillants avocats de Paris. Héritier
d'une famille célèbre et respectée, fils d'un illustre avocat et de la fille fortunée d'un pédiatre de renom, petite-
fille d'un grand propriétaire immobilier, la crème de la
crème de la bourgeoise rive droite, cette bourgeoisie
de Passy conservatrice et exigeante. L'époux possédait
un superbe appartement sur une avenue parisienne
bon chic bon genre, l'avenue Kléber. La seule ombre
au tableau, c'étaient les deux enfants du premier lit, un
garçon de treize ans et une fille de dix, qui ne s'étaient
pas encore remis de la mort de leur mère. Elle nous
supporta. Ne se laissa démonter par rien. Refit entièrement la décoration de l'appartement. Transforma les
magnifiques proportions hausmanniennes en cubes
immaculés ultramodernes. Fit enlever les cheminées

et les moulures, le vieux parquet grinçant. L'appartement succomba à un décor entièrement brun et gris comme un comptoir d'embarquement à Roissy. Tous leurs amis s'extasiaient sur cette métamorphose – la plus audacieuse et la plus brillante qu'ils aient jamais vue, disaient-ils. Nous, nous la détestions.

A suivi une éducation bourgeoise, toute de raideur et de tradition. Bonjour madame, au revoir monsieur. Manières impeccables, résultats scolaires excellents, la messe tous les dimanches à Saint-Pierre-de-Chaillot. Avec prière de garder ses émotions pour soi. Interdiction aux enfants de s'exprimer. Ne jamais parler de politique, de sexe, de religion, d'argent ou d'amour. Ne jamais prononcer le nom de notre mère, ne jamais évoquer sa mort.

Notre demi-sœur, Joséphine, est née en 1982. Elle est vite devenue la préférée de notre père. Il y avait quinze ans de différence entre Mélanie et elle. À la naissance de Joséphine, j'avais tout juste la majorité. Je partageais un appartement avec un couple d'amis sur la rive gauche et étudiais à Sciences-Po. J'avais quitté l'avenue Kléber qui, depuis la mort de Clarisse, ne pouvait plus porter, pour moi, le nom de maison.

Le lendemain matin, je suis affreusement raide à mon réveil. Ce lit d'hôpital fatigué est la chose la plus inconfortable sur laquelle il m'ait été donné de dormir. Ai-je même dormi ? Je pense à ma sœur. Comment va-t-elle ? S'en remettra-t-elle ? Dans la chambre nue, je cherche ma valise et mon ordinateur portable, rangé dans sa sacoche. Ces deux objets ont survécu à l'accident. J'ai testé mon ordinateur avant de me mettre au lit hier soir, il s'est allumé comme si de rien n'était. À peine croyable. J'ai vu l'état de la voiture. Pire encore, j'étais dans cette voiture. Et de cette voiture qui n'est plus qu'une épave, moi et mon portable sommes ressortis comme des fleurs.

L'infirmière que je vois arriver n'est pas celle de la veille. Elle est plus ronde et son visage a de jolies fossettes.

– Vous pouvez aller voir votre sœur, m'annonce-t-elle avec un grand sourire.

Je la suis dans les couloirs, nous croisons des vieux à moitié endormis qui traînent la patte, puis nous prenons un escalier jusqu'à l'étage où Mélanie est étendue sur un lit, harnachée à un tas d'appareils compliqués. Sa poitrine est entièrement plâtrée, des épaules à la taille. Seul son cou dépasse, long et fin. Elle ressemble à une girafe.

Elle est réveillée. Ses yeux verts sont cerclés de grands cernes noirs, sa peau est extrêmement pâle. Je ne l'ai jamais vue si pâle. Elle a l'air différente, je ne saurais dire pourquoi ou comment.

— Tonio, murmure-t-elle dans un souffle.

Je veux être fort, jouer au grand frère costaud, mais la voir ainsi me fait monter les larmes. Je n'ose pas la toucher, j'ai peur de lui casser quelque chose. Je m'assois maladroitement sur la chaise installée près de son lit. Je me sens gauche.

— Tu vas bien ? articule-t-elle tant bien que mal.

— Je vais bien. Et toi, comment te sens-tu ?

— Je ne peux pas bouger. Ce truc me gratte à un point…

Des questions me traversent furtivement : pourra-t-elle bouger un jour ? Le docteur Besson m'a-t-elle dit toute la vérité ?

— Tu as mal ? demandé-je.

Elle secoue la tête.

— Je me sens bizarre. – Sa voix est basse et faible. – Comme si je ne savais plus qui j'étais.

Je lui caresse la main.

— Antoine. Où sommes-nous ?

— Près de Nantes. On a eu un accident sur l'auto-route.

— Un accident ?

Elle ne se souvient de rien. Je décide de ne pas lui rafraîchir la mémoire. Pas pour l'instant. Je prétends être perdu moi aussi. Cela semble l'apaiser et elle me rend ma caresse. Puis je lui dis :

— Il arrive.

Elle comprend tout de suite de qui je parle. Elle soupire et détourne la tête. Je ne la quitte pas des yeux, tel un ange gardien. Je n'ai pas regardé une femme dormir depuis Astrid. Je pouvais la regarder des heures, jamais lassé de contempler son visage paisible, le frémissement de ses lèvres, sa peau de nacre et le soulèvement léger de sa poitrine. Dans son sommeil, elle avait l'air si jeune et si fragile, comme Margaux à présent. Je n'ai pas regardé Astrid dormir depuis le dernier été que nous avons passé ensemble.

L'été où notre mariage s'est brisé, Astrid et moi avions loué une maison carrée et blanche sur l'île grecque de Naxos. Nous avions déjà décidé de nous séparer en juin (enfin, Astrid avait décidé de me quitter pour Serge…), mais nous n'avions pas pu annuler nos billets d'avion et de bateau. Alors nous étions partis malgré tout, pour ce qui fut l'épreuve finale d'un mariage déjà défunt. Nous n'avions encore rien annoncé aux enfants et jouions la comédie des parents normaux. Nous affections un air si faussement enthousiaste que les enfants s'étaient doutés de quelque chose.

Pendant les trois semaines que dura ce supplice, j'ai eu envie de me tirer une balle dans la tête. Astrid passait son temps à lire sur le toit en terrasse, dans le plus simple appareil, et obtint rapidement un intense bronzage chocolat qui me rendait malade parce que je savais que bientôt Serge y promènerait ses grosses mains. Moi, je restais assis sur la terrasse du bas qui surplombait Orkhos et Plaka. La vue était splendide et je la contemplais dans une demi-ivresse, due à l'alcool autant qu'à ma profonde tristesse. La tache brune de l'île de Paros semblait à quelques brasses, la mer resplendissait d'un bleu ultramarine, moucheté d'éclats blancs et mousseux dessinés par un vent violent. Quand je me sentais trop désespéré ou trop soûl, ou les deux, je titubais sur le chemin abrupt et poussiéreux menant à une crique et me jetais, littéralement, dans l'eau. Un jour, une méduse m'a piqué, mais j'étais si perdu que je l'ai à peine sentie. C'est Arno qui a remarqué plus tard une méchante zébrure rouge sur ma poitrine, comme si l'on m'avait fouetté.

Un été en enfer. Pour ajouter encore à mon inconfort psychologique, la sérénité de nos petits matins était gâchée par le bruit exaspérant de bulldozers et de marteaux-piqueurs qui sévissaient un peu plus haut sur la colline où un Italien assouvissait sa folie des grandeurs en bâtissant une villa tout droit sortie d'un film de James Bond. C'était, sur l'étroit chemin qui longeait notre maison, un va-et-vient incessant de camions déblayant des débris ou de la terre. Je restais affalé, inerte, sur la terrasse à respirer la fumée de leurs pots d'échappement. Les chauffeurs étaient sympathiques et me saluaient à chaque passage, tandis que leurs moteurs monstrueux grondaient à quelques mètres de mon petit déjeuner. Que je n'arrivais pas à avaler.

Pour couronner le tout, il fallait veiller à ne pas gaspiller l'eau de la citerne, il y avait des coupures d'électricité tous les soirs, les moustiques étaient de véritables vampires des Carpathes et Arno avait brisé les toilettes high-tech, tout en marbre et suspendues, simplement en s'asseyant dessus. Chaque nuit, je partageais le lit de celle qui serait bientôt mon ex-femme, je la contemplais dans son sommeil et pleurais sans bruit. Elle ne cessait de me chuchoter, comme une mère patiente avec un enfant récalcitrant : « Antoine, c'est juste que je ne t'aime plus comme avant », puis elle me prenait très maternellement dans ses bras alors que moi, je frissonnais de désir pour elle.

Comment cela est-il possible ? Comment une chose pareille arrive-t-elle ? Comment un homme peut-il surmonter une telle épreuve ?

J'avais présenté Astrid à Mélanie, dix-huit ans auparavant. Astrid était attachée de presse dans une maison concurrente de la sienne. Elles étaient vite devenues bonnes amies. Je me souviens qu'elles offraient un contraste intéressant : Mélanie, petite, délicate, brune, et Astrid, blonde, les yeux bleu pâle. La mère d'Astrid, Bibi, est suédoise, originaire d'Uppsala, décontractée et artiste, et pour tout dire, totalement excentrique. Mais charmante. Le père d'Astrid, Jean-Luc, est un nutritionniste célèbre, un de ces types bronzés, à la minceur insultante, dont la seule présence vous rabaisse à l'état de loque confite de cholestérol. Obsédé par son transit intestinal, il saupoudre des fibres sur à peu près tout ce que Bibi cuisine.

Penser à Astrid me donne envie de l'appeler pour raconter ce qui est arrivé. Je sors de la chambre sur la pointe des pieds. Astrid ne décroche pas. Ma paranoïa rampante me suggère de masquer mon numéro. Je laisse un bref message. Neuf heures. Elle doit être en voiture, dans notre vieille Audi. Je connais son emploi du temps par cœur. Elle a déjà déposé Lucas à l'école, et Arno et Margaux à Port-Royal, où se trouve leur lycée. Elle se débat probablement dans les embouteillages matinaux pour atteindre Saint-Germain-des-Prés, son bureau de la rue Bonaparte, juste en face de l'église Saint-Sulpice. Elle se maquille, en se regardant dans le rétroviseur, à chaque fois qu'elle est arrêtée à un feu rouge, et les hommes des voitures voisines reluquent cette bien belle femme. Mais je suis idiot. Nous sommes mi-août. Elle est encore en vacances.

Avec lui. Ou déjà rentrée à Malakoff, avec les enfants, après une longue route depuis la Dordogne.

Quand je retourne dans la chambre de Mélanie, un vieil homme bedonnant se tient devant la porte. Il me faut quelques secondes pour comprendre que c'est lui.

Il me prend brutalement dans ses bras. Les rudes embrassades de mon père me surprennent toujours. Je n'embrasse jamais mon fils de cette manière. De toute façon, Arno arrive à l'âge où l'on déteste être pris dans les bras, mais s'il m'arrive de m'y risquer, c'est avec douceur.

Il recule d'un pas et me regarde de biais. Des yeux marron globuleux, des lèvres très rouges et plus fines qu'autrefois, aux commissures tombantes. Ses mains, où les veines saillent, semblent fragiles, ses épaules s'affaissent. Oui, mon père est un vieil homme. Je suis sous le choc. Est-ce que nos parents nous voient vieillir eux aussi ? Mélanie et moi ne sommes plus jeunes, même si nous restons ses « enfants ». Je me souviens d'une des amies de notre père, une femme extrêmement liftée, Janine. Elle nous avait dit un jour :

– C'est si étrange pour moi de voir les enfants de mon ami atteindre la quarantaine.

Ce à quoi Mélanie avait répondu en lui offrant son plus beau sourire :

– C'est encore plus étrange de voir les amies de son père devenir de vieilles dames.

Mon père a beau être quelque peu décrépit physiquement, il n'en garde pas moins l'esprit vif.

– Où diable est le docteur ? grogne-t-il. Qu'est-ce qui se passe ici, nom de Dieu ? Cet hôpital est nul !

Je ne moufte pas. J'ai l'habitude de ses éclats. Ils ne m'impressionnent plus. Une jeune infirmière arrive en courant comme un lapin pris dans les phares d'une voiture.

— Tu as vu Mel ?

— Elle dort, marmonne-t-il en haussant les épaules.

— Elle va s'en tirer.

Il me fixe, l'air furieux.

— Je la fais transférer à Paris. Il n'est pas question qu'elle reste ici. Elle a besoin de bons médecins.

Je pense aux yeux noisette de Bénédicte Besson, aux taches de sang sur sa blouse, à tout ce qu'elle a fait la nuit dernière pour sauver la vie de ma sœur. Mon père se laisse tomber sur une chaise. Il guette une réponse ou une réaction de ma part. Je ne le gratifie ni de l'une ni de l'autre.

— Redis-moi ce qui s'est passé.

Je m'exécute.

— Avait-elle bu ?

— Non.

— Comment peut-on ainsi quitter la route ?

— C'est pourtant ce qui est arrivé.

— Où est la voiture ?

— Il n'en reste pas grand-chose…

Il me dévisage, menaçant et soupçonneux.

— Pourquoi êtes-vous allés à Noirmoutier tous les deux ?

— C'était une surprise pour l'anniversaire de Mel.

— Pour une surprise…

La colère monte. Il arrive toujours à m'atteindre, je ne sais pas pourquoi je m'en étonne. Oui, il y parvient encore et moi, je me laisse faire.

— Elle a adoré, dis-je en forçant le trait. Nous avons passé là-bas trois jours merveilleux. C'était…

Je m'interromps. J'ai un ton de gamin excédé. Exactement ce qu'il voulait. Sa bouche se tord comme quand il savoure sa victoire. Mélanie fait-elle semblant de dormir ? Je suis sûr que derrière la porte, elle écoute chacun des mots que nous prononçons.

Après la mort de Clarisse, notre père s'est refermé sur lui-même. Il est devenu dur, amer et toujours pressé. Difficile de se souvenir du vrai père, celui qui était heureux, qui souriait et riait, qui s'amusait à nous tirer les cheveux et nous préparait des crêpes le dimanche matin. Même quand il était débordé et rentrait tard, il prenait du temps pour nous, à sa façon. Il participait à nos jeux, nous emmenait au bois de Boulogne, ou nous conduisait à Versailles pour une balade dans le parc du château et une partie de cerf-volant.

Il ne nous montre plus jamais qu'il nous aime. Plus depuis 1974.

– Je n'ai jamais supporté Noirmoutier.

– Pourquoi ?

Pour toute réponse, il lève ses sourcils broussailleux.

– Robert et Blanche aimaient bien cet endroit, non ? demandé-je.

– Oui. Ils ont failli y acheter une propriété.

– Je sais. Une grosse maison, près de l'hôtel. Avec des volets rouges. Au milieu des bois.

– Les Bruyères.

– Pourquoi ont-ils renoncé finalement ?

Il hausse les épaules, mais ne me répond toujours pas. Il ne s'est jamais entendu avec ses parents. Mon grand-père Robert détestait être contredit et même si Blanche se montrait plus souple, elle n'était certainement pas une mère câline. De sa sœur Solange, il ne se sentait pas proche non plus.

Mon père est-il devenu un homme dur parce que ses parents ne lui ont pas manifesté assez d'amour ? Suis-je un papa doux et gentil (trop gentil et trop doux, se plaignait Astrid à chaque conflit avec Arno) parce que j'ai peur de briser les ailes de mon fils comme mon père a brisé les miennes ? Je me moque de passer pour un faible, de toute façon, je serais incapable de reproduire l'éducation sévère de mon père.

— Comment va ton bon à rien d'adolescent ?

Il ne demande jamais de nouvelles de Margaux ou Lucas. Sans doute parce que Arno est l'aîné et qu'il le considère comme l'héritier de notre nom.

Le visage pâle et pointu d'Arno m'apparaît. Ses cheveux en pétard, raidis par le gel, ses longs favoris – c'est la mode ! – qui lui tombent sur les oreilles, son piercing au sourcil gauche. Sa barbe approximative. L'ado type. Un enfant dans un corps d'homme.

— Il va bien. Il est avec Astrid en ce moment.

Je regrette immédiatement d'avoir prononcé le nom de mon ex. Je sais que je vais avoir droit à une tirade de mon père. Comment ai-je pu la laisser partir avec un autre homme, comment ai-je pu accepter ce divorce, ne savais-je pas quelles en seraient les conséquences, pour moi, pour les enfants ? Est-ce que je manque à ce point de fierté, de couilles ? Avec mon père, tout finit par trouver son explication à cette hauteur, les couilles. Alors que j'encaisse le coup et qu'il s'apprête à armer son prochain swing, le docteur fait son apparition. Les sourcils de mon père reviennent à leur place et sa mâchoire se contracte.

— Vous allez me dire exactement ce qu'il en est, mademoiselle, et tout de suite.

— Bien, monsieur, répond-elle très sobrement.

Alors qu'il ouvre la porte de la chambre de Mélanie, je croise le regard du docteur et je saisis un clin d'œil, à mon grand étonnement.

Il se conduit en vieil homme exaspérant. Mais il n'effraie personne. Il n'est plus l'avocat impressionnant à la langue aiguisée. Et, d'une certaine manière, cela m'attriste.

– J'ai bien peur que votre fille ne soit intransportable pour le moment, dit patiemment le docteur Besson, dont seuls les yeux trahissent l'impatience.

Mon père éructe.

– Elle doit être mise entre les meilleures mains, à Paris, avoir les meilleurs médecins. Elle ne peut pas rester ici.

Bénédicte Besson ne sourcille pas, mais je devine que le coup a été rude à la crispation de sa bouche. Elle reste silencieuse.

– Je veux voir votre supérieur. La personne en charge de cet établissement.

– Il n'y a pas de supérieur, répond le docteur Besson sans hausser la voix.

– Comment ça ?

– Ceci est mon hôpital, c'est moi qui le dirige. Je suis responsable de cet établissement et de chaque patient qui y entre, dit-elle avec une autorité tranquille.

Mon père ferme enfin son clapet.

Mélanie a ouvert les yeux. Notre père lui prend la main, s'y accroche comme à son dernier souffle, comme s'il la touchait pour la dernière fois. Il se penche vers elle, la moitié du corps sur le lit. Sa façon de lui tenir la main m'émeut. Il comprend qu'il a failli perdre sa fille. Sa petite *Mélabelle*. Un surnom d'autrefois. Il s'essuie les yeux avec le mouchoir de coton qu'il a toujours dans sa poche. Il n'arrive pas à prononcer un mot. Assis au bord du lit, il respire bruyamment.

Ce débordement d'émotion gêne Mélanie. Elle n'a pas envie de voir son visage ravagé et mouillé de larmes, alors elle détourne son regard. Depuis des années, notre père n'exprime plus le moindre sentiment, à part le mécontentement et la colère. Il aura fallu cet accident pour le revoir tendre et attentionné, le père que nous avions avant la mort de notre mère.

Nous demeurons en silence. Le docteur quitte la chambre en refermant la porte derrière elle. La vision de mon père cramponné à la main de sa fille me rappelle toutes les fois où il a fallu courir aux urgences pour les enfants. Quand Lucas s'est ouvert le front en tombant de vélo. Quand Margaux a dévalé l'escalier et s'est fracturé le tibia. Quand Arno avait une fièvre de cheval. La précipitation, la panique, le visage d'Astrid aussi blanc que de la craie. Nos mains serrant les mains des enfants.

Je regarde mon père et je prends conscience que, pour la première fois depuis longtemps, quelque chose nous relie. Il ne semble se douter de rien, ne voit rien. Nous partageons le puits sans fond de la peur, une peur qu'on ne ressent qu'en devenant parent, quand l'enfant est en danger.

Mes pensées reviennent à la chambre et à la raison qui nous rassemble ici. Qu'essayait de me dire Mélanie avant l'instant fatal ? Une image avait ressurgi durant notre dernière nuit à l'hôtel Saint-Pierre. Tant de souvenirs ont refait surface à Noirmoutier. Quel était le sien ? Pourquoi l'a-t-elle gardé pour elle ?

Une infirmière affairée entre dans la chambre. Elle pousse un chariot. C'est l'heure de prendre la tension de Mélanie, de vérifier les points de suture. Elle nous prie de bien vouloir sortir un moment. Nous attendons dehors, gênés et tendus. Mon père semble s'être repris, même si son nez rougi trahit encore ses larmes. Je cherche à le rassurer. Rien ne me vient. Je ris intérieurement de l'ironie de la situation. Un père et son fils, réunis au chevet d'une fille et d'une sœur convalescente, et incapables de dialoguer.

Dieu merci, mon téléphone vibre dans ma poche arrière. Je sors précipitamment du bâtiment pour répondre. C'est Astrid. Sa voix est chevrotante. Je la rassure : Mel s'en sortira, nous avons eu beaucoup de chance. Quand elle me propose de venir avec les enfants, une pointe de joie pure me traverse. N'est-ce pas que je compte encore un peu pour elle, qu'elle m'aime encore d'une certaine façon ? Avant que je puisse répondre, j'entends la voix bouleversée d'Arno. Je sais à quel point il est attaché à sa tante. Quand il était petit, elle avait l'habitude de le promener au jardin du Luxembourg, en prétendant que c'était son fils. Il adorait ça. Elle aussi. Je leur explique que Mel est coincée ici pour un moment, plâtrée de la taille jusqu'au cou. Arno veut venir la voir, Astrid va les emmener. La pensée que nous allons être tous réunis, comme une vraie famille, comme au bon vieux temps – loin des échanges d'enfants sur le pas de la porte avec les inévitables remarques du genre « oh, et n'oublie pas de lui faire prendre son sirop, cette fois ! » ou « n'oublie pas de signer les carnets, s'il te plaît ! » – me donne envie de pousser la chansonnette et de danser sur place. Astrid reprend le combiné et me demande la route. J'essaie de cacher mon excitation en lui répondant. Puis elle me passe Margaux. Une voix douce, délicate, féminine.

— Papa, dis à Mel qu'on l'aime très fort et qu'on arrive.

Elle raccroche avant que j'aie eu le temps de parler au numéro trois, l'exubérant Lucas.

J'allume une cigarette. Je n'ai aucune envie de rentrer dans le bâtiment et de parler avec mon père. Je fume une deuxième cigarette, avec la même délectation. Ils arrivent. Avec ou sans Serge ?

En revenant dans la chambre de Mélanie, je tombe sur Joséphine, notre demi-sœur, qui se balance contre le mur. Elle a dû venir avec notre père. Je suis étonné de la voir ici, elle n'est pas particulièrement proche de Mélanie. Ni de moi d'ailleurs. Je ne l'ai pas vue depuis des mois, depuis Noël dernier, avenue Kléber. Nous descendons à la cafétéria, située au rez-de-chaussée. Mélanie a besoin de repos. Notre père est assis dans sa voiture, pendu au téléphone.

Joséphine est mince, jolie comme une gravure de mode. Elle porte un jean taille basse, des Converse et un débardeur kaki. Ses cheveux blonds sont courts, une vraie coupe de garçon. Elle a le même teint cireux que sa mère, les lèvres fines et les yeux marron de notre père.

Nous allumons nos cigarettes. Nous sommes tous deux fumeurs, c'est sans doute là notre seul point commun.

— On peut fumer ici ? murmure-t-elle, en se penchant vers moi.

— Il n'y a personne.

— Qu'est-ce que vous faisiez à Noirmoutier tous les deux ? demande-t-elle, en inhalant profondément.

Elle ne prend jamais de détour. Elle va droit au but. J'aime cela en elle.

— Une surprise pour l'anniversaire de Mel.

Elle hoche la tête en sirotant son café.

— Vous alliez là-bas quand vous étiez petits, c'est ça ? Avec votre mère ?

Son ton et sa délicatesse m'incitent à la considérer avec plus d'attention.

— Oui. Avec notre mère, notre père et nos grands-parents.

— Vous ne parlez jamais de votre mère, poursuit-elle.

Joséphine a vingt-cinq ans. Ce n'est pas une idiote. Vaniteuse, certes, un peu gamine. Notre lien de sang ne nous a jamais donné le sentiment d'appartenir à la même famille.

— On ne se parle pas beaucoup, non ? reprend-elle.

— Ça t'embête ?

Elle tripote ses bagues. Sa cigarette lui pend aux lèvres.

— En fait, oui, ça m'embête. Je ne sais rien de toi.

Des gens arrivent dans la cafétéria et nous jettent des regards outrés parce que nous fumons. Nous écrasons nos Marlboro.

— Tu oublies que j'avais déjà quitté l'avenue Kléber quand tu es née.

— Peut-être. Mais tu es quand même mon demi-frère. Si je suis ici, c'est que ça compte pour moi. J'ai de l'affection pour Mel. Pour toi, aussi.

Ce qu'elle vient d'avouer lui ressemble si peu que je suis bouche bée.

— Tu vas avaler les mouches, Antoine, se moque-t-elle.

Je ris de bon cœur.

– Parle-moi de ta mère, poursuit-elle. Personne ne parle jamais d'elle.

– Que veux-tu savoir ?

Elle lève un sourcil.

– Tout.

– Elle est morte en 1974 d'une rupture d'anévrisme. Elle avait trente-cinq ans. À notre retour de l'école, elle avait été emmenée à l'hôpital. Elle était déjà morte… Papa ou Régine ne t'ont jamais raconté tout ça ?

– Non. Continue.

– C'est tout.

– Non, mais je veux dire, raconte-moi comment elle était.

– Mélanie lui ressemble. Petite, brune aux yeux verts. Riant beaucoup. Elle avait la joie communicative, elle nous rendait tous très heureux.

Il me semble que notre père a cessé de sourire depuis la mort de Clarisse et qu'il sourit encore moins depuis son mariage avec Régine. Mais comment le dire à Joséphine ? Je préfère me taire. Je suis certain qu'elle sait aussi bien que moi que ses parents mènent deux vies antagonistes. Mon père voit ses amis avocats à la retraite, passe des heures dans son bureau à lire ou à écrire, se plaint sans arrêt, tandis que Régine supporte patiemment ses humeurs, joue au bridge dans son club de femmes et fait comme si tout allait bien avenue Kléber.

– Et sa famille ? Tu continues à les voir ?

– Ils sont morts quand elle était enfant. C'étaient des gens modestes, de la campagne. Elle avait une sœur, plus âgée, qu'elle ne voyait pas beaucoup. Après sa mort, cette sœur a complètement disparu. Je ne sais même pas où elle vit.

– C'était quoi son nom de jeune fille ?

– Elzyère.

– Elle venait d'où exactement ?

– Des Cévennes.

– Ça va ? me demande-t-elle subitement. Tu as une mine affreuse.

– Merci, dis-je en faisant la moue.

Puis, après une pause :

– En fait, tu as raison. Je suis épuisé. Et puis, lui qui se pointe…

– Ouais. Tu ne t'entends pas trop avec lui, hein ?

– Pas trop bien, non.

C'est une demi-vérité, parce que je m'entendais très bien avec lui quand Clarisse était vivante. C'est lui qui a commencé à m'appeler Tonio. Nous étions très complices, sans débordements, ce qui convenait au petit garçon calme que j'étais. Pas de partie de foot obligée. Le week-end, pas d'activité virile sentant la sueur, mais des promenades contemplatives dans le voisinage, de fréquentes visites au Louvre, dans l'aile des Antiquités égyptiennes, mon département préféré. Parfois, entre les sarcophages et les momies, j'attrapais un murmure. N'est-ce pas l'avocat François Rey ? Et j'étais fier qu'on nous voie main dans la main, fier d'être son fils. Mais c'était il y a plus de trente ans.

– Il aboie plus qu'il ne mord, justifie-t-elle.

– C'est facile à dire pour toi, tu es sa chouchoute, sa petite chérie.

Elle le reconnaît de bonne grâce et avec une certaine élégance.

– Ce n'est pas toujours facile d'être le chouchou, murmure-t-elle.

Puis elle reprend de la voix pour demander :

– Et ta famille à toi ?

– Ils arrivent. Tu les verras, si tu restes encore un peu.

– Super ! s'exclame-t-elle, avec trop d'enthousiasme. Et ton boulot, ça va comment ?

Pourquoi se donne-t-elle tant de mal pour alimenter cette surprenante conversation ? Joséphine ne m'a jamais rien demandé, si ce n'est des cigarettes. La dernière chose dont je souhaite parler, c'est bien de mon travail. Rien que d'y penser, j'ai la nausée.

– Eh bien, je suis toujours architecte et toujours aussi peu heureux de l'être.

Avant qu'elle ne me demande pourquoi, je lui lance à mon tour une salve de questions.

– Et toi, alors ? Petit ami, boulot, t'en es où ? Tu vois toujours ce propriétaire de boîte de nuit ? Et tu travailles toujours dans le Marais, pour un designer ?

Je passe sur l'homme marié avec qui elle a eu une aventure l'année dernière, comme sur les longs mois où elle est restée sans emploi, à regarder des DVD dans le bureau de son père ou à faire des virées shopping dans la Mini Austin noire de sa mère.

Un sourire soudain, qui ressemble plutôt à une grimace, déforme son visage. Elle lisse ses cheveux en arrière et s'éclaircit la gorge.

– En fait, Antoine, j'apprécierais vraiment si tu pouvais… – Elle s'interrompt et se racle de nouveau la gorge. – Si tu pouvais me prêter du fric.

Ses yeux bruns me fixent. Son regard est à la fois suppliant et effronté.

– Tu as besoin de combien ?

– Euh, disons, mille euros.

– Tu es dans le pétrin ? dis-je avec la voix de *pater familias* dont j'use avec Arno.

116

Elle secoue la tête.

– Non, bien sûr que non ! J'ai juste besoin de liquide. Et tu sais que je ne peux rien leur demander.

J'imagine qu'elle veut parler de ses parents.

– Je n'ai pas cette somme sur moi, tu imagines bien.

– Il y a un distributeur de l'autre côté de la rue, renchérit-elle comme si elle me rendait service.

Elle attend.

– OK, j'ai compris ! Tu en as besoin tout de suite, c'est ça ?

Elle acquiesce.

– Joséphine, je veux bien t'avancer cette somme, mais j'aurai besoin que tu me rendes cet argent. Depuis mon divorce, je ne roule pas sur l'or.

– Bien sûr, sans problème, c'est promis.

– Malheureusement pour toi, je ne crois pas qu'il soit possible de retirer autant d'argent à une machine.

– Et si tu me donnais le maximum que tu peux retirer et le reste en chèque ?

Elle se lève et glisse hors de la pièce en balançant triomphalement ses hanches étroites. Nous quittons l'hôpital pour nous rendre au distributeur. Nous fumons tout en marchant et je ne peux m'empêcher de penser que je suis en train de me faire arnaquer. Voilà à quoi ça mène de se rapprocher de sa demi-sœur.

Après avoir tendu les billets et le chèque à Joséphine, qui m'embrasse sur la joue avant de repartir d'un pas léger, je descends vers la ville. Pas envie de retourner à l'hôpital. C'est un de ces bourgs provinciaux sans rien à signaler. Un drapeau délavé flotte au fronton de la petite mairie qui fait face à une église austère. Puis se succèdent l'inévitable bar-tabac, la boulangerie, un hôtel sans prétention, l'Auberge du Dauphin. Je ne croise personne. Le bar-tabac est désert. Il est encore trop tôt pour déjeuner. Quand j'en pousse la porte, un jeune homme peu engageant lève le menton dans ma direction. Je commande un café et je m'assois. Une radio invisible hurle les nouvelles. Europe 1. Les tables recouvertes de nappes en plastique sont grasses au toucher. Peut-être devrais-je passer deux ou trois coups de téléphone à mes amis les plus proches pour leur apprendre ce qui s'est passé. Appeler Emmanuel, Hélène, Didier. Je ne cesse de repousser le moment. Est-ce parce que je ne peux plus prononcer ces mots ? Décrire l'accident à nouveau ? Et les amis de Mélanie ? Et son patron ? Qui va leur annoncer ? Moi, probablement. La semaine suivante allait être chargée pour Mélanie. Préparation de la rentrée littéraire d'automne. La période de l'année où le travail est le plus intense pour tous les professionnels de l'édition, et donc pour mon ex-femme. Et puis il y a toutes mes emmerdes à moi, Rabagny et ses sautes d'humeur, les plans qu'il veut sans arrêt modifier, la perle d'assistante à trouver une fois que je me serai enfin décidé à virer l'autre.

J'allume une cigarette.

– Profitez-en, l'année prochaine c'est fini, ricane le jeune homme au sourire revêche. On devra sortir sur le trottoir pour fumer. C'est pas bon pour le business, ça. Pas bon du tout. J'ferais aussi bien de fermer.

Il a l'air tellement remonté que je préfère, lâchement, ne pas poursuivre la conversation. Je me contente de sourire, de hocher la tête et de hausser les épaules, plongé dans l'étude exagérément enthousiaste de mon téléphone portable.

J'ai recommencé à fumer quand Astrid m'a annoncé qu'elle était amoureuse de Serge. J'avais arrêté pendant dix ans. En un clic de briquet, je suis redevenu fumeur. Tout le monde m'est tombé dessus. Astrid, qui ne jure que par la vie « saine », était consternée. Ça m'était complètement égal. Fumer était la seule chose que personne ne pouvait m'enlever, au risque de devenir un mauvais exemple pour mes enfants, à cet âge fragile où Margaux et Arno devenaient influençables et où fumer est « trop cool ». Mon appartement de la rue Froidevaux sentait la cendre froide. Un appartement avec vue sur le cimetière. Rien à dire du voisinage. Que des gens bien : Baudelaire, Maupassant, Beckett, Sartre, Beauvoir… J'ai vite appris à ne pas regarder par la fenêtre du salon. Ou à ne le faire que la nuit, quand les crucifix et les caveaux de pierre ne sont plus visibles, quand la distance jusqu'à la tour

Montparnasse n'est plus qu'un mystérieux espace noir et vide.

J'avais passé un temps fou à essayer de faire de cet appartement mon chez-moi. En vain. J'avais saccagé les albums patiemment composés par Astrid, arrachant mes photos préférées des enfants, de nous deux, pour en tapisser les murs. Arno dans mes bras, le jour de sa naissance. Margaux dans sa première robe, Lucas posant triomphalement au troisième étage de la tour Eiffel en brandissant une sucette poisseuse. Les vacances au ski, à la mer, les châteaux de la Loire, les anniversaires, les spectacles d'école, les fêtes de Noël : une exposition sans fin de l'heureuse famille que nous avions formée.

Malgré les photos, malgré les rideaux aux couleurs vives (Mélanie m'avait aidé sur ce coup-là), la cuisine joyeuse, les canapés confortables de chez Habitat et l'éclairage adéquat, mon appartement transpire désespérément le vide. La vie ne surgit qu'à l'arrivée des enfants les week-ends où j'en ai la garde. Je me réveille encore dans mon lit tout neuf en me grattant la tête et en me demandant où je suis. Je ne supportais pas de retourner à Malakoff et d'être confronté à Astrid et à sa nouvelle vie sans moi dans *notre* maison. Pourquoi nous attachons-nous tant aux maisons ? Pourquoi est-ce si douloureux d'en abandonner une ?

Nous avions acheté celle-ci ensemble, il y a douze ans. Ce n'était pas un quartier recherché à l'époque, trop populaire, au mauvais sens du terme. Quand nous avons déménagé dans cette petite banlieue du sud de Paris, les sourcils se sont levés. Et il y avait tant à faire. Ce pavillon haut et étroit était une quasi-ruine, mais nous avons relevé le défi, appréciant chaque étape, même les contretemps, les problèmes avec la banque, avec un confrère architecte, avec le plombier, le maçon, le charpentier. Nous avons travaillé jour et nuit. Nos amis parisiens sont devenus un brin envieux quand ils se sont rendu compte à quel point la maison était proche de Paris et le trajet facile – il suffisait de passer la porte de Vanves.

Nous avions un jardin, dont je m'occupais avec cœur – qui peut se permettre d'avoir un jardin en plein Paris ? –, nous pouvions prendre nos déjeuners et dîners d'été à l'extérieur, malgré le ronronnement du périphérique voisin auquel nous nous sommes vite habitués. Notre vieux et pataud labrador qui y passe ses journées ne comprend toujours pas pourquoi j'ai déménagé, ni qui est le nouveau type dans le lit d'Astrid. Mon vieux Titus.

J'aimais les hivers près de la cheminée, le grand salon, toujours sens dessus dessous à cause des trois enfants et du chien. Les dessins de Lucas. Les bâton-nets d'encens d'Astrid dont le parfum puissant me faisait tourner la tête. Les devoirs de Margaux. Les baskets d'Arno, pointure 45. Le canapé rouge sombre qui n'avait plus sa splendeur des premiers jours, mais dans lequel il était toujours aussi agréable de s'endor-mir. Les fauteuils défoncés qui vous enveloppaient comme de vieux amis.

Mon bureau se trouvait au dernier étage. Spacieux, lumineux et calme. C'est moi qui l'avais aménagé. Dans cette pièce, surplombant les toits de tuile rouge et le ruban gris du périphérique, toujours encombré, je me sentais comme Leonardo DiCaprio dans *Titanic* quand il déclame *I'm the king of the world*, les bras ten-dus vers l'horizon. Moi aussi, j'étais le roi du monde. Maudit bureau. C'était ma tanière, mon antre. Astrid y grimpait, au bon vieux temps, quand les enfants étaient endormis, et nous faisions l'amour sur la moquette en écoutant Cat Stevens. *Sad Lisa.* J'imagine que Serge y a installé le sien. Et a pris possession de la moquette par la même occasion. Mieux vaut s'interdire d'y penser.

Notre foyer. Et ce jour où j'ai dû le quitter. Ce jour où je suis resté sur le seuil, enveloppant d'un dernier regard ce qui avait été à moi. Les enfants n'étaient pas là. Astrid me regardait avec un brin de mélancolie. Tout ira bien, Antoine, me rassurait-elle. J'ai acquiescé. Je ne voulais pas qu'elle voie les larmes qui montaient. Elle m'a dit de prendre ce que je voulais. Prends ce que tu estimes être à toi. J'ai commencé à remplir rageusement des cartons avec mon fouillis, puis j'ai ralenti le mouvement. Je ne voulais pas en emporter, des souvenirs, à part les photos. Je ne voulais rien de cette maison. Je voulais juste qu'Astrid me revienne.

Alors que j'attends que ma famille arrive dans ce sinistre troquet envahi par les accords d'une chanson sirupeuse de Michel Sardou, je me demande soudain si mon père n'aurait pas raison. Je ne me suis jamais battu pour elle. Jamais fait d'esclandre. J'ai renoncé, je l'ai laissée partir, courageux et bien élevé, comme quand j'étais petit garçon. Ce petit garçon propre sur lui, avec les cheveux bien peignés et un blazer bleu marine, qui n'oubliait jamais de dire *s'il vous plaît, merci, pardon.*

Enfin, j'aperçois notre bonne vieille Audi, couverte de poussière. Je regarde ma famille en descendre. Ils ne savent pas que je suis là, ils ne peuvent pas me voir. Mon cœur chancelle. Cela fait un moment que je ne les ai pas vus. Les cheveux d'Arno ont blondi au soleil et descendent jusqu'à ses épaules. Je vois qu'il essaie de se laisser pousser un bouc, ce qui, aussi étonnant que cela puisse paraître, ne lui va pas si mal. Margaux porte un bandana autour de la tête, elle s'est légèrement remplumée. Sa démarche est maladroite, elle est un peu complexée. C'est Lucas qui me surprend le plus. Le petit garçon rondouillet est devenu une sorte de sauterelle tout en bras et en jambes. On sent le futur ado en lui qui commence à gronder, prêt à surgir tel l'incroyable Hulk.

Je ne veux pas regarder Astrid tout de suite, mais je n'y tiens plus. Elle porte une robe longue en jean délavé que j'adore, boutonnée de haut en bas et étroitement ajustée. Ses cheveux blonds, parsemés de quelques cheveux blancs, sont attachés. Elle a les traits tirés, mais reste très belle, malgré tout. Serge n'est pas là. Je soupire de soulagement.

Je les regarde quitter le parking et se diriger vers l'hôpital. Soudain je sors. Lucas pousse un hurlement et me saute dans les bras. Arno m'attrape par la tête et m'embrasse le front. Il est plus grand que moi. Margaux se tient à l'écart, sur une jambe, comme un flamant rose, avant de se décider à approcher et à fourrer sa tête contre mon épaule. Je m'aperçois que, sous le bandana, ses cheveux sont teints en orange vif. Je tressaille, mais ne me permets aucune remarque.

Je garde Astrid pour la fin. J'attends que les enfants aient fait le plein de leur papa, puis je la prends dans mes bras avec une sorte de faim fiévreuse qu'elle doit interpréter comme de l'angoisse. C'est incroyablement bon de la serrer contre moi. Son parfum, la douceur de sa peau, le velouté de ses bras nus me tournent la tête. Elle ne me repousse pas. Elle me rend mon étreinte, avec intensité. Je voudrais l'embrasser et je suis sur le point de le faire. Mais ils ne sont pas là pour moi. Ils sont là pour Mel.

Je les emmène jusqu'à sa chambre. En chemin, nous croisons mon père et Joséphine. Mon père embrasse tout le monde avec sa délicatesse habituelle. Il tire sur le bouc d'Arno.

– Mon Dieu, mais qu'est-ce que c'est que ça? grogne-t-il. – Il donne à Arno une tape dans le dos. – Tiens-toi droit, idiot, bête que tu es! Ton père ne te le dit donc jamais? Il ne vaut pas mieux que toi, franchement.

Je sais qu'il plaisante, mais comme toujours, son humour est mordant. Depuis qu'Arno est tout petit, mon père me harcèle à cause de l'éducation que je lui donne, me reprochant de mal l'élever.

Nous entrons tous sur la pointe des pieds dans la chambre de Mélanie. Elle n'est pas réveillée. Son visage est plus pâle que ce matin. Elle a l'air d'une petite chose et fait subitement plus que son âge. Les yeux de Margaux s'embuent et j'y vois briller des larmes. Elle a l'air horrifié par l'aspect de sa tante. Je passe un bras autour de ses épaules et la serre contre moi. Elle sent la sueur et le sel. Le parfum de cannelle de la petite fille a disparu. Arno demeure bouche bée. Lucas gigote, orientant son regard alternativement vers moi, sa mère et Mélanie.

Puis Mélanie tourne la tête et ouvre doucement les yeux. Elle reconnaît les enfants et son visage s'éclaire. Elle tente un faible sourire. Margaux éclate en sanglots. Les yeux d'Astrid sont aussi pleins de larmes, sa bouche tremble. Je m'éclipse discrètement dans le couloir. Je prends une cigarette que je n'allume pas.

– Interdiction de fumer! hurle une infirmière aux airs de matrone en pointant un doigt rageur vers moi.

– Je la tiens juste. Je ne la fume pas.

Elle me lance un sale regard, comme si j'étais un voleur à l'étalage pris la main dans le sac. Je range ma cigarette dans son paquet. Je pense soudain à Clarisse. Il ne manque qu'elle. Si elle était encore en vie, elle serait ici avec nous, dans cette chambre, auprès de sa fille, de ses enfants, de ses petits-enfants. De son mari. Elle aurait soixante-neuf ans. Impossible d'imaginer ma mère à soixante-neuf ans. Elle restera pour toujours une jeune femme. J'ai atteint un âge qu'elle n'a jamais connu. Elle n'a jamais su ce que c'était que d'élever des adolescents. Tout aurait été différent si elle n'avait pas disparu. Mélanie et moi avons mis le couvercle sur notre puberté. Nous avions été habitués à la soumission; il n'y eut donc ni emportements, ni cris, ni portes qui claquent, ni insultes. Pas de saine rébellion adolescente. La raideur de Régine nous avait muselés. Blanche et Robert avaient approuvé. C'était la bonne méthode, selon eux. Des enfants présents, mais en silence. Et notre père qui, en une nuit, était devenu une autre personne, ne s'intéressant plus à ses enfants, ni à leur avenir.

Mélanie et moi n'avons pas eu le droit d'être des adolescents.

Alors que je raccompagne ma famille vers la sortie, une grande femme en uniforme bleu pâle me dépasse en me souriant. Elle porte un badge, mais je ne parviens pas à savoir si c'est une infirmière ou un médecin. Je lui rends son sourire. Je songe à quel point il est agréable, dans ces hôpitaux de province, que les gens vous saluent, ce qui n'arrive jamais à Paris. Astrid a toujours l'air fatigué et je commence à penser que faire maintenant la route jusqu'à Paris, dans cette chaleur étouffante, n'est pas une très bonne idée. Ne pourraient-ils pas rester un peu plus longtemps ? Elle hésite, puis marmonne quelque chose à propos de Serge qui l'attend. J'ajoute que j'ai réservé une chambre dans un petit hôtel voisin où je resterai tant que Mélanie doit être hospitalisée. Pourquoi n'en profiterait-elle pas pour se reposer avant de reprendre la route ? La chambre est petite, mais fraîche. Elle pourrait même prendre une douche. Elle incline la tête, l'idée ne lui déplaît pas. Je lui tends les clefs et lui montre l'hôtel, juste derrière la mairie. Elle s'éloigne avec Margaux. Je les suis du regard.

Arno et moi retournons vers l'hôpital et nous asseyons sur les bancs de bois qui encadrent l'entrée.

— Elle va s'en tirer, hein ?

– Mel ? Tu parles ! Bien sûr qu'elle va s'en tirer.

Mais ma voix ne fait pas illusion.

– Papa, tu as dit que la voiture avait quitté la route ?

– Oui. Mel conduisait. Et puis soudain, boum, l'accident.

– Mais comment ? Comment est-ce arrivé ?

Je décide de lui dire la vérité. Ces derniers temps, Arno s'est montré distant, renfermé, ne répondant à mes questions qu'en grognant. Je n'arrive même pas à me souvenir de la dernière fois où nous avons eu une conversation digne de ce nom. Alors l'entendre à nouveau, sentir ses yeux fixer les miens me donne envie de prolonger autant que possible ce contact inespéré, d'une manière ou d'une autre.

– Elle était sur le point de me confier quelque chose qui la préoccupait. C'est à cet instant-là que c'est arrivé. Elle a juste eu le temps de me dire qu'un souvenir troublant avait ressurgi. Mais depuis l'accident, sa mémoire a quelques failles.

Arno se tait. Ses mains sont si grandes désormais. De vraies mains d'homme.

– Tu crois que c'était quoi ?

J'inspire un bon coup.

– Je crois que ça concernait notre mère.

Arno a l'air surpris.

– Votre mère ? Mais vous n'en parlez jamais !

– C'est vrai, mais ce séjour de trois jours à Noir-moutier nous a beaucoup remués. Nous avons évoqué le passé et parlé d'elle. Toutes sortes d'images ont refait surface.

– Continue, me presse-t-il. Comme quoi ?

J'aime sa façon de poser des questions, simple, directe, sans détour.

— Comment elle était, par exemple.
— Tu avais oublié ?
— Non, ce n'est pas ce que je voulais dire. Je me souviens parfaitement du jour de sa mort, qui reste le pire jour de ma vie. Imagine : tu dis au revoir à ta mère, tu pars à l'école avec la jeune fille au pair, tu passes une journée de classe comme toutes les autres et tu reviens, en fin d'après-midi, avec ton pain au chocolat à la main. Sauf que quand tu arrives à la maison, ton père est déjà rentré, tes grands-parents sont là, tous avec une mine à faire peur. Ils t'annoncent que ta mère est morte. Qu'elle a eu quelque chose au cerveau. Ensuite, à l'hôpital, on te montre un corps sous un drap en te disant que c'est ta mère. On soulève le drap et tu fermes les yeux. C'est ce que j'ai fait, j'ai fermé les yeux.

Il me fixe en accusant le coup.

— Pourquoi tu ne m'as jamais rien raconté ?

Je hausse les épaules.

— Tu ne m'as jamais rien demandé.

Son regard retombe. Le piercing qu'il porte à l'un de ses sourcils suit le mouvement. Décidément, je ne m'y ferai jamais.

— C'est nul comme raison !
— En fait, je ne savais pas comment t'en parler.
— Pourquoi ?

Ses questions commencent à me déranger. Mais je veux continuer de lui répondre. Je ressens le besoin vital de me débarrasser d'un poids qui m'oppresse, en me confiant, pour la première fois, à mon fils.

— Parce que, quand elle est morte, tout a changé pour Mel et moi. Personne ne nous a expliqué ce

128

qui s'était passé. C'était les années soixante-dix, tu comprends. De nos jours, on fait plus attention aux enfants, on les emmène chez le psy quand ce genre d'événement survient. Mais, à l'époque, personne ne nous a aidés. Notre mère avait disparu de nos vies, voilà tout. Notre père s'est remarié. On n'a plus jamais entendu prononcer le prénom de Clarisse. Ses photos, toutes les photos où elle était, ont disparu du paysage.

– C'est vrai ? grommelle-t-il.

– Oui, c'est vrai. On l'a effacée de nos vies. Et nous, nous avons laissé faire. Parce que la tristesse nous écrasait, que nous n'étions que des enfants, impuissants. Quand nous avons été assez âgés pour nous débrouiller tout seuls, nous avons quitté la maison, Mélanie et moi. Et tout ce temps, nous avons laissé les souvenirs de notre mère rangés dans des cartons. Je ne parle pas de ses vêtements, de ses livres, des objets qui lui appartenaient, non, je parle des souvenirs que nous avions d'elle.

J'ai soudain du mal à respirer.

– Elle était comment ? demande-t-il.

– Physiquement, elle ressemblait à Mel. La même silhouette, la même couleur de cheveux. Elle était gaie, pétillante. Pleine de vie.

Je m'interromps. Une douleur trop intime me perce le cœur. Je ne peux plus parler. Les mots ne veulent pas sortir.

– Excuse-moi de t'avoir embêté avec tout ça, marmonne Arno. On en parlera une autre fois. Ne t'inquiète pas, papa.

Il étire ses longues jambes et me tape le dos affectueusement, sans doute gêné d'être témoin de mon émotion.

129

La femme en blouse bleue que j'ai croisée tout à l'heure passe près de nous et me sourit une fois encore. Elle a de belles jambes. Un joli sourire. Je lui retourne son attention.

Le portable d'Arno se met à sonner et il se lève pour répondre. En baissant la voix, il s'éloigne de moi. Je ne sais rien de la vie de mon fils. Il ne ramène que rarement ses copains à la maison, sauf une fille dérangeante dans le genre gothique, avec des cheveux noir corbeau et des lèvres violettes, une sorte d'Ophélie en train de se noyer. Ils s'enferment dans sa chambre et écoutent de la musique à fond. En fait, je déteste poser des questions à mon fils. Un jour que je tentais une approche tout en légèreté, je me suis vu gratifié d'un glacial : « T'es de la Gestapo ou quoi ? » Depuis, j'évite les questions. D'ailleurs, quand j'avais son âge, je détestais que mon père fourre son nez dans mes affaires. Mais je n'aurais jamais osé lui répondre de cette façon.

J'allume une cigarette et me lève pour me dégourdir les jambes. Je réfléchis. Comment organiser le séjour de Mélanie à l'hôpital ? Je ne sais pas par où commencer. Je sens une présence près de moi. Quand je me retourne, je tombe sur la femme aux longues jambes et à la blouse bleue.

— Puis-je vous demander une cigarette ?

Je lui tends mon paquet d'une main maladroite. Même gaucherie quand je me débats avec mon briquet.

— Vous travaillez ici ?

Elle a des yeux étonnants, presque dorés. J'imagine qu'elle doit avoir la quarantaine, peut-être plus jeune. Tout ce que je sais, c'est qu'elle est agréable à regarder.

– Oui, me répond-elle.

Nous sommes un peu gênés. Je jette un coup d'œil sur son badge. Angèle Rouvatier.

– Vous êtes médecin ?

Elle sourit.

– Non, pas exactement.

Avant que je puisse poser une autre question, elle me demande :

– Est-ce que ce jeune homme est votre fils ?

– Oui. Nous sommes ici parce que…

– Je sais pourquoi vous êtes ici, dit-elle. C'est un petit hôpital.

Elle parle d'une voix basse et amicale. Pourtant quelque chose d'étrange se dégage de sa personne, je ne saurais dire quoi exactement. Une certaine distance.

– Votre sœur a eu de la chance. C'était un sacré choc. Vous aussi, vous avez eu de la chance.

– Oui, j'ai eu beaucoup de chance.

Nous tirons quelques bouffées en silence.

– Vous travaillez avec le docteur Besson, si je comprends bien.

– C'est le patron.

Je note qu'elle ne porte pas d'alliance. Avant c'est un détail qui m'aurait échappé.

– Je dois y aller. Merci pour la cigarette.

J'admire la finesse de ses longs mollets. Je ne me souviens même pas de la dernière femme avec qui j'ai couché. Probablement une fille rencontrée sur Internet. Ce devait être un de ces coups sinistres d'une ou deux heures. Préservatif usagé, au revoir pressé, et on passe à autre chose.

La seule fille chouette que j'aie rencontrée depuis mon divorce est une femme mariée, Hélène. Une de ses filles suit le même cours d'art plastique que Margaux. Mais elle n'a pas envie d'avoir une aventure. Elle préfère que nous restions amis. Ça me va bien comme ça. Elle est devenue une alliée précieuse. Quand nous dînons dans les brasseries bruyantes du Quartier latin, elle me tient la main et me laisse déballer mes idées noires. La situation n'a pas l'air de déranger son mari. De toute façon, il n'a aucune raison d'être jaloux de moi. Hélène vit boulevard de Sébastopol dans un appartement, où règne un joyeux fouillis, qu'elle a hérité de son grand-père et redécoré de manière audacieuse. La façade du bâtiment est en piteux état. Le quartier est coincé entre les Halles et Beaubourg, deux symboles de la vanité présidentielle. Quand je vais là-bas rendre visite à Hélène, à chaque fois, des souvenirs d'enfance me reviennent. Mon père et moi aimions traîner le long des stands du marché des Halles, aujourd'hui disparu. Il aimait me sortir du 16e arrondissement pour me montrer le vieux Paris, celui qui semblait tout droit sorti d'un roman d'Émile Zola. Je me souviens, je reluquais en douce les prostituées alignées le long de la rue Saint-Denis, jusqu'au moment où mon père me sommait sévèrement d'arrêter.

Je suis du regard Astrid et Margaux qui remontent de l'hôtel, requinquées par la douche. Astrid a les traits plus détendus, elle semble reposée. Elle tient la main de Margaux et leurs bras se balancent, comme nous le faisions quand notre fille était encore petite.

Je sais que ce sera bientôt l'heure du départ, inexorable. Je dois me préparer. Comme toujours j'ai besoin de temps.

À la fin de la journée, le visage de Mélanie, sur la taie d'oreiller blanche, paraît avoir repris des couleurs, ou n'est-ce que le travail de mon imagination ? Tout le monde est parti, et nous sommes tous les deux seuls, dans la chaleur doucement déclinante de ce mois d'août, accompagnés par le ronronnement du ventilateur.

Cet après-midi, j'ai appelé son patron, Thierry Drancourt, son assistante, ses amis proches, Valérie, Laure, Édouard. J'ai tenté d'expliquer la situation, de ma voix la plus douce et la plus calme, mais ils ont tous eu l'air inquiet. Pouvaient-ils envoyer quelque chose, aider d'une façon ou d'une autre ? Souffrait-elle ? Je les ai rassurés en leur répétant qu'elle allait bien, qu'elle se rétablirait rapidement. Dans le téléphone de Mel, que j'ai récupéré, j'ai trouvé quelques messages du vieux beau, mais je ne l'ai pas rappelé.

Dans l'intimité des toilettes pour hommes, situées au bout du couloir, j'ai appelé mes meilleurs amis, Hélène, Didier, Emmanuel et leur ai raconté, d'une voix résolument différente, tremblante, à quel point j'avais eu peur, à quel point j'avais peur encore en la voyant allongée sur son lit, plâtrée, immobile, le regard vide. Hélène était en pleurs et Didier pouvait à peine parler. Seul Emmanuel a trouvé la force de me réconforter de sa voix de stentor et de son rire chaleureux. Il a proposé de me rejoindre et j'ai caressé l'idée un moment.

— Je crois bien que je n'aurai plus jamais envie de conduire, me dit Mélanie faiblement.

— Pense à autre chose. C'est trop tôt de toute façon.

Elle tente un haussement d'épaules et grimace de douleur.

— Les enfants sont grands. Lucas est un jeune homme. Margaux avec ses cheveux orange, Arno et son bouc.

Elle ouvre ses lèvres gercées et sourit.

— Et Astrid... ajoute-t-elle.

— Ouais... Astrid.

Elle soulève doucement son bras pour m'attraper la main. Elle la tient serrée.

— Machin chose ne s'est pas pointé ?

— Non, Dieu merci.

Le médecin entre avec une infirmière pour l'examen du soir. Je quitte la chambre après avoir embrassé ma sœur pour lui dire au revoir. J'arpente les couloirs. Les semelles de caoutchouc de mes tennis couinent sur le linoléum. Alors que je m'apprête à sortir de l'hôpital, je la vois. Elle est dehors, tout près de la porte d'entrée.

Angèle Rouvatier. Elle porte un jean et un débardeur noirs. Elle est assise sur une magnifique Harley. Sous un bras, elle tient son casque. De l'autre, elle téléphone. Ses cheveux bruns lui tombent sur le visage, en dissimulant l'expression. Je la regarde un moment. Mes yeux descendent le long de ses cuisses, de son dos, s'enroulent autour de ses épaules rondes et féminines. Ses avant-bras sont bronzés, elle a dû passer des vacances au soleil. Je me demande de quoi elle a l'air en maillot de bain, à quoi ressemble sa vie, si elle est mariée, célibataire, si elle a ou non des enfants. À quoi ressemble son odeur, là, sous le rideau soyeux de ses cheveux ? Elle s'est rendu compte de quelque chose. Elle se retourne et me reconnaît. Mon cœur bat la chamade. Elle me sourit, range son téléphone dans sa poche et me fait signe de m'approcher.

– Comment va votre sœur, ce soir ? demande-t-elle.

Ses yeux sont toujours dorés, même dans cette lumière.

– Elle a l'air mieux, merci.

– Vous avez une bien jolie famille. Votre femme, votre fille, votre fils…

– Merci.

– Ils sont déjà repartis ?

– Oui.

Un silence s'installe.

– Nous sommes divorcés.

Pourquoi ai-je lâché ça ? C'est pathétique.

– Du coup, vous êtes coincé ici pour un moment ?

– Oui, j'imagine. Tant qu'on ne peut pas la déplacer.

Elle descend de sa Harley. Je suis en admiration devant le mouvement gracieux de sa jambe passant par-dessus l'engin.

– Vous avez le temps de boire un verre ? me demande-t-elle en me regardant droit dans les yeux.

– Bien sûr, dis-je, l'air du type qui en a vu d'autres. Où ça ?

– Le choix est mince. Il y a un bar là-bas, près de la mairie. Mais il est certainement fermé à cette heure. Ou alors le bar de l'Auberge du Dauphin.

– C'est là que je suis descendu.

– C'est le seul hôtel ouvert à cette époque de l'année.

Elle marche plus vite que moi et je m'essouffle à tenter de la suivre. Nous nous taisons, mais ce silence n'est pas pesant. Quand nous arrivons à l'hôtel, il n'y a personne au bar. Nous attendons un peu, mais l'endroit reste désespérément désert.

– Vous devez bien avoir un minibar dans votre chambre, dit-elle.

Toujours ce même regard franc planté dans le mien. Il y a quelque chose en elle que je trouve à la fois terrifiant et excitant. Elle me suit jusqu'à ma chambre. Je m'emmêle les pinceaux avec mes clefs. Puis la porte s'ouvre dans un glissement et se referme avec un léger clic. Elle est dans mes bras, je sens ses cheveux soyeux contre ma joue. Elle m'embrasse intensément. Elle sent la menthe et le tabac. Elle est plus musclée et plus grande qu'Astrid. Que toutes les femmes que j'ai tenues dans mes bras ces derniers temps.

Je me sens con. Là, debout, entre ses bras, j'ai l'impression d'être un adolescent maladroit, frappé d'inertie. Mes mains reviennent soudain à la vie. Je l'attrape, comme un noyé s'agrippe à un gilet de sauvetage, la serre contre moi fiévreusement, les mains plaquées sur sa chute de reins. Elle se fond en moi et pousse de longs soupirs qui viennent du plus profond d'elle-même. Nous tombons sur le lit et elle me chevauche du même mouvement harmonieux que sur sa moto. Ses yeux brillent comme ceux d'un chat. Elle a un lent sourire en me retirant ma ceinture et en ouvrant ma braguette. Ces gestes sensuels et précis me font bander en une seconde. Elle ne cesse de me regarder, de me sourire, même quand je la pénètre. Elle me fait immédiatement ralentir le mouvement avec art et je comprends que ce ne sera pas un de ces coups vite tirés, qui ne prennent que quelques minutes.

Je ne quitte pas des yeux les lignes fauves de son corps. Elle se penche et attrape mon visage entre ses mains, m'embrasse avec une tendresse surprenante. Elle n'est pas pressée, elle se délecte. C'est une danse lente, dont émane une puissance extrême, que je sens monter en moi, depuis mes pieds jusqu'au long de ma colonne vertébrale. C'est si intense que c'en est presque douloureux. Elle s'étend complètement sur moi, à bout de souffle. Sous mes mains, je sens la moiteur de son dos.

– Merci, murmure-t-elle. J'en avais besoin.

J'émets un petit gloussement sec.

– Excusez-moi pour l'écho, mais j'avais besoin de ça aussi.

Elle attrape une cigarette sur la table de nuit, l'allume et me la tend.

– J'ai su dès le moment où j'ai posé les yeux sur toi.

– Su quoi ?

– Que je coucherais avec toi.

Elle me prend la cigarette des doigts.

Je remarque soudain que je porte un préservatif. Elle a dû le placer avec une telle dextérité que je n'ai rien senti.

– Tu l'aimes toujours, n'est-ce pas ?

– Qui ?

Je sais exactement de qui elle veut parler.

– Ta femme.

Pourquoi cacher quoi que ce soit à cette belle et singulière étrangère ?

– Oui, je l'aime encore. Elle m'a quitté pour un autre homme il y a un an. Je me sens merdeux.

Angèle écrase la cigarette.

– J'en étais sûre. Cette façon que tu as de la regarder. Tu dois beaucoup souffrir.

– Oui.

– Qu'est-ce que tu fais dans la vie ?

– Je suis architecte. Rien d'excitant, l'architecte de base, quoi. Je refais des bureaux et des magasins, des hôpitaux, des librairies, des laboratoires, ce genre de trucs. Pas de quoi se relever la nuit. Je ne suis pas un artiste.

– Tu aimes bien te dénigrer, je me trompe ?

– Non, tu as raison, dis-je, piqué au vif.

– Un conseil, arrête ça.

Je retire discrètement le préservatif avant de me lever pour le faire disparaître dans les toilettes. J'évite de me croiser dans le miroir, comme toujours.

– Et vous, madame Rouvatier ? Que faites-vous dans la vie ? dis-je en remontant sur le lit, le ventre rentré.

Elle me regarde froidement.

– Je suis thanatopractrice.

– Qu'est-ce que c'est ?

– Embaumeuse.

La surprise est totale.

Elle sourit. Ses dents sont parfaitement alignées et blanches.

– Je m'occupe de cadavres toute la journée. Avec les mains qui te branlaient tout à l'heure.

Mes yeux se posent sur ses mains. Des mains fortes et agiles, et pourtant féminines.

– Beaucoup d'hommes ont du mal avec mon boulot. Alors j'évite de le dire. Ça les fait débander. Et toi, ça te dérange ?

– Non, dis-je sincèrement. Mais ça me surprend. Parle-moi de ton travail. C'est la première fois que je rencontre une embaumeuse.

– Mon boulot, c'est de respecter la mort. C'est tout. Si ta sœur était morte, la nuit dernière, dans cet accident, et Dieu merci ce n'est pas le cas, c'est moi qui me serais occupée d'elle et qui aurais fait en sorte de lui donner un visage paisible. Pour que toi et ta famille puissiez la regarder une dernière fois sans avoir peur.

– Et comment tu t'y prends ?

Elle hausse les épaules.

– C'est un vrai travail. De la même façon que toi, tu retapes des bureaux, moi, je retape la mort.

– C'est difficile ?

– Oui. Quand on vous amène un enfant, un bébé… ou une femme enceinte.

Je frémis.

– Tu en as, des enfants ?

– Non, je ne suis pas très famille. Mais j'admire ça chez les autres.

– Tu es mariée ?

– C'est un interrogatoire de police ? Non, non plus, pas le genre qui se marie. D'autres questions ?

– Non, madame.

– Bien. Parce qu'il faut que j'y aille. Mon petit ami va se demander ce que je fabrique.

– Ton petit ami ? je répète, sans pouvoir dissimuler mon étonnement.

Elle me sourit de toutes ses dents.

– Oui, il se trouve que j'ai quelques-uns de ces spécimens.

Elle se lève et passe dans la salle de bains. J'entends la douche. Peu de temps après, elle réapparaît, enveloppée dans une serviette. Je ne peux m'empêcher de la trouver fascinante et elle le sait. Elle enfile ses sous-vêtements, son jean et son tee-shirt.

— On se reverra. Tu t'en doutes, hein ?

— Oui, dis-je en cherchant ma respiration.

Elle se penche vers moi pour m'embrasser sur la bouche. Un baiser langoureux, gourmand.

— Je n'en ai pas fini avec toi, monsieur le Parisien. Et pas la peine de rentrer le ventre. Tu es déjà assez sexy comme ça.

De nouveau le clic léger de la porte. Elle est partie. Je suis encore sous le choc, comme si une lame de fond venait de me heurter de plein fouet. Sous la douche, je glousse bêtement en repensant à son culot. Outre l'attitude audacieuse, quelque chose de follement attirant se dégage d'elle, une chaleur, un charme irrésistible. Elle vient d'accomplir quelque chose de magistral, je songe en enfilant mes vêtements, grâce à elle je me sens bien avec moi-même, ce qui n'était pas arrivé depuis des mois. Je me surprends à chantonner.

Pour une fois, j'ose me regarder dans le miroir. Mon visage tout en longueur. Mes sourcils épais. Mes membres plutôt fins et ma bedaine. J'ai un drôle de sourire. L'homme que j'ai en face de moi ne ressemble plus à Droopy. Non, il est même plutôt attirant, avec ses cheveux poivre et sel en bataille et la lueur démoniaque qui brille au fond de ses yeux noisette.

Si seulement Astrid pouvait me voir maintenant. Si seulement Astrid pouvait me désirer autant que cette Angèle Rouvatier qui en réclame encore. Quand vais-je cesser d'être hanté par mon ex-femme ? Quand vais-je être capable de tourner la page et d'avancer ?

Je pense au métier d'Angèle. Je n'ai aucune idée de ce en quoi consiste exactement la thanatopraxie. Mais ai-je vraiment envie de le savoir ? Cela me fascine, d'une façon obscure que je ne souhaite pas approfondir. Je me souviens d'un documentaire vu à la télévision qui montrait comment on prépare les cadavres. Injections de sérum, lissage des visages, coutures des blessures, redressement des membres, maquillage spécifique. Boulot sinistre, avait dit Astrid qui regardait ce programme avec moi. Ici, dans cet hôpital de province, quel genre de cadavres pouvait bien avoir Angèle ? Des vieux, des accidentés de la route, des cancéreux, des cardiaques. Un thanatopracteur s'est-il occupé du corps de ma mère ? À l'hôpital, j'avais fermé les yeux. Je me demande si Mélanie a fait la même chose.

Les funérailles ont eu lieu à l'église Saint-Pierre-de-Chaillot, à dix minutes de l'avenue Kléber. Ma mère a été enterrée dans le cimetière proche du Trocadéro. Dans le caveau de la famille Rey. Il y a une dizaine d'années, j'y ai emmené les enfants. Je voulais leur montrer sa tombe, la tombe d'une grand-mère qu'ils n'ont jamais connue. Comment se fait-il que j'aie si peu de souvenirs de ces funérailles ? Quelques flashes, l'obscurité de l'église, les gens peu nombreux, les murmures, les lys blancs et leur parfum entêtant, les étrangers qui défilaient et nous serraient dans leurs bras. Je dois parler de tout ça avec ma sœur, lui demander si elle a vu le visage de notre mère morte. Hélas, ce n'est pas le moment, je le sais.

Je repense à ce que Mélanie s'apprêtait à me dire quand la voiture a quitté la route. Depuis l'accident, j'ai constamment cela à l'esprit, cette énigme ne me quitte pas, elle est là, dans un coin de ma tête, comme un poids mort, oppressant. J'hésite à en parler au docteur Besson. Comment le lui dire et, surtout, qu'en pensera-t-elle ? Évidemment, la seule personne avec qui j'ai vraiment envie d'en parler, pour le moment, c'est mon ex-femme. Mais elle n'est pas là.

J'allume mon portable et j'écoute mes messages. Lucie m'a appelé à propos d'un nouveau contrat. Rabagny a essayé de me contacter trois fois. Si j'ai accepté de créer sa crèche « artistique » dans le quartier de la Bastille, c'est parce que c'était bien payé et que je ne pouvais plus me permettre de faire la fine bouche. La pension que je verse à Astrid chaque mois est faramineuse. Nos avocats se sont occupés de tout et je suppose que l'arrangement était juste. J'ai toujours gagné plus qu'elle. Mais les fins de mois sont un peu raides.

Rabagny ne comprend pas où je suis et pourquoi je ne le rappelle pas. Pourtant, je lui ai envoyé un SMS hier lui expliquant la situation, l'accident. Je déteste le son de sa voix. Haut perchée et geignarde, comme celle d'un enfant gâté. Il y a un problème avec les aires de jeux. La couleur ne va pas. Le matériau ne convient pas. Il se plaint sans arrêt, vomit son mécontentement. Je l'imagine devant moi et je vois sa face de rat, ses yeux globuleux et ses grandes oreilles. Dès le début, je l'ai eu dans le nez. Il a à peine trente ans, mais il est déjà aussi arrogant que désagréable à regarder. Je jette un coup d'œil à ma montre. Sept heures. Il est encore temps de le rappeler. Je ne le ferai pas. J'efface tous ses messages d'un geste rageur.

Le suivant a été laissé par Hélène. Sa douce voix de colombe. Elle veut savoir comment va Mélanie, comment je vais moi, depuis que nous nous sommes parlés il y a quelques heures. Elle est encore à Honfleur, dans sa famille. J'ai beaucoup fréquenté cette maison depuis mon divorce. Elle surplombe la mer. C'est une maison heureuse, désordonnée, accueillante. Hélène est une amie précieuse parce qu'elle sait exactement comment faire pour que je me sente mieux dans ma vie. L'effet ne dure pas, mais c'est déjà ça. Ce que j'ai le plus détesté à propos du divorce, c'est la division entre nos amis. Certains ont choisi le camp d'Astrid, d'autres le mien. Pourquoi ? Je n'ai jamais compris. Comment peuvent-ils continuer à aller dîner dans la maison de Malakoff avec l'autre, assis à ma place ? Ils ne trouvent pas triste de me rendre visite rue Froidevaux, dans cet appartement où il est tellement évident que je ne me remets pas de notre séparation ? Certains de ces amis ont choisi Astrid parce qu'elle respire le bonheur. La vie sociale est plus facile avec quelqu'un d'heureux, j'imagine.

Qui veut passer du temps à broyer du noir avec un loser ? Personne n'a envie de m'entendre parler de ma solitude, de ce raz-de-marée qui m'a submergé les premiers mois où je me suis retrouvé sans ma famille, après avoir été un *pater familias* pendant dix-huit ans. Personne ne veut m'entendre décrire mes petits matins blêmes dans ma cuisine Ikea, sur fond de baguette brûlée et de radio réglée sur RTL, qui braille les nouvelles. Au début, dans cet appartement, le silence me terrassait. J'étais habitué à entendre Astrid hurler aux enfants de se dépêcher, habitué au martèlement furieux des chaussures d'Arno dévalant l'escalier, aux aboiements de Titus, aux cris hystériques de Lucas cherchant partout son sac de sport. Maintenant qu'une année a passé, j'avoue que je me suis fait à mes petits matins tranquilles. Cependant, le bourdonnement de la vie familiale continue de me manquer.

Il y a encore quelques messages de clients. Certains sont urgents. L'été est fini, les gens sont de retour au travail, ils ont repris le collier. Je pense au temps qu'il va me falloir passer ici. Au temps que je peux me permettre de passer ici. Je suis coincé depuis bientôt trois jours, et Mel ne peut toujours pas bouger. Le docteur Besson ne me donne guère de précisions. Encore des messages, de la compagnie d'assurances de la voiture pour les papiers que je dois remplir. Je m'empresse de noter tout ça dans mon petit calepin.

J'allume mon ordinateur et me branche sur la connexion de la chambre pour lire mes mails. Deux d'Emmanuel et quelques-uns de boulot. Je réponds à tous brièvement. Puis j'ouvre les fichiers AutoCAD qui concernent les projets en cours. Je suis surpris de constater à quel point ils ne m'intéressent pas le moins du monde. Fut une époque où imaginer de nouveaux espaces de bureau, une bibliothèque, un hôpital, un centre sportif, un labo me donnait le frisson. Aujourd'hui, cela m'accable. J'ai la sensation que j'ai gaspillé ma vie et mon énergie dans un domaine qui m'indiffère. Comment en suis-je arrivé là ? Peut-être suis-je en pleine dépression ou au beau milieu d'une crise de la quarantaine. Je n'ai rien vu venir. Mais peut-on voir venir ce genre de choses ?

Je referme mon ordinateur et m'allonge sur le lit. Les draps ont encore le parfum d'Angèle Rouvatier. Cela me plaît. La chambre est petite, moderne, sans charme mais confortable. Les murs sont gris perle, avec une fenêtre qui donne sur le parking, et la moquette, fatiguée, beigeasse. À cette heure, Mélanie a déjà pris son dîner. Pourquoi les repas sont-ils servis toujours si ridiculement tôt dans les hôpitaux ? J'ai le choix entre un McDo dans la zone industrielle de la ville et une petite pension de famille sur l'avenue principale, où j'ai dîné deux fois. Le service est lent, la salle à manger pleine d'octogénaires édentés, mais les repas sont copieux. Ce soir, je vote pour le jeûne. Ça me fera du bien.

J'allume la télévision et tente de me concentrer sur les infos. Troubles au Moyen-Orient, bombardements, émeutes, morts, violence. Je zappe de chaîne en chaîne, écœuré par ce que je vois, jusqu'à ce que je tombe sur *Singin' in the Rain*. Comme toujours, je suis fasciné par les jambes sculpturales de Cyd Charisse et par sa guêpière étroite vert émeraude. La splendide créature tourne autour d'un Gene Kelly à lunettes, godiche.

Allongé sur mon lit, à m'extasier devant ces longues et plantureuses cuisses à la fermeté impeccable, j'éprouve un certain sentiment de paix. Je regarde le film avec la tranquillité d'un enfant ensommeillé. C'est un bonheur serein que je n'ai pas ressenti depuis longtemps. Pourquoi ? Pourquoi diable me sentir heureux ce soir ? Ma sœur est plâtrée jusqu'à la taille et ne pourra pas marcher avant Dieu sait quand, je suis toujours amoureux de mon ex-femme et je déteste mon boulot. Pourtant le sentiment de paix est bien là, qui m'envahit, plus puissant que toutes mes pensées noires. Cyd Charisse est belle, avec ce voile blanc drapé autour d'elle, les bras tendus contre le décor violet. Ses jambes sont interminables. J'ai l'impression que je pourrais rester allongé dans cette chambre pour toujours, réconforté par l'odeur musquée d'Angèle Rouvatier et les cuisses de Cyd Charisse.

Mon téléphone lâche un bip. Un SMS. Je détourne à regret les yeux de *Singin' in the Rain* pour attraper mon portable.

J'ai plus d'appétit qu'un barracuda.

Le numéro m'est inconnu, mais je devine qui c'est. Angèle a dû trouver mes coordonnées dans le dossier de Mélanie, auquel elle a accès comme membre de l'équipe soignante.

Le sentiment de paix, de satisfaction, s'enroule autour de moi comme un chat qui ronronne. Je veux en profiter au maximum car je sais qu'il ne va pas durer. Je m'abrite dans l'œil du cyclone.

Malgré mes efforts, je suis hanté par ce voyage fatal durant lequel Astrid a rencontré Serge, il y a quatre ans. Les enfants n'étaient pas encore entrés dans la zone de turbulences de l'adolescence. Sur mon idée, nous avions organisé un séjour en Turquie, au Club Med de Palmiye. Nous passions, d'habitude, la plus grande partie des vacances chez les parents d'Astrid, Bibi et Jean-Luc, dans leur maison de Dordogne, près de Sarlat. Mon père et Régine avaient une propriété dans la vallée de la Loire, un presbytère que Régine avait également transformé en cauchemar contemporain, mais nous n'y étions que rarement invités et nous ne nous y sentions jamais les bienvenus.

Les étés avec Bibi et Jean-Luc étaient plus difficiles. Malgré la beauté grandiose du Périgord noir, la cohabitation avec mes beaux-parents était de plus en plus délicate. Elle devenait même fastidieuse. Les obsessions intestinales de Jean-Luc, son observation minutieuse de la consistance de ses selles, les menus frugaux où chaque calorie était comptée, l'exercice perpétuel… Bibi avait l'habitude. Elle laissait filer en s'agitant dans la cuisine comme une abeille dans sa ruche, avec son visage de lune au teint rose et ses fossettes, ses cheveux blancs rassemblés en un petit chignon de danseuse, chantonnant sans cesse et se contentant de hausser les épaules quand Jean-Luc faisait son cirque. Chaque matin, quand je buvais mon café noir et sucré, j'avais droit aux mêmes aboiements de la part de mon beau-père : « Très mauvais pour ce que tu as ! », « Tu seras mort à cinquante ans ! ». Pareil quand je me cachais derrière les hortensias pour en griller une rapidement : « Une seule cigarette réduit ton espérance de vie de cinq minutes, tu sais ça ? » Bibi, quant à elle, faisait le tour du jardin d'un pas alerte, enroulée comme une momie dans du film plastique pour transpirer un maximum, en s'aidant de deux bâtons de ski. Elle appelait ça la marche nordique et, comme elle était suédoise, je suppose que c'était tout indiqué, bien qu'elle eût l'air absolument ridicule.

L'obsession de mes beaux-parents pour le naturisme sixties, autour de la piscine mais aussi dans la maison, commençait à me porter sur les nerfs. Ils trottinaient comme de vieux faunes, sans se rendre compte que leurs derrières flasques n'inspiraient rien d'autre que de la pitié. Je n'osais pas aborder le sujet avec Astrid qui, elle aussi, cédait à cette mode du naturisme estival, avec plus de modération que ses parents malgré tout. Le rouge s'est allumé quand Arno, qui venait d'avoir douze ans, a marmonné quelque chose, au dîner, à propos de son embarras lorsqu'il invitait des copains à profiter de la piscine et que ses grands-parents étalaient à la vue de tous leurs parties génitales. Nous avons décidé de changer de destination estivale, même si nous continuions de leur rendre visite.

Cet été-là, nous avons troqué la Dordogne et ses forêts de chênes, le muesli bio et les beaux-parents nudistes contre la chaleur accablante et la joie obligatoire du Club Med. Je n'ai pas tout de suite remarqué

Serge. Je n'ai pas flairé le danger. Astrid allait à ses cours d'aquagym et de tennis, les enfants étaient au Mini-Club et moi, je lézardais des heures à la plage, sur le sable ou dans l'eau, à faire la sieste, à nager, à bronzer ou à lire. Je me rappelle avoir énormément lu cet été-là, beaucoup de romans que Mélanie avait ramenés de sa maison d'édition, de jeunes auteurs de talent, des écrivains plus confirmés, des auteurs étrangers. Je les ai lus comme ça, insouciant, détendu, pas vraiment concentré. Tout en moi était empreint d'une délicieuse paresse. Je ronronnais au soleil, avec la certitude que tout allait pour le mieux dans mon petit monde. Il aurait mieux valu que je reste sur mes gardes.

Je crois qu'elle l'a rencontré sur les courts de tennis. Ils avaient le même prof, un Italien frimeur qui portait des shorts blancs moulants et se pavanait comme Travolta dans *La Fièvre du samedi soir.* Rien ne m'a paru bizarre jusqu'à une excursion à Istanbul. Serge faisait partie du groupe. Nous étions une quinzaine, tous au Club, et un guide nous accompagnait, un Turc étrange qui avait fait ses études en Europe et parlait avec un drôle d'accent belge. Nous avons lamentablement traîné les pieds à Topkapi, dans la mosquée bleue, à Sainte-Sophie, dans les citernes antiques ornées d'étranges têtes de méduses renversées, dans le bazar, écrasés de chaleur et de fatigue. Lucas était le plus jeune des enfants présents, il n'avait que six ans, et se plaignait sans arrêt.

Ce que j'ai remarqué en premier, c'est le rire d'Astrid. Nous traversions le Bosphore en bateau quand le guide a désigné la rive asiatique et je l'ai entendue s'esclaffer. Serge me tournait le dos. Il tenait une fille jeune et fraîche par la taille, et tous les trois riaient. « Hé, Tonio, viens faire la connaissance de Serge et Nadia. » Je me suis exécuté et j'ai serré la main de Serge en luttant contre le soleil pour apercevoir son visage. Il n'avait rien de particulier. Plus petit que moi, costaud. Des traits assez communs. Sauf qu'Astrid n'arrêtait pas de le regarder. Comme lui. Il était avec sa petite amie et ne décollait pas les yeux de ma femme. L'envie m'a pris de le passer par-dessus bord.

Une fois de retour à Palmiye, j'ai remarqué que nous n'arrêtions pas de tomber sur lui. Serge au hammam, Serge faisant les « crazy signs » avec les enfants à la piscine, Serge à la table d'à côté à l'heure du dîner. Parfois Nadia était là, parfois elle était absente. « C'est un couple moderne », m'a expliqué Astrid. Je ne comprenais pas vraiment ce que cela signifiait, mais ça ne me plaisait pas.

Au cours d'aquagym, il était évidemment là, juste à côté de ma femme, tripotant sa nuque et ses épaules pendant le massage mutuel de relaxation qui marquait la fin de la séance. Rien à faire, impossible de s'en débarrasser. J'ai compris, à mon grand désespoir, qu'il ne me restait plus qu'à attendre la fin des vacances pour en venir à bout. Je n'imaginais pas que leur aventure démarrerait précisément à notre retour en France. Pour moi, Serge incarnait la partie désagréable de vacances par ailleurs très réussies. Comment ai-je pu m'aveugler à ce point-là ?

Astrid s'est mise à avoir des humeurs. Elle était souvent fatiguée, soupe au lait. On ne faisait presque plus l'amour, elle se couchait tôt, recroquevillée dans son coin du lit en me tournant le dos. Une ou deux fois, en pleine nuit, alors que les enfants étaient endormis, je l'ai surprise à pleurer toute seule dans la cuisine. Elle répondait qu'elle était épuisée, un problème qu'elle avait au bureau, rien de sérieux, se défendait-elle. Et moi, je la croyais.

C'était tellement plus simple de la croire. De ne pas poser de questions. Ni à elle ni à moi-même.

Elle pleurait parce qu'elle l'aimait et ne savait pas comment me l'avouer.

Le lendemain, la meilleure amie de Mélanie, Valérie, est arrivée avec Léa, sa petite fille de quatre ans et filleule de Mélanie, son mari Marc, et Rose, leur jack russel. J'ai dû me charger de la fille et du chien pendant qu'ils étaient avec ma sœur dans sa chambre. Le chien est du genre qui ne tient pas en place, monté sur ressorts, et aboyant sans arrêt. La gamine ne vaut guère mieux, malgré son petit air angélique. Dans un effort désespéré pour tenter de les calmer tous les deux, je décide de les emmener faire le tour de l'hôpital jusqu'à l'épuisement, en tenant l'un par la laisse et l'autre par la main. Cela amuse beaucoup Angèle qui nous observe par une fenêtre du premier étage. Ses yeux papillonnent sur moi et une douce chaleur irradie mon bas-ventre. Mais pas facile d'avoir l'air séduisant avec un enfant qui hurle et un chien qui jappe dans mon sillage. Rose lève assez vulgairement la patte et pisse sur à peu près tout ce qu'elle peut, dont la roue avant de la Harley d'Angèle. Léa réclame sa « môman » et ne comprend pas pourquoi elle doit rester avec moi dans la chaleur de cet après-midi d'août, dans cet endroit où il n'y a rien pour jouer et même pas de marchand de glaces. Je suis largué avec une enfant de cet âge. J'ai oublié à quel point les mioches sont tyranniques, obtus et bruyants. J'en arrive à regretter les silences butés de l'adolescence, j'y suis habitué et je sais comment affronter ce genre de comportement. Pourquoi les gens persistent-ils à avoir des enfants ? Les pleurnicheries de Léa et les grognements de Rose ont ameuté les infirmières qui sont toutes penchées aux fenêtres à me regarder avec pitié et dédain.

Valérie sort enfin du bâtiment et récupère la paire infernale, à mon grand soulagement. J'attends que Marc arrive. Il emmène Rose et Léa se promener. Pendant ce temps, je m'assois avec Valérie à l'ombre d'un châtaignier. La chaleur est encore pire qu'hier. Lumière aveuglante, air sec et brûlant, poussiéreux, un temps à vous donner envie de fjords pris dans les glaces. Valérie est merveilleusement bronzée. Elle rentre d'Espagne. Mélanie et elle sont amies depuis des années, depuis l'école Sainte-Marie-de-l'Assomption, rue de Lubeck. Valérie se souvient-elle de ma mère ? J'ai envie de lui demander, mais je recule. Valérie est sculptrice, plutôt célèbre dans son domaine. J'aime son travail, même s'il est un peu trop ouvertement « sexuel » et impossible à exposer dans une maison avec des enfants. Mais bon, j'imagine que je suis un garçon du 16e arrondissement, bourgeois et n'ayant jamais dépassé le stade anal. C'est comme si j'entendais la voix de Mel se moquer de moi.

Valérie est bouleversée. En quelques jours, je me suis habitué à voir Mélanie dans cet état, mais je ne dois pas oublier que lorsqu'on la découvre ainsi, c'est inévitablement un choc. Je lui prends la main.

— Elle a l'air si fragile, murmure-t-elle.

— Oui, mais elle va déjà beaucoup mieux que le premier jour.

— Tu ne me caches rien, au moins ? me demande-t-elle abruptement.

– Que veux-tu dire ?

– Eh bien, qu'elle est paralysée ou je ne sais quoi d'horrible !

– Bien sûr que non ! La vérité, c'est que le médecin ne me dit pas grand-chose. Je ne sais pas combien de temps Mel va devoir rester ici, ni quand elle va pouvoir remarcher.

Valérie se gratte le sommet du crâne.

– Nous l'avons vue quand nous étions dans la chambre avec Mel. Sympa ce médecin, tu ne trouves pas ?

– Oui, c'est vrai.

Elle se tourne vers moi.

– Et toi, Tonio ? Comment encaisses-tu tout cela ?

Je hausse les épaules en tentant un sourire.

– J'ai la sensation d'être dans une sorte d'épais brouillard.

– Ça a dû être épouvantable, surtout après un aussi joli week-end. J'ai parlé à Mel, le jour de son anniversaire, elle avait l'air enchanté. Je me demande sans arrêt comment cela a pu arriver.

Elle me regarde à nouveau. Je ne sais quoi lui répondre, je détourne la tête.

– Elle a simplement quitté la route, c'est tout, Valérie. Rien de plus. Voilà ce qui est arrivé.

Elle m'enlace de son bras bronzé.

– Tu sais quoi ? Pourquoi ne me laisserais-tu pas ici avec elle ? Tu pourrais remonter à Paris avec Marc et moi, je veillerais sur Mel quelque temps.

Je réfléchis à son idée. Elle poursuit :

– Il n'y a pas grand-chose que tu puisses faire ici, pour le moment. Elle est immobilisée, alors tu ferais aussi bien de rentrer chez toi, de me laisser prendre la suite, et on verra bien ce qui se passe, non ? Ton boulot et tes enfants ont besoin de toi. Tu pourras toujours revenir plus tard avec ton père, qu'en dis-tu ?

– Je me sens mal de la laisser ici.

– Oh, ça va ! Je suis sa plus vieille et sa meilleure amie, alors s'il te plaît. Je fais ça pour elle et pour toi aussi. Pour tous les deux.

Je lui serre le bras, attends un peu et dis :

– Valérie, te souviens-tu de notre mère ?

– Votre mère ?

– Vous êtes amies depuis si longtemps avec Mel. Je pensais que peut-être tu te souviendrais d'elle.

– Nous nous sommes connues juste après sa mort. Nous avions huit ans. Mes parents m'avaient recommandé de ne pas lui en parler, mais Mel m'avait montré des photos d'elle, des petits objets qui lui avaient appartenu. Et puis votre père s'est remarié. Nous, nous sommes devenues des adolescentes, avec les garçons pour seul centre d'intérêt, et on n'en a plus vraiment reparlé. Mais j'étais tellement désolée pour vous deux. Personne autour de moi n'avait perdu sa mère. Je me sentais coupable et triste.

Coupable et triste. Je connaissais d'autres enfants à l'école qui ressentaient la même chose. Certains copains étaient si choqués qu'ils n'arrivaient plus à me parler normalement. Ils m'ignoraient ou rougissaient quand je leur adressais la parole. La directrice avait prononcé un discours maladroit et on avait célébré une messe spéciale pour Clarisse. Les professeurs ont tous été très gentils avec moi pendant quelques mois. J'étais devenu le garçon-qui-a-perdu-sa-mère. On murmurait dans mon dos, on se tapait du coude, on me désignait d'un coup de menton discret. Regarde, c'est lui, le-garçon-qui-a-perdu-sa-mère.

Je vois Marc revenir avec la petite et le chien. Je sais que je peux faire confiance à Valérie. Elle prendra bien soin de ma sœur. Elle m'explique qu'elle a un sac avec tout ce qu'il faut, qu'elle peut rester sans problème quelques jours, c'est simple et nécessaire, et elle le souhaite. Alors je me décide rapidement. Je vais partir avec Marc, Rose et Léa. J'ai besoin d'un peu de temps pour plier bagage, prévenir l'hôtel que Valérie demande une chambre et saluer ma sœur, si heureuse de voir sa meilleure amie qu'elle ne se montre pas bouleversée par mon départ.

J'erre devant le bureau d'Angèle, dans l'espoir de la croiser. Elle n'est pas dans le coin. Je pense au cadavre qu'elle doit être en train d'arranger. Tandis que je m'éloigne, j'aperçois le docteur Besson. Je lui explique que je vais rentrer à Paris ; la meilleure amie de ma sœur va prendre le relais à son chevet et je reviendrai bientôt. Le médecin me rassure : Mélanie est entre de bonnes mains. Elle conclut par cette phrase étrange :

– Gardez un œil sur votre père.

J'acquiesce et file en me demandant ce que ces mots sous-entendent. Trouve-t-elle que mon père a l'air malade ? A-t-elle remarqué quelque chose qui m'aurait échappé ? J'ai presque envie de faire demi-tour pour qu'elle m'explique de quoi il s'agit, mais Marc m'attend et la gamine piaffe. Alors nous partons sans tarder en faisant au revoir de la main à Valérie, silhouette réconfortante à l'entrée de l'hôpital.

La route est longue sous cette chaleur, mais miraculeusement silencieuse. La petite et le chien se sont endormis. Marc étant du genre taciturne, nous roulons en écoutant de la musique classique sans discuter beaucoup, ce qui est un vrai soulagement pour moi.

Mon premier geste en arrivant chez moi est d'ouvrir en grand toutes les fenêtres. L'appartement sent le renfermé et la moiteur. Paris a son parfum d'été, poussiéreux, lourd, harassé, chargé de fumée de pots d'échappement et de merdes de chiens. La rue Froidevaux, trois étages plus bas, délivre un incessant vrombissement automobile m'obligeant rapidement à tout refermer.

Le réfrigérateur est vide. Je ne supporte pas l'idée de dîner seul. J'appelle Emmanuel, tombe sur son répondeur, le supplie de surmonter la canicule et les embouteillages et de venir de son Marais jusqu'à Montparnasse pour me soutenir moralement et me prêter compagnie, ce qu'il acceptera sans aucun doute. Quelques minutes plus tard, j'entends le bip de mon téléphone et m'attends à trouver un SMS d'Emmanuel. Mais non.

Ça s'appelle filer à l'anglaise. Quand reviens-tu ?

Tout mon sang se concentre dans ma poitrine et je transpire davantage. Angèle Rouvatier. Je ne peux retenir un sourire presque carnassier. Je balance le téléphone dans ma main comme un ado sentimental. Je réponds brièvement : *Tu me manques. Je t'appelle.* Je me sens immédiatement stupide. Je n'aurais pas dû envoyer ce message. Admettre qu'elle me manquait. Je me précipite au Monoprix de l'avenue du Général-Leclerc pour acheter du vin, du fromage, du jambon et du pain. Le téléphone, encore, au moment où je quitte le supermarché. C'est Emmanuel, cette fois. Son SMS m'indique qu'il est en chemin.

En l'attendant, je mets un CD de vieux tubes d'Aretha Franklin, volume à fond. La vieille voisine du dessus est sourde comme un pot et le couple d'en dessous encore en vacances. Je me verse un verre de chardonnay et me balade dans l'appartement en fredonnant *Think*. Le week-end prochain, j'ai mes enfants. Je jette un coup d'œil dans leurs chambres. Au moment du divorce, ils trouvaient amusant d'avoir des chambres dans deux maisons différentes. Ça tombait bien. Je les ai laissés décorer à leur goût. Les murs de la chambre de Lucas sont intégralement *Star Wars*, couverts de Jedi et de Dark Vador. Celle d'Arno entièrement peinte en bleu marine, a un air étrangement aquatique. Margaux a épinglé un poster de Marilyn Manson au top de sa forme, que j'évite de regarder. Il y a aussi une photo qui me dérange, de Margaux et sa meilleure amie, Pauline, maquillées comme des voitures volées et le majeur insolemment dressé. Ma femme de ménage, l'énergique et bavarde madame Georges, se plaint de l'état de la chambre d'Arno : elle ne peut même pas ouvrir la porte tant il y a de bazar par terre. Chez Margaux, ce n'est pas mieux. Seul Lucas semble faire un petit effort de rangement. Je les laisse se débrouiller avec leur fouillis. Je les vois peu et je refuse de perdre du temps à leur répéter sans arrêt de mettre un peu d'ordre. Je laisse ça à Astrid. Et à Serge.

Je remarque que Lucas a un arbre généalogique accroché au-dessus de son bureau. Je ne l'avais jamais vu. Je pose mon verre pour y regarder de plus près. Les parents d'Astrid, en remontant jusqu'aux grands-parents, les Français et les Suédois. De notre côté, la famille Rey et un point d'interrogation à côté de la photographie de mon père. Lucas ne sait pas grand-chose sur ma mère. Peut-être même ignore-t-il son nom. Qu'ai-je raconté à mes enfants à son sujet ? Presque rien.

Je prends un crayon sur son bureau et inscris avec soin « Clarisse Elzyère, 1939-1974 » dans le petit rectangle qui jouxte « François Rey, 1934 ».

Tous les membres de la famille présents dans cet arbre généalogique ont une photo accolée, sauf ma mère. Une étrange frustration m'envahit.

La sonnette annonce l'arrivée d'Emmanuel. Une joie soudaine me traverse. Je suis content qu'il soit là, ravi de ne pas me retrouver seul, et j'enroule avec enthousiasme mes bras autour de son corps râblé et bien charpenté. Il me tape sur l'épaule en un réconfortant geste paternel.

Je connais Emmanuel depuis plus de dix ans. Nous nous sommes rencontrés quand je m'occupais du réaménagement des bureaux de sa boîte de pub avec mon équipe. Il a mon âge, mais fait plus vieux, j'imagine à cause de sa boule à zéro. Il compense son absence totale de cheveux par une barbe rousse et broussailleuse dans laquelle il aime passer les doigts. Emmanuel a toujours des vêtements de couleurs vives et bariolées, que je n'oserais jamais porter, mais que lui arbore avec un panache certain. Ce soir, sa chemise Ralph Lauren est orange vif. Ses yeux bleu pervenche pétillent derrière ses lunettes.

Je brûle de lui dire à quel point je suis heureux de sa présence, à quel point je lui suis reconnaissant, mais comme d'habitude, sur un mode typique famille Rey, les mots se retirent et je les garde pour moi.

Je le débarrasse du sac plastique qu'il porte avec lui et nous allons dans la cuisine. Il se met immédiatement au travail. Je le regarde faire en lui proposant mon aide, même si je sais d'avance qu'il la refusera. Il prend possession de la cuisine et je n'y vois aucun inconvénient.

– Tu n'as toujours pas de tablier digne de ce nom, j'imagine ? grommelle-t-il.

Je pointe du doigt celui de Margaux, rose, avec un énorme Mickey, qui pend à un crochet près de la porte et qu'elle a depuis l'âge de dix ans. Il soupire et l'enroule tant bien que mal autour de ses hanches rondouillardes. Je retiens un rire.

La vie personnelle d'Emmanuel est un mystère. Il vit plus ou moins avec une créature compliquée et déprimée, répondant au doux nom de Monique, mère de deux adolescents d'un précédent mariage. Je ne sais pas ce qu'il lui trouve. Et je suis à peu près certain qu'il a des aventures dès qu'elle a le dos tourné. En ce moment, par exemple, puisqu'elle est encore en vacances en Normandie avec ses enfants. Je peux même affirmer qu'il est sur un coup à la façon qu'il a de siffloter en découpant les avocats avec cette mise de sale garnement que je lui connais souvent à cette époque de l'année.

Malgré son embonpoint, Emmanuel n'a jamais l'air de souffrir de la chaleur. Tandis que je suis assis à siroter mon verre, je sens la sueur dégouliner le long de mes tempes et perler au-dessus de mes lèvres, et lui reste frais comme un gardon. La fenêtre de la cuisine est ouverte et donne sur une cour typiquement parisienne, aussi obscure qu'une cave, même en plein midi, avec une vue directe sur la fenêtre des voisins et la rambarde où pendent des torchons. Il n'y a pas la queue d'un courant d'air. Je déteste Paris par cette chaleur. Je regrette Malakoff et la fraîcheur du petit jardin, la table et les chaises branlantes sous le vieux peuplier. Emmanuel rouspète parce que je n'ai pas un couteau valable, pas plus qu'un moulin à poivre digne de ce nom.

Je n'ai jamais cuisiné. C'était Astrid qui s'en chargeait. Elle préparait les mets les plus délicieux et les plus originaux, qui ne cessaient d'impressionner nos amis. Ma mère était-elle bonne cuisinière ? Je ne me souviens d'aucune odeur de cuisine avenue Kléber. Avant que notre père n'épouse Régine, une gouvernante avait été engagée pour prendre soin de nous et de la maison. Madame Tulard, une femme osseuse avec du poil au menton. Championne de la soupe claire comme de l'eau et des choux de Bruxelles tristounets, de la semelle en forme d'escalope de veau et du riz au lait à la nage. Une grande tranche de pain de campagne avec du chèvre chaud. Ça, c'était notre mère. Le parfum puissant du chèvre et la rondeur moelleuse du pain, le soupçon de thym frais et de basilic, le filet d'huile d'olive. Résurgence de son enfance dans les Cévennes. Ils avaient tous un nom, ces petits fromages ronds : pélardons, picodons…

Emmanuel me demande comment va Mélanie. Je lui avoue que je ne saurais pas vraiment dire, mais je fais confiance à son chirurgien, une femme honnête et aimable. Je lui raconte la façon dont elle m'a réconforté la nuit de l'accident, comment elle s'est montrée patiente avec notre père. Il me demande alors des nouvelles des enfants, tout en dressant deux assiettes avec des légumes crus finement découpés, des tranches de gouda, un assaisonnement au yaourt et du jambon de Parme. Connaissant son solide appétit, je devine que ce n'est qu'une entrée. Nous entamons notre dîner. Je lui dis alors que mes enfants seront là ce week-end. Je le regarde engloutir son plat. Emmanuel est comme

Mélanie. Il ne sait pas ce que c'est que d'élever des enfants. Et encore moins des adolescents. L'heureux homme ! Je dissimule un sourire ironique. J'ai du mal à imaginer Emmanuel dans le rôle de père.

Il a fini son assiette et se remet déjà au travail pour préparer le saumon. Ses gestes sont rapides et précis, son savoir-faire m'émerveille. Il parsème le poisson d'aneth et me tend ma part avec un demi-citron.

– Mélanie a fait une embardée parce qu'un souvenir concernant notre mère lui est revenu.

Il est stupéfait. Un petit bout d'aneth est resté coincé entre ses dents. Il s'en débarrasse d'un coup d'ongle.

– Maintenant, elle ne se souvient plus de rien, continué-je en savourant mon saumon.

Il fait de même, les yeux rivés sur moi.

– La mémoire lui reviendra. Tu le sais.

– Oui, ça lui reviendra. Mais pour le moment, ce n'est pas le cas et moi, je n'arrête pas d'y penser. Ça me rend dingue.

J'attends qu'il ait fini son saumon pour allumer une cigarette. Je sais qu'il déteste la fumée, mais, après tout, je suis chez moi.

– Tu crois que c'était quoi ?

– Un événement qui l'a bouleversée, profondément. Suffisamment pour qu'elle perde le contrôle de la voiture.

Je fume ma clope pendant qu'il tente de déloger un autre bout d'aneth.

– Et puis, j'ai rencontré cette femme, dis-je avec emphase.

Son visage s'illumine.

– Elle est thanatopractrice. Embaumeuse.

Il éclate de rire.

– Tu plaisantes.

– C'est la fille la plus sexy que je connaisse.

Il se frotte le menton en me regardant par en dessous.

– Et ?

Emmanuel adore ce genre de conversation.

– Elle m'a collé aux rideaux. Elle est étonnante. Magnifique.

– Blonde ?

– Brune. Avec des yeux dorés. Un corps de déesse. Un grand sens de l'humour.

– Où vit-elle ?

– À Clisson.

– C'est où, ça ?

– Pas loin de Nantes.

– Eh bien, tu devrais la revoir, elle te fait du bien apparemment. Je ne t'ai pas vu comme ça depuis…

– Depuis qu'Astrid m'a quitté.

– Non, avant ça. Tu n'as pas eu l'air aussi épanoui depuis des lustres.

Je lève mon verre de chardonnay.

– À Angèle Rouvatier.

Je pense à elle, dans cet hôpital de province. Je pense à la lenteur de son sourire, à la douceur de sa peau. Je pense à son goût sous ma langue. J'ai tellement envie d'elle que j'en hurlerais. Emmanuel a raison. Je ne me suis pas senti comme ça depuis des lustres.

Vendredi après-midi. Je quitte mon bureau pour aller rendre visite à mon père. La chaleur n'est pas retombée, Paris est un véritable four. Au coin des rues, traînent des grappes de touristes exténués. Les feuilles des arbres pendent misérablement. La poussière et la saleté forment des nuages gris et rampants. Je décide de marcher jusqu'à l'avenue Kléber, ce qui devrait me prendre quarante-cinq minutes. Il fait trop chaud pour le vélo et j'ai envie d'un peu d'exercice.

Les dernières nouvelles en provenance de l'hôpital sont bonnes. Le docteur Besson et Valérie m'ont appelé toutes les deux pour me dire que Mélanie reprenait des forces. (Il y a aussi eu des SMS d'Angèle Rouvatier, dont le contenu érotique m'a donné le frisson. J'ai sauvegardé tous ces messages dans mon téléphone.) En tournant à gauche après les Invalides, mon portable se met à vibrer dans ma poche. Je regarde le numéro qui s'affiche sur l'écran. Rabagny. Je décroche et regrette immédiatement de l'avoir fait. Il ne prend même pas la peine de me saluer. Comme d'habitude. Il a quinze ans de moins que moi, mais ne me montre pas le moindre respect.

– Je reviens de la crèche, aboie-t-il. Et tout ce que je peux dire, c'est que je suis atterré par votre manque de professionnalisme. Je vous ai engagé parce que vous aviez bonne réputation et que certaines personnes avaient été impressionnées par votre travail.

Je le laisse déblatérer. C'est toujours la même rengaine. J'ai souvent essayé de lui rappeler qu'en France, pendant le mois d'août, il est impossible de trouver rapidement des gens pour travailler, comme il est difficile d'obtenir les fournitures nécessaires.

– Je ne pense pas que le maire apprécie le fait que la crèche ne puisse pas ouvrir ses portes pour la rentrée de septembre, comme c'était prévu, continue-t-il. Vous avez pensé à ça ? Je sais que vous avez des problèmes familiaux, mais je me demande parfois si vos fameux problèmes ne vous servent pas d'excuses.

Je glisse le téléphone dans la poche de ma chemise sans l'éteindre et accélère le pas. J'approche de la Seine. La crèche n'a été qu'une longue série d'imprévus et de malentendus : le plancher mal posé, un peintre (qui ne faisait pas partie de mon équipe) qui se trompe dans les couleurs. Rien qui ne fût de mon ressort. Mais Rabagny ne voulait pas en démordre. Il ne pensait qu'à me prendre en défaut. Il m'avait tout de suite pris en grippe. Quoi que je fasse ou quoi que je dise, je l'irritais. D'ailleurs, la plupart du temps il évitait de croiser mon regard et fixait mes chaussures avec un air désapprobateur.

Je me demande combien de temps je vais pouvoir supporter son attitude. Le boulot est bien payé, au-dessus des tarifs habituels. Je sais qu'il faut que je prenne sur moi. La question est : comment ?

Après la place de l'Alma, où des hordes de touristes en larmes se penchent pour apercevoir le tunnel où Lady Di est morte, je commence l'ascension de l'avenue du Président-Wilson. Il y a moins de voitures, c'est un quartier plus résidentiel. Le 16ᵉ arrondissement, sa tranquillité, sa richesse, sa bonne éducation… Sinistre arrondissement. Quand vous dites à un Parisien que vous habitez le 16ᵉ, il en déduit que vous êtes plein aux as. L'été, les rues se vident. Tout le monde est en Normandie, en Bretagne ou sur la Côte d'Azur. Vieilles fortunes et nouveaux riches s'y côtoient avec plus ou moins de grâce. Le 16ᵉ ne me manque pas. Je suis heureux d'habiter rive gauche, dans le quartier bruyant, coloré et branché de Montparnasse, même si mon appartement donne sur un cimetière.

Je coupe par la rue de Longchamp. Je ne suis plus très loin de l'avenue Kléber. Les images de mon enfance me reviennent, tristes, déplaisantes. Je me demande pourquoi ces rues vides, bordées de majestueux bâtiments haussmanniens, sont à ce point lugubres. Pourquoi ai-je tant de mal à respirer en me promenant par ici ?

Arrivé avenue Kléber, je regarde ma montre. Je suis en avance. Je marche encore un peu, jusqu'à la rue des Belles-Feuilles. Cela fait des années que je ne suis pas venu ici. Dans mon souvenir, c'était un endroit vivant et animé. C'était la rue où l'on faisait les courses. On y trouvait le poisson le plus frais, la viande la plus goûteuse, la baguette la plus croustillante, à peine sortie du four. Ma mère y allait chaque matin, avec son filet à provisions sous le bras. Mel et moi suivions, respirant l'odeur des poulets grillés et des croissants chauds qui nous mettaient l'eau à la bouche. Aujourd'hui, la rue est déserte. Un McDonald triomphant a pris la place d'un ancien restaurant gastronomique et un supermarché Picard celle d'un ancien cinéma. La plupart des magasins d'alimentation ont été remplacés par des boutiques de vêtements ou de chaussures chic. Les odeurs alléchantes ont disparu.

Je vais jusqu'au bout de la rue. Si je tourne à gauche, par la rue de la Pompe, j'arrive tout droit chez ma grand-mère, avenue Georges-Mandel. Je caresse un moment l'idée de lui rendre visite. Le lymphatique et gentil Gaspard viendra m'ouvrir en souriant, si heureux de voir « Monsieur Antoine ». Je remets ça à un autre jour. Je retourne du côté de chez mon père.

Au milieu des années soixante-dix, après la mort de notre mère, la galerie Saint-Didier a été construite à côté d'ici, un gigantesque triangle qui avait nécessité la démolition de charmants hôtels particuliers du coin et fait apparaître, dans son sillage, boutiques et super-marchés. L'énorme construction n'a pas bien vieilli. La façade est pleine de rouille et de taches. Je presse le pas.

Ma belle-mère ouvre la porte et me gratifie d'un baiser distrait sur la joue. Régine a un bronzage de pain brûlé qui la vieillit et la fait paraître plus ridée qu'elle ne l'est. Comme d'habitude, elle porte des vêtements style Courrèges et empeste le N° 5 de Chanel. Elle me demande comment va Mel, je lui réponds en la suivant dans le salon. Je n'aime pas venir ici. C'est comme revenir en arrière, à une époque où je n'ai pas été heureux. Mon corps en a conservé la trace et je le sens se raidir un peu plus à chaque instant, dans un réflexe d'autodéfense. L'appartement, comme la galerie Saint-Didier, n'a pas bien vieilli. Sa modernité tapageuse est aussi passée qu'un vieux rideau. La décoration est affreusement démodée. Les nuances gris et marron, la moquette à poils longs ont perdu de leur éclat et se sont usés. Tout a l'air taché, abîmé.

Mon père arrive en traînant les pieds. Je suis frappé par son apparence. On dirait qu'il a vieilli en à peine une semaine. Il a l'air à bout de forces. Ses lèvres sont pâles. Son teint est étrangement jaunâtre. Difficile de reconnaître en cet homme le célèbre avocat qui matait ses adversaires rien qu'en entrant dans la salle d'audience.

Au début des années soixante-dix, la scandaleuse affaire Vallombreux avait lancé la carrière de mon père. Edgar Vallombreux, conseiller politique de renom, avait été retrouvé inanimé dans sa maison de campagne de la région bordelaise, après un suicide présumé consécutif au résultat désastreux de son parti au cours de récentes élections. Paralysé, incapable de parler, en pleine dépression, il était condamné à rester cloué sur un lit d'hôpital pour le reste de sa vie. Sa femme, Marguerite, n'avait jamais cru à la thèse du suicide. Pour elle, il était évident que son mari avait été agressé parce qu'il possédait des informations fiscales confidentielles sur quelques ministres en poste.

Je me souviens que *Le Figaro* avait consacré une page entière à mon père, le jeune et insolent avocat qui avait osé apostropher le ministre des Finances. Après une semaine d'un procès houleux et palpitant qui avait tenu en haleine le pays entier, il avait prouvé que Vallombreux avait été victime d'un vaste scandale financier, qui fit tomber, par la suite, quelques têtes.

Au cours de mon adolescence, on m'a souvent demandé si j'avais un lien avec le « légendaire avocat ». Parfois, cela m'embarrassait ou m'ennuyait et je répondais « non ». On nous tenait, Mélanie et moi, à l'écart de la vie professionnelle de notre père. Nous l'avons rarement vu plaider. Nous savions juste qu'il était craint et respecté.

Mon père me donne une tape sur l'épaule et se dirige vers le bar. Il me tend un whisky. Sa main tremble. Je n'aime pas cet alcool, mais je n'ai pas le cœur de le lui rappeler. Je fais semblant de boire. Il s'assoit en grognant et en se frottant les genoux. Il est à la retraite, ce qui ne lui plaît pas du tout. Des avocats plus jeunes ont pris sa place et il ne fait plus partie de la scène judiciaire. Je me demande comment il occupe ses journées. Lit-il ? Voit-il des amis ? Discute-t-il avec sa femme ? Je ne sais rien de la vie de mon père, en fait. Comme il ne sait rien de la mienne. Et ce qu'il croit en savoir, il le désapprouve.

Joséphine apparaît, marmonnant dans son portable, qu'elle tient coincé entre sa joue et son épaule. Elle me sourit et me tend quelque chose. C'est un billet de cinq cents euros. Elle me lance un clin d'œil et me fait comprendre d'un geste que le reste suivra.

Mon père me parle des problèmes de plomberie de sa maison de campagne mais mon esprit est ailleurs. Je regarde autour de moi et essaie de me rappeler comment les choses étaient arrangées quand ma mère était encore vivante. Des plantes vertes étaient posées près de la fenêtre, le plancher brillait d'une jolie teinte noisette, il y avait des livres dans un coin et un canapé recouvert de chintz, un bureau, aussi, où elle aimait s'asseoir pour écrire dans le soleil du matin. Je me demande ce qu'elle écrivait. Et qu'est devenu tout cela ? Ses livres, ses photos, ses lettres ? Je veux questionner mon père, mais je ne le fais pas. Je sais que c'est impossible. Il en est toujours à ses histoires d'intendance et se plaint du nouveau jardinier que Régine a engagé.

Elle est morte ici. Son corps est passé par cette entrée et a descendu l'escalier recouvert d'un tapis rouge. Où est-elle morte exactement ? On ne me l'a jamais dit. Dans sa chambre, qui est juste derrière l'entrée ? Dans la cuisine, à l'autre bout du couloir ? Comment la scène s'est-elle déroulée ? Qui était présent ? Qui l'a trouvée ?

Rupture d'anévrisme. Le genre d'accident qui arrive sans prévenir. Foudroyant. À n'importe quel âge. Comme ça.

Il y a trente-trois ans, ma mère est morte dans l'appartement où je suis maintenant assis. Je ne me souviens pas de la dernière fois où je l'ai embrassée. Cela fait mal.

– Tu m'écoutes au moins, Antoine ? demande mon père d'un ton sarcastique.

En rentrant chez moi, je comprends que les enfants sont déjà là. Je sens leur présence en montant l'escalier. De la musique, des bruits de pas, des éclats de voix. Lucas regarde la télévision, ses chaussures sales posées sur le canapé. Quand j'entre, il se lève d'un bond pour venir me dire bonjour. Margaux apparaît dans l'encadrement de la porte. Je ne m'habitue décidément pas à ses cheveux orange, mais je ne me permets aucune remarque.

— Salut, papa… dit-elle d'une voix traînante.

Il y a du mouvement derrière elle et je vois surgir Pauline par-dessus son épaule. Sa meilleure amie depuis qu'elle est toute petite. Sauf qu'aujourd'hui, on dirait que Pauline a vingt ans. On ne voit plus que ses seins imposants et ses hanches de femme. Je ne l'embrasse plus comme lorsqu'elle était enfant. Je ne l'embrasse même plus sur la joue. On se contente de se faire signe de loin.

— Ça pose un problème si Pauline dort ici ?

J'hésite. Je sais que si Pauline reste pour la nuit, je ne verrai pas ma fille, sauf au dîner. Elles vont s'enfermer dans sa chambre et papoter jusqu'à pas d'heure, et adieu mon « moment privilégié » avec ma fille.

— Non, pas du tout. Au contraire… dis-je à moitié convaincu. Tes parents sont d'accord ?

Pauline hausse les épaules.

– Ouais, pas de problème.

Elle a encore grandi pendant l'été et dépasse largement Margaux. Elle porte une minijupe en jean et un
tee-shirt moulant violet. Dire qu'elle a quatorze ans.
Qui pourrait le croire en la voyant ? Elle a probablement déjà ses règles. Je sais que ce n'est pas le cas de
Margaux. Astrid me l'a dit il n'y a pas si longtemps.
Avec un corps comme le sien, je réalise que Pauline
doit attirer toutes sortes d'hommes. Des lycéens, mais
aussi des garçons plus âgés. Des types de mon âge. Je
me demande comment ses parents affrontent la situation. Peut-être a-t-elle un petit ami régulier, peut-être
a-t-elle déjà fait l'amour, déjà commencé à prendre la
pilule ! À quatorze ans !

Arno pointe son nez et me tape dans le dos. Son téléphone braille un air insupportable. Il décroche :

– Tu restes en ligne une seconde ?

Il disparaît. Lucas se concentre à nouveau sur la télévision. Les filles se sont enfermées dans la chambre.
Et me voilà tout seul dans l'entrée. Comme un idiot.

Je vais dans la cuisine. Le plancher craque sous mes
pas. Il ne me reste plus qu'à préparer le dîner. Salade
de pâtes, avec de la mozzarella, des tomates cerises,
du basilic frais et des cubes de jambon. Alors que je
coupe le fromage, je ressens le vide de mon existence,
si profondément que j'ai presque envie d'en rire. Et je
ris finalement. Plus tard, quand le repas est prêt, les
enfants mettent un temps fou à venir à table. Apparemment, ils ont tous mieux à faire.

– Pas de téléphone portable, pas de Nintendo, pas
d'iPod à table, s'il vous plaît ! je déclare en apportant
les plats.

174

Mes exigences sont accueillies avec des haussements d'épaules et des soupirs. Puis tous s'installent à table et le silence se fait, ponctué par des bruits de mastication. J'observe le petit groupe que nous formons. Mon premier été sans Astrid. J'en déteste chaque instant.

La soirée s'étire devant moi comme un champ à l'abandon. L'ultime erreur, c'était d'installer la WIFI et de leur offrir à chacun un ordinateur. Les enfants s'isolent dans leur espace privé et je les vois à peine. Plus jamais nous ne regardons la télévision en famille. Internet a pris le pas, en prédateur silencieux.

Je m'allonge sur le canapé et choisis un DVD. Un film d'action avec Bruce Willis. À un moment, j'appuie sur pause pour appeler Valérie et Mélanie et pour envoyer un SMS à Angèle, au sujet de notre prochain rendez-vous. La soirée est interminable. Ça glousse dans la chambre de Margaux, ça fait ping et pong dans celle de Lucas, dans celle d'Arno, on entend juste un bruit de basse qui sort de son casque. La chaleur a raison de moi. Je m'endors.

Quand j'ouvre les yeux, groggy, il est près de deux heures du matin. Je me lève comme je peux. Je trouve Lucas profondément endormi, la joue écrasée contre la Nintendo. Je le mets délicatement au lit en faisant tout mon possible pour ne pas le réveiller. Je décide de ne pas aller voir dans la chambre d'Arno. Après tout, il est en vacances et je n'ai pas envie de m'engueuler avec lui parce qu'il est trop tard et qu'il devrait dormir à cette heure, blablabla… Je me dirige vers la chambre de ma fille. Une odeur qui ne peut être que celle d'une cigarette me chatouille les narines. Je demeure un moment immobile, la main sur la poignée de sa porte. Toujours des gloussements, mais en

sourdine. Je cogne. Les rires cessent immédiatement.
Margaux ouvre. La chambre disparaît sous la fumée.

– Les filles, vous ne seriez pas en train de fumer,
par hasard ?

Ma voix s'étrangle, presque timide, et j'enrage en
m'entendant parler ainsi, moi, l'adulte.

Margaux hausse les épaules. Pauline est affalée sur
le lit. Elle ne porte qu'un soutien-gorge à frou-frou et
une culotte transparente bleue. Je détourne mes yeux
de la rondeur de sa poitrine qui semble me sauter au
visage.

– Juste quelques cigarettes, papa, dit Margaux en
levant les yeux au ciel.

– Je te rappelle que tu n'as que quatorze ans. C'est
vraiment la chose la plus idiote que tu puisses faire…

– Si c'est si idiot que ça, pourquoi tu fumes alors ?
rétorque-t-elle avec une pointe d'ironie.

Elle me claque la porte au nez.

Je reste dans le couloir, les bras ballants. Je m'apprête
à frapper de nouveau à sa porte. Mais je laisse tomber.
Je me retire dans ma chambre et m'assois sur mon lit.
Comment Astrid aurait-elle réagi dans une telle situation ? Hurlé ? Puni ? Menacé ? Est-ce que Margaux se
permet de fumer quand elle est chez sa mère ? Pourquoi faut-il que je me sente si impuissant ? Ça ne pourrait pas être pire. J'espère.

Même dans son austère blouse d'hôpital bleue, Angèle est sexy. Elle enroule ses bras autour de moi, sans se soucier que nous soyons tous les deux dans la morgue, entourés de cadavres, tandis que des familles éplorées attendent dans la pièce d'à côté. Chacune de ses caresses me fait l'effet d'une décharge électrique.

– Quand es-tu libre ?

Je ne l'ai pas vue depuis plus de trois semaines. La dernière fois que je suis venu voir Mélanie, j'étais avec mon père et je n'ai pas eu une minute pour passer du temps avec Angèle. Mon père était fatigué et il avait besoin que je le reconduise à Paris.

Elle soupire.

– Carambolage sur l'autoroute, quelques crises cardiaques, un cancer, une rupture d'anévrisme, tout le monde semble s'être donné le mot pour mourir en même temps.

– Rupture d'anévrisme… dis-je tout bas.

– Une jeune femme d'une trentaine d'années.

Je la tiens serrée contre moi, en caressant ses cheveux lisses et soyeux.

– Ma mère est morte d'une rupture d'anévrisme, à la trentaine.

Elle lève les yeux vers moi.

– Mais tu n'étais encore qu'un gosse…

– Oui.

– L'as-tu vue morte ?

– Non. J'ai fermé les yeux au dernier moment.

– Les personnes qui meurent d'une rupture d'anévrisme restent belles. Avec cette jeune femme, je n'ai pas eu grand-chose à faire.

L'endroit où nous sommes est frais, silencieux, un petit couloir qui jouxte la salle d'attente.

– Tu es déjà passé voir ta sœur ? demande-t-elle.

– Je viens d'arriver. Elle est avec les infirmières. J'y retourne maintenant.

– OK. Laisse-moi une heure ou deux. Après, j'aurai terminé.

Elle dépose sur ma bouche un baiser chaud et humide. Je rejoins l'aile où se trouve Mélanie. L'hôpital semble très plein, il y a plus d'activité que d'habitude. Ma sœur est moins pâle, son teint presque rose. Ses yeux s'éclairent quand elle me voit.

– J'ai hâte de sortir d'ici, murmure-t-elle. Ils sont tous très gentils, mais je veux rentrer chez moi.

– Que dit le docteur Besson ?

– Elle dit que c'est pour bientôt. Comment s'est passée ta semaine ?

Je grimace, sans savoir par où commencer. Une mauvaise semaine à tous points de vue. Paperasserie ennuyeuse pour l'assurance de la voiture. Énième dispute avec Rabagny à propos de la crèche. Irritation à son comble avec Lucie. Et puis, notre père, son âge et sa mauvaise humeur. Un week-end difficile avec les enfants. L'école vient de reprendre et tout le monde est tendu. Jamais été aussi heureux de les déposer à Malakoff. Mais je garde les détails pour moi et réponds que c'était une de ces semaines où tout va de travers.

178

Je reste avec elle un moment. Nous parlons des lettres, des fleurs, des appels qu'elle a reçus. Le vieux Beau a envoyé une bague avec un rubis, de chez un joaillier de la place Vendôme. Je crois toujours qu'à un moment ou à un autre, elle va reparler de l'accident, mais non. La mémoire de cet instant ne lui est pas encore revenue. Je dois me montrer patient.

— J'ai hâte que ce soit l'automne, l'hiver… soupire Mélanie. Je déteste les fins d'été. Et il me tarde de voir revenir la saison des petits matins glacials et des bouillottes.

Le docteur Besson fait son entrée. Elle me serre la main et nous informe que Mélanie pourra être ramenée à Paris en ambulance d'ici quelques semaines, autour de la mi-septembre. Elle pourra passer sa convalescence chez elle, une convalescence de deux mois au moins, sous la surveillance d'un kinésithérapeute et avec des visites régulières chez son médecin.

— Votre sœur a été très courageuse, ajoute-t-elle, alors que nous remplissons quelques papiers dans son bureau.

Elle me tend une liasse de formulaires de sécurité sociale et d'assurance. Puis ses yeux fixent les miens.

— Comment va votre père ?

— Vous pensez qu'il est malade, n'est-ce pas ?

Elle acquiesce.

— Il ne s'est confié ni à ma sœur ni à moi sur ce qui n'allait pas. J'ai remarqué sa fatigue, mais je ne peux rien vous dire de plus.

— Et votre mère ? demande-t-elle. Sait-elle quelque chose ?

— Notre mère est morte quand nous étions petits.

— Oh, je suis désolée.

– Notre père s'est remarié. Mais je ne sais pas si ma belle-mère me révélerait quoi que ce soit sur sa santé. Nous ne sommes pas très proches.

Elle réfléchit un moment avant de reprendre.

– Je voulais m'assurer qu'il était surveillé médicalement.

– Pourquoi êtes-vous inquiète ?

– Je voulais être sûre.

– Voulez-vous que je lui parle ?

– Oui.

– Demandez-lui s'il voit un docteur.

– D'accord, je le ferai.

Je n'ai pas vu mon père depuis quelques semaines. Je ne lui ai pas parlé non plus. Mais j'ai rêvé de lui ces derniers jours, comme j'ai rêvé de ma mère. Des réminiscences de Noirmoutier. Des rêves où je vois mon père, ma mère quand ils étaient jeunes, sur la plage. Le sourire de ma mère et le rire de mon père. Je rêve aussi de notre récent séjour, à Mélanie et moi. La nuit de son anniversaire, comme elle était belle dans sa robe noire. Le couple élégant, à la table voisine, qui levait son verre en notre honneur. Le chef s'exclamant : « Madame Rey ! » La chambre numéro 9. Celle de ma mère. Depuis l'accident, les images de Noirmoutier me hantent jour et nuit.

« Morgue », indique le panneau. Je cogne une fois, puis deux. Pas de réponse. J'attends devant la porte d'Angèle un long moment. Elle n'a sans doute pas encore fini. Je vais m'asseoir dans la salle d'attente des endeuillés et je patiente. Il n'y a personne et j'avoue que pour le moment, j'aime mieux ça. Pour passer le temps, je consulte mon portable. Pas d'appels en absence. Pas de messages sur la boîte vocale. Pas de SMS.

Un léger bruit me fait lever la tête. Une personne portant d'énormes lunettes, un masque, un bonnet en tissu, des gants en latex, un pantalon bleu pâle coincé dans des bottes de caoutchouc, se tient devant moi. Je me lève précipitamment. La main gantée se débarrasse des lunettes et du masque. Apparaît alors le magnifique visage d'Angèle.

– Dure journée, dit-elle. Désolée de t'avoir fait attendre.

Elle a l'air fatigué. Ses traits sont tirés.

Derrière elle, par la porte entrouverte, j'aperçois un petit espace bleu. C'est là qu'elle travaille. Ça a l'air complètement vide. Il y a du linoléum. Au fond de cette pièce, une autre porte, ouverte elle aussi. Murs blancs, carrelage blanc au sol. Un brancard. Des bocaux et des outils que je n'identifie pas. Une odeur étrange flotte dans l'air. Sur elle, aussi, je la sens. Est-ce le parfum de la mort ? Du formol ?

– Tu as peur ?
– Non.
– Tu veux entrer ?

Je n'ai aucune hésitation.

– Oui, avec plaisir.

Elle ôte ses gants et nos mains se touchent enfin.

– Bienvenue chez Morticia ! dit-elle sur un ton mystérieux.

Elle referme la lourde porte derrière elle. Nous sommes là où les corps sont montrés une dernière fois aux familles.

J'essaie d'imaginer la scène. Moi auprès de ma mère dans un endroit comme celui-ci. Mon esprit est incapable de se souvenir ou d'imaginer quoi que ce soit. Si je l'avais vue morte, si je n'avais pas fermé les yeux, je me souviendrais. Je suis Angèle dans la pièce suivante, la blanche. L'odeur est encore plus forte. Une odeur soufrée écœurante. Dans un cercueil, un corps attend sous un drap blanc. Tout est très propre. Immaculé. Les instruments étincellent. Pas une tache. La lumière passe à travers les stores. On entend le ronronnement de l'air conditionné. Il fait plus frais dans cette pièce, plus frais que n'importe où dans cet hôpital.

– Que veux-tu savoir ? me demande Angèle.
– En quoi consiste ton métier ?
– Voyons ça avec le patient de cet après-midi.

Elle soulève doucement le drap. Je me raidis immédiatement comme je l'ai fait, autrefois, quand on a soulevé le drap qui recouvrait le corps de ma mère. Le visage qui apparaît est paisible. Un vieil homme, avec une barbe blanche broussailleuse. Il porte un costume gris, une chemise blanche, une cravate bleu marine et des chaussures en cuir. Ses mains sont croisées sur sa poitrine.

– Approche, dit-elle. Il ne va pas te mordre.

On dirait qu'il dort, mais plus je m'approche, plus la raideur particulière de la mort me saisit.

– Je te présente monsieur B. Il est mort d'une crise cardiaque. Il avait quatre-vingt-cinq ans.

– Tu l'as récupéré dans cet état ?

– Pas vraiment. Quand il est arrivé, il portait un pyjama taché, son visage était tordu et violacé.

Je frémis.

– Je commence par les laver. Je prends mon temps. Je les nettoie de la tête aux pieds. Avec une douchette spéciale. – Elle me montre un évier tout proche. – J'utilise une éponge et un savon antiseptique, ce qui me permet de bouger les membres pour diminuer la rigidité cadavérique. Je scelle les yeux avec des capuchons spéciaux et je suture la bouche, enfin, je déteste ce mot, je préfère dire que je ferme la bouche, et parfois je me sers d'adhésif parce que c'est plus naturel. Si le visage ou le corps a subi un traumatisme, je travaille les zones concernées avec de la cire ou du latex. Puis je commence à embaumer. Tu sais comment on procède ?

– Pas vraiment.

– J'injecte le fluide d'embaumement par la carotide et j'aspire le sang de l'autre par la veine jugulaire. Le liquide d'embaumement restaure la couleur naturelle et retarde la décomposition, au moins pendant un moment. Grâce à l'injection, tout le violet disparaît du visage de monsieur B. Ensuite, j'utilise un trocart pour retirer tous les fluides corporels. De l'estomac, des intestins, des poumons, de la vessie. – Elle fait une pause. – Ça va toujours ?

– Oui, dis-je, sincèrement.

C'est la première fois que je vois un cadavre, si j'excepte la forme du corps de ma mère sous le drap. J'ai quarante-trois ans et je n'ai jamais regardé la mort en face. Je remercie intérieurement monsieur B. de montrer un visage si serein et un tel teint de pêche. Ma mère ressemblait-elle à ça ?

– Et tu fais quoi ensuite ?

– Je remplis toutes les cavités avec des produits chimiques concentrés, puis je suture les incisions et les orifices. Cela aussi prend un certain temps. Évitons les détails, ça n'est pas très plaisant. Ensuite, j'habille mes patients.

J'adore la façon dont elle dit « mes patients ». Ils sont plus morts que morts et elle les appelle ses patients. Je remarque que, toute la durée de son explication, sa main nue est restée sur l'épaule de monsieur B.

– Est-ce que la famille de monsieur B. est déjà venue le voir ?

Elle regarde sa montre.

– Ils viennent demain. Je suis très satisfaite de monsieur B. C'est pour cela que j'ai tenu à te le montrer. Ce n'est pas comme les autres patients dont j'ai eu à m'occuper aujourd'hui.

– Pourquoi ?

Elle se tourne vers la fenêtre. Se tait un moment.

– La mort est parfois très laide. On a beau déployer tous les efforts du monde, dans certains cas il est impossible de rendre un visage ou un corps suffisamment paisible pour qu'il puisse être montré à la famille.

Je frissonne en pensant à ce qu'elle doit voir tous les jours.

– Comment fais-tu pour que tout ça ne t'atteigne pas ?

184

Elle se retourne pour me regarder.

– Oh, mais tu sais, cela m'atteint.

Elle soupire, remonte le drap sur le visage de monsieur B.

– Si je fais ce métier, c'est à cause de mon père. Il s'est suicidé quand j'avais treize ans. C'est moi qui l'ai trouvé à mon retour de l'école. Il était affalé sur la table de la cuisine, la cervelle éclatée contre les murs.

– Mon Dieu !

– Ma mère était dans un tel état que c'est moi qui ai dû tout prendre en charge et organiser les funérailles. Ma sœur aînée s'est effondrée. J'ai beaucoup grandi ce jour-là, et je suis devenue la dure à cuire que tu connais. Le thanatopracteur qui s'est occupé de lui a fait un travail formidable. Il a reconstitué le crâne de mon père avec de la cire. Ma mère, et toute la famille, a pu le voir une dernière fois sans tomber dans les pommes. Moi, je suis la seule à l'avoir vu avec la tête explosée. J'ai été si impressionnée par le travail de l'embaumeur que j'ai tout de suite su que je ferais ça plus tard. J'ai eu mon diplôme à vingt-deux ans.

– C'était difficile ?

– Au début, oui. Mais je sais à quel point c'est important, quand on a perdu quelqu'un de cher, de pouvoir le regarder une dernière fois et de trouver de la paix sur son visage.

– Il y a beaucoup de femmes qui font ce métier ?

– Plus que tu n'imagines. Quand je m'occupe de bébés ou de jeunes enfants, les parents sont soulagés de savoir qu'ils vont avoir affaire à une femme. Ils doivent penser qu'une femme aura des gestes plus doux, sera attentive aux détails, respectera la dignité de ceux qu'ils aimaient.

Elle me prend la main et me sourit, avec cette lenteur si particulière.

– Tu me laisses le temps d'une douche et je vais te faire oublier tout ça. On va chez moi.

Nous traversons les bureaux adjacents. Juste après, se trouve une cabine de douche carrelée de blanc.

– J'en ai pour une minute, dit-elle en disparaissant.

Sur son bureau, je remarque des photographies. De vieux clichés en noir et blanc montrant un homme d'âge mûr. Il lui ressemble énormément. Ce doit être son père. Les mêmes yeux, le même menton. Je m'assois à son bureau. Des papiers, un ordinateur, des lettres. Près de son téléphone portable, se trouve un petit agenda. Je suis tenté d'y jeter un coup d'œil. Je veux tout savoir de cette fascinante Angèle Rouvatier. Ses petits amis, ses rendez-vous galants, ses secrets. Mais je résiste finalement à mon envie. Je suis heureux de l'attendre ici, même si je ne suis probablement qu'un homme de plus qui a craqué pour elle. J'entends la douche couler dans la pièce d'à côté. J'imagine l'eau glissant sur sa peau douce, tout le long de son corps. Je suis obsédé par ses lèvres chaudes et humides. Obsédé par ce que nous allons faire quand nous arriverons chez elle. J'y pense dans les détails. Je sens monter une érection monumentale. Pas vraiment convenable dans une morgue.

Pour la première fois depuis longtemps, j'ai la sensation que ma vie s'éclaire. Comme le premier rayon de soleil après la pluie. Une lumière fraîche et délicate. Comme le passage du Gois réapparaissant à la marée descendante. Je ne veux pas passer à côté de ça. Je ne veux pas en rater une miette.

Mi-septembre, Mélanie rentre chez elle pour la première fois depuis l'accident. Je me tiens à ses côtés sur le seuil de son appartement. Je ne peux m'empêcher de penser qu'elle a l'air encore bien frêle et bien pâle. Elle marche toujours difficilement, avec des béquilles, et je sais que les prochaines semaines seront entièrement consacrées à une rééducation intense. Elle est heureuse et sourit largement quand elle voit que tous ses amis sont là pour lui souhaiter la bienvenue, les bras chargés de fleurs et de cadeaux.

Chaque fois que je vais lui rendre visite, rue de la Roquette, quelqu'un est à ses côtés pour lui tenir compagnie, qui prépare du thé, cuisine, écoute de la musique avec elle ou la fait rire. Si tout se passe bien, elle pourra reprendre son travail au printemps. Qu'elle en ait envie est une autre question.

– Je ne sais pas si l'édition est toujours un métier aussi intéressant qu'auparavant, nous avoue-t-elle, à Valérie et à moi, un soir, à dîner. J'ai du mal à lire. Je ne peux pas me concentrer, cela ne m'était jamais arrivé auparavant.

L'accident a transformé ma sœur. Elle est plus calme, plus réfléchie, moins stressée. Elle a arrêté de se teindre les cheveux, et finalement ses mèches

187

blanches, qui brillent comme des fils d'argent dans la masse de sa chevelure, lui vont bien. Cela lui donne plus de classe encore. Un ami lui a offert un chat, une créature noire aux yeux jaunes appelée Mina.

Quand je parle à ma sœur, je brûle de lui lancer tout à trac : « Mel, te souviens-tu de ce que tu voulais me dire au moment de l'accident ? » mais je n'ose jamais. Sa fragilité me retient. J'ai plus ou moins abandonné l'espoir que les phrases qu'elle s'apprêtait à me dire lui reviennent. Mais j'y pense sans arrêt.

– Et ton vieil admirateur salace, il devient quoi ? lui demandé-je un jour en la taquinant, avec Mina ronronnant sur mes genoux.

Nous sommes dans son salon. La pièce est très lumineuse, sur les murs olive pâle, des rangées de livres. Il y a un grand canapé blanc, une table ronde avec un plateau de marbre, une cheminée. Mélanie a fait des merveilles dans son appartement. Elle l'a acheté il y a quinze ans sans emprunter un centime à notre père. C'était, à l'origine, une enfilade de chambres de bonne minables, au dernier étage d'un bâtiment sans prétention, dans un arrondissement qui n'était pas encore à la mode. Elle a fait abattre les murs, restauré les planchers, monté une cheminée sans me demander mon aide ou mes conseils. J'ai trouvé cela plutôt vexant à l'époque, mais j'ai fini par comprendre que c'était, pour Mélanie, une façon d'affirmer son indépendance. Et j'ai admiré ça.

Elle balance la tête.

– Oh ! lui… Il continue à m'écrire, il m'envoie des roses. Il m'a même offert de m'emmener en week-end à Venise. Tu m'imagines à Venise avec mes béquilles ? – Nous rions. – La vache, c'était quand la dernière fois

188

que j'ai fait l'amour ? – Elle me regarde avec des yeux ronds. – Je n'arrive même pas à m'en souvenir. C'était probablement avec lui, le pauvre vieux.

Elle plante sur moi un regard inquisiteur.

– Et ta vie sexuelle, à toi, Tonio ? Tu fais bien des mystères et je ne t'ai pas vu aussi joyeux depuis des années.

Je souris en pensant aux cuisses douces comme de la crème d'Angèle. Je ne sais pas vraiment quand je vais la revoir, mais cette attente pleine d'impatience et d'angoisse rend la chose plus excitante encore. Nous nous parlons au téléphone tous les jours, plusieurs fois par jour, plus les SMS, les mails. Le soir, je m'enferme dans ma chambre comme un adolescent coupable et je la regarde nue par webcam. J'avoue plus ou moins à ma sœur que j'entretiens une relation à distance avec une thanatopractrice terriblement sexy.

– Eh bien ! s'exclame-t-elle. Éros et Thanatos. Tu parles d'un cocktail freudien ! Et quand pourrai-je la rencontrer, cette créature ?

Je ne sais même pas moi-même quand je vais la revoir en chair et en os. Au bout d'un moment, la webcam cessera d'être excitante, j'en suis sûr, et j'aurai besoin de la toucher, de sentir son corps, de la prendre. De la prendre vraiment. Ce n'est pas ce que je dis à Mélanie, mais je sais qu'elle comprend.

J'envoie un SMS particulièrement audacieux à Angèle et reçois une réponse immédiate, avec l'horaire du prochain Paris-Nantes. J'ai un important rendez-vous pour un nouveau contrat – des bureaux pour une banque dans le 12e arrondissement, près de Bercy – qui m'empêche de prendre ce train. Encore un boulot fastidieux, mais je n'ai pas les moyens de refuser.

Angèle me manque plus cruellement chaque jour. C'est presque insupportable. La prochaine fois que nous nous verrons, ce sera un véritable feu d'artifice. Cette pensée me permet de tenir le coup.

Un soir d'octobre, en descendant à la cave, j'ai découvert un trésor. Je cherchais une bonne bouteille de vin pour un dîner où j'avais invité Hélène, Emmanuel et Didier ; j'avais envie qu'ils se régalent, que ce soit inoubliable. Mais je suis remonté triomphalement avec, au lieu d'un Croizet Bages, un vieil album de photos. Il était resté dans un carton, que je n'avais pas pris la peine d'ouvrir, au milieu d'un fouillis de bulletins scolaires, de cartes routières, de taies d'oreillers froissées et de serviettes de bain Disney qui sentaient le moisi. À l'intérieur, de vieux clichés en noir et blanc de Mélanie et moi. Une série sur ma première communion. Moi, sept ans, en aube blanche, le visage grave, arborant fièrement une montre toute neuve à mon poignet. Mélanie, quatre ans, des joues rebondies et une robe à smocks bordée de dentelle. La réception, avenue Georges-Mandel, champagne, jus d'orange et macarons de chez Carette. Mes grands-parents qui me regardent d'un air bienveillant. Solange. Mon père. Ma mère.

Il a fallu que je m'assoie.

Elle était là, avec ses cheveux bruns, son sourire charmant. Sa main posée sur mon épaule. L'image même de la jeunesse. Et pourtant, il ne lui restait que trois ans à vivre.

Je tourne doucement les pages, en veillant à ne pas laisser tomber de cendre de cigarette. Elles ont pris l'humidité pendant leur séjour à la cave. Noirmoutier… Le dernier été, celui de 1973. Ce sont sans doute les mains de ma mère qui ont collé toutes ces photographies dans cet album. Je reconnais son écriture ronde et enfantine. Je la vois, assise à son bureau de l'avenue Kléber, courbée sur les pages, concentrée. Colle et ciseaux à la main. Mélanie sur le passage du Gois à marée basse avec sa pelle et son seau. Solange qui pose, une cigarette au bec, sur l'esta-cade. Est-ce ma mère qui a pris ces photographies ? Possédait-elle un appareil ? Mélanie sur la plage. Moi, devant le casino. Mon père lézardant au soleil. Toute la famille sur la terrasse de l'hôtel. Qui a pris celle-là ? Bernadette ? Une autre serveuse ? Voilà la parfaite famille Rey dans toute sa splendeur.

Je referme l'album. Un papier blanc s'en échappe et tombe sur le sol. Je me penche pour ramasser. C'est une vieille carte d'embarquement. Je l'examine, per-plexe. Un vol pour Biarritz, daté du printemps 1989. Au nom de jeune fille d'Astrid. Mais oui, bien sûr. C'est le vol sur lequel je l'ai rencontrée. Elle se ren-dait au mariage d'une amie, moi j'allais rénover des bureaux dans un centre commercial pour le compte d'un architecte chez qui je travaillais à l'époque. J'avais tressailli en voyant que j'étais assis à côté d'une si jolie jeune femme.

Elle avait un côté scandinave, dégageait quelque chose de sain et de frais qui m'a plu immédiatement. Rien à voir avec une Parisienne apprêtée et minau-dant. Pendant le vol, j'ai fait des efforts désespérés pour engager la conversation. Mais elle avait un Walk-man sur les oreilles et était plongée dans la lecture de

Elle. L'atterrissage a été atrocement cahoteux. Nous sommes arrivés au Pays Basque par le pire des orages. Le pilote a tenté à deux reprises son approche, mais à chaque fois, il a dû remettre les gaz, dans un bruit inquiétant de moteur. Le vent se déchaînait et le ciel était devenu d'encre. Comme si la nuit était tombée à deux heures de l'après-midi. Astrid et moi avons échangé des sourires inquiets. L'avion se balançait de droite et de gauche, montait, descendait, nous retournant l'estomac à chaque mouvement.

Le barbu assis de l'autre côté de l'allée était vert de peur. D'un geste précis, il a attrapé le sac en papier coincé dans le vide-poche, l'a ouvert d'un coup et a vomi pendant un temps infini. Une odeur âcre et nauséabonde est parvenue jusqu'à nous. Astrid m'a alors lancé un regard désespéré. J'ai compris qu'elle était terrorisée. Je ne l'étais pas, la seule chose qui me faisait peur, c'était de vomir mes spaghettis bolognaise sur les genoux de cette adorable créature. Bientôt, on n'a plus entendu que le borborygme caractéristique des passagers nauséeux. L'avion vrillait, je luttais pour détourner mon regard du barbu qui venait d'entamer son deuxième sac à vomi. La main tremblante d'Astrid s'est accrochée à la mienne.

C'est comme ça que j'ai rencontré ma femme. Ça me fait chaud au cœur de voir que, toutes ces années, elle a conservé cette carte d'embarquement. Les quinze ans qui séparent la mort de ma mère de ma rencontre avec Astrid sont comme un trou noir, un tunnel vertigineux. Je n'aime pas penser à cette période. J'étais comme un cheval auquel on a mis des œillères, plongé dans une solitude glaciale qui me dévorait et dont je ne parvenais pas à me débarrasser. Après avoir quitté l'avenue Kléber pour la rive gauche où je vivais avec deux camarades étudiants, mon existence m'a semblé un peu moins tragique. J'ai eu une ou deux petites amies, j'ai voyagé, j'ai découvert l'Asie, l'Amérique. Mais la lumière n'est revenue dans ma vie qu'avec Astrid. La lumière et le bonheur. Et le rire. Et la gaieté.

Quand nous avons rompu, j'ai dû me rendre à l'évidence : Astrid ne m'aimait plus, elle en aimait un autre, Serge. La terre s'est ouverte sous mes pieds. Quand le divorce est devenu inéluctable, moi toujours incrédule et elle très décidée, je me suis accroché comme un dingue à tous mes souvenirs pour pouvoir tenir le coup. Un en particulier venait sans cesse me hanter. Notre premier voyage en couple, à San Francisco. Nous avions vingt-cinq ans tous les deux, juste avant la naissance d'Arno. Nous étions jeunes, insouciants et fous amoureux. Je revois notre décapotable qui roulait sur le Golden Gate Bridge, les cheveux d'Astrid flottant sur mon visage, le petit hôtel de Pacific Heights où nous avons fait l'amour avec frénésie, les trajets animés en tramway.

Mais c'est d'Alcatraz dont je me souviens le mieux. Nous avions pris le bateau pour nous rendre sur l'île. C'était une visite guidée. La ville, étincelante de lumière, n'était qu'à trois kilomètres, trois kilomètres d'eau froide et dangereuse. Si proche et si loin. Parce que le soleil y entrait, les cellules du « Seedy Block » étaient les plus recherchées. Au Nouvel An, par exemple, avait poursuivi le guide, si le vent soufflait dans la bonne direction, les prisonniers pouvaient entendre les fêtes qui se donnaient au St Francis Yacht Club, de l'autre côté de la baie.

Pendant longtemps, je me suis senti comme un prisonnier d'Alcatraz, me nourrissant des miettes de rire, de chant et de musique que le vent voulait bien m'envoyer, de la rumeur d'une foule que je pouvais entendre mais jamais voir.

L'après-midi d'une morne journée de novembre. Quatre semaines avant Noël. Paris est enguirlandée de lumières comme une courtisane trop fardée. Je suis assis à mon bureau, à travailler sur un plan compliqué. Je m'y reprends pour la cinquième fois depuis ce matin. Je réimprime et mon imprimante se met à gémir telle une femme sur le point d'accoucher. Lucie est enrhumée. Je n'ai toujours pas eu le cœur de la virer. Aujourd'hui, elle n'arrête pas de se moucher. À chaque fois, elle entoure son doigt avec le Kleenex et se le fourre jusqu'au fond des narines en le faisant tourner comme une hélice. L'envie de la gifler me démange. Mais quelque chose en elle m'inspire une profonde pitié.

Ces deux derniers mois n'ont été qu'un déchaînement de conflits et de disputes. Arno a de sérieux problèmes à l'école. Astrid et moi avons été convoqués deux fois par les professeurs. S'il continue comme ça, nous a-t-on prévenus, il sera renvoyé. Notes qui dégringolent, insolence, dégradation de matériel scolaire, perturbation en classe. Nous découvrons, horrifiés, l'étendue des méfaits de notre Arno. Comment notre charmant petit garçon a-t-il pu se transformer en voyou rebelle ? Aussi placide que son frère est impétueux, Margaux se mure dans un monde de silence et de mépris. Elle ne nous adresse que rarement la parole, préférant écouter son iPod. Le seul moyen de communication encore possible avec elle, c'est le SMS, même si elle se trouve dans la pièce d'à côté. Seul Lucas reste raisonnablement agréable. Pour le moment.

L'unique nouvelle positive dans ma vie, outre l'existence d'Angèle, c'est la convalescence rapide de Mélanie. Elle peut désormais marcher à une allure normale, sans hésitation. L'exercice régulier et la kinésithérapie lui ont redonné la force qu'elle avait perdue. Sa priorité ne semble pas être de reprendre son travail. Elle a fini par aller à Venise avec son vieux beau, mais je vois autour d'elle des tas de séduisants jeunes gens qui la sortent à dîner, aux concerts et aux vernissages.

Je tourne le dos au sapin de Noël synthétique qui trône dans l'entrée en clignotant de lumières rouge et vert. Notre deuxième Noël de couple divorcé est pour bientôt. Astrid est partie à Tokyo avec Serge qui a là-bas un « important shoot sushi » (l'expression a fait hurler de rire Emmanuel) pour un catalogue chic sur papier glacé. Elle ne sera pas de retour avant huit jours. Les enfants restent donc cette semaine avec moi et, jusqu'à maintenant, leur présence m'a harassé.

Mon portable sonne. C'est Mélanie. Nous discutons un moment, dressant la liste des cadeaux de Noël, qui a besoin de quoi, qui veut quoi. Nous parlons de notre père. Nous sommes tous les deux convaincus qu'il est malade, mais il ne nous dit toujours rien. Quand nous abordons le sujet, Régine répond platement qu'elle n'est pas au courant. J'ai essayé d'en savoir plus par Joséphine. Mais elle m'a avoué, penaude, qu'elle n'avait même pas remarqué que son père avait, à ce point, mauvaise mine.

Mélanie me taquine avec Angèle. Le surnom de Morticia l'amuse beaucoup. J'ai déjà avoué à Mel, même si je n'ai rien à lui cacher, que cette femme me permet de tenir le coup. Je n'ai pu la voir que quelques fois depuis cet été, mais Angèle est une énergie nouvelle dans ma vie. Bien sûr, elle est désespérément indépendante, bien sûr, elle voit probablement d'autres hommes, et oui, elle ne m'accueille que quand ça lui chante, mais elle m'aide à oublier mon ex-femme et me rassure sur ma virilité, à tous les sens du terme. Mes amis aussi ont remarqué le changement : depuis qu'Angèle Rouvatier est entrée dans ma vie, j'ai minci, je suis plus joyeux, j'ai arrêté de me plaindre. Je fais attention aux vêtements que je porte, mes chemises sont parfaitement blanches, amidonnées, et mes jeans noirs, bien coupés, comme les siens. J'ai acheté un long manteau qu'Arno trouve « trop cool » et que même Margaux semble apprécier. Et chaque matin, je m'asperge de l'eau de Cologne qu'Angèle m'a offerte, une senteur italienne citronnée qui me fait penser à elle, à nous.

Pendant ma longue conversation avec Mel, mon téléphone me signale un double appel. Je regarde mon écran : Margaux. J'interromps mon coup de fil avec ma sœur pour répondre ; c'est ma fille, elle m'appelle si rarement.

— Coucou, c'est papa !

La seule chose que j'entends en retour, c'est un profond silence.

— Tu es là, Margaux ?

Je perçois un sanglot étouffé. Mon cœur s'emballe.

— Ma chérie, qu'est-ce qu'il y a ?

La tête de fouine de Lucie se tourne vers moi. Je me lève et me dirige vers l'entrée.

– Papa…

Margaux a l'air d'être à des milliers de kilomètres, sa voix me parvient faiblement.

– Parle un peu plus fort, ma chérie, je ne t'entends pas !

– Papa !

C'est comme si elle hurlait maintenant. Elle me vrille les tympans.

– Qu'y a-t-il ?

Mes mains tremblent. Je manque de lâcher mon téléphone. Elle sanglote, les mots se bousculent confusément. Je ne saisis rien de ce qu'elle essaie de me dire.

– Margaux, mon amour, s'il te plaît calme-toi, je ne comprends rien !

Derrière moi, le parquet grince. C'est Lucie qui approche, furtivement. Je me retourne et lui lance un regard glacial. Elle se fige, un pied en l'air, et retourne à son bureau sans se faire prier.

– Margaux, parle-moi !

Je m'installe dans l'entrée, derrière une grande armoire.

– Pauline est morte.

– Quoi ? dis-je en m'étranglant.

– Pauline est morte.

– Mais comment ? balbutié-je. Où es-tu ? Que s'est-il passé ?

Sa voix est blanche à présent.

– C'est arrivé pendant le cours de gym. Après le déjeuner. Elle s'est évanouie.

Mes pensées s'emmêlent. Je me sens impuissant, perdu. Le téléphone en main, je retourne à mon bureau, j'attrape mon manteau, mon écharpe, les clefs.

– Tu es toujours en cours de gym ?

– Non, on est rentrés à l'école. Ils ont emmené Pauline à l'hôpital. Mais c'est trop tard.

– Ils ont appelé Patrick et Suzanne ?

– J'imagine que oui.

Je déteste sa voix de robot froid. Je préférerais l'entendre hurler à nouveau. Je lui dis que j'arrive tout de suite.

Une pensée me terrifie. Astrid n'est pas là. *Astrid est loin, tu vas devoir te débrouiller tout seul, toi le père, toi le papa. Celui à qui sa fille a à peine adressé la parole le mois dernier, qu'elle ne « calcule » même pas.*

Je ne sens pas le froid. Je cours aussi vite que je peux, mes jambes pèsent des tonnes. Mes poumons de fumeur souffrent. Port-Royal est à vingt minutes. Quand j'arrive devant le lycée, je croise des groupes d'adolescents et d'adultes aux yeux rouges. Je finis par voir Margaux. Son visage est ravagé. Les gens font la queue pour la prendre dans leurs bras, pour pleurer avec elle. Pauline était sa meilleure amie. Elles étaient ensemble en cours depuis la maternelle. Depuis plus de dix ans. Dix sur quatorze ans de vie. Deux professeurs que je connais passent près de moi. Je marmonne un bonjour et fends la foule pour atteindre ma fille. Arrivé près d'elle, je la serre contre moi. Elle est si frêle, si fragile. Je ne l'ai pas serrée comme ça depuis longtemps.

– Que veux-tu faire ? dis-je.

– Je veux rentrer à la maison.

J'imagine que, vu les circonstances, les cours ont dû être suspendus pour la journée. Il est quatre heures et le jour commence déjà à baisser. Elle dit au revoir à ses amis et nous remontons péniblement le boulevard de l'Observatoire. La circulation est bruyante, ça klaxonne, les moteurs grondent, mais entre nous, il n'y a que du silence. Que puis-je lui dire ? Les mots ne sortent pas. Je ne peux que passer mon bras autour d'elle et la serrer contre moi. Elle est chargée de tas de sacs. J'essaie de la soulager en en prenant un, mais elle proteste avec vigueur : « Non ! » et m'en tend un autre. Celui-là, je le reconnais, c'est son vieux Eastpak. Elle s'accroche à l'autre comme à sa propre vie. Ce doit être celui de Pauline.

Nous dépassons Saint-Vincent-de-Paul, l'hôpital où sont nés mes enfants. Et Pauline aussi. C'est comme ça que nous avons rencontré Patrick et Suzanne, puisque les filles ont deux jours d'écart. Astrid et Suzanne étaient dans la même aile. La première fois que j'ai posé les yeux sur Pauline, c'était dans cet hôpital, dans le petit berceau de plastique qui jouxtait celui de ma fille.

Pauline est morte. Je ne réalise pas encore. Les mots n'ont aucun sens. Je veux en être sûr, bombarder Margaux de questions, mais son visage hagard me freine. Nous continuons à marcher. La nuit tombe. Il fait froid. Le chemin du retour est interminable. J'aperçois enfin l'énorme croupe de bronze du lion de Denfert-Rochereau. Nous ne sommes plus qu'à quelques minutes.

En entrant dans l'appartement, je prépare du thé. Margaux s'est assise sur le canapé, le sac de Pauline posé sur les cuisses. Quand elle lève les yeux vers moi, alors que j'arrive avec le thé sur un plateau, je trouve le visage dur et fermé d'une adulte. Je pose le plateau sur la table basse, lui sers une tasse, avec du lait et du sucre. Elle la prend sans rien dire. Je lutte pour ne pas allumer une cigarette.

– Peux-tu me dire ce qui s'est passé ?

Elle boit à petites gorgées. D'une voix basse où l'on sent la tension, elle lâche :

– Non.

La tasse tombe sur le sol et me fait sursauter. Le thé gicle en dessinant une étoile. Margaux sanglote. Je tente de la prendre dans mes bras mais elle me repousse violemment. Je ne l'ai jamais vue si en colère, son visage est déformé, écarlate, gonflé de rage. Elle hurle aussi fort qu'elle peut, en postillonnant.

– Pourquoi, papa ? Pourquoi c'est arrivé ? Pourquoi Pauline ?

Je ne sais pas quoi faire pour la calmer. Aucun mot apaisant ne veut sortir de ma bouche. Je me sens inutile. Mon esprit est vide. Comment puis-je l'aider ? Pourquoi suis-je si gauche ? Si seulement Astrid était là. Elle saurait quelle attitude adopter, les mères savent toujours. Pas les pères. Enfin, pas le père que je suis.

– On va appeler ta mère, marmonné-je en hésitant, tout en calculant le décalage horaire. Oui, c'est ça, appelons ta mère.

Ma fille me lance un regard méprisant. Elle tient toujours le sac de Pauline serré contre elle.

– C'est tout ce que tu as trouvé ? me dit-elle, ulcérée. *Appelons ta mère* ? C'est comme ça que tu crois m'aider ?

– Margaux, je t'en prie…

– Tu es pathétique ! C'est le pire jour de ma vie, et tu ne sais même pas comment m'aider, putain ! Je te déteste ! Je te déteste !

Elle se précipite dans sa chambre. J'entends sa porte claquer. Ses paroles me brûlent. Je me fous de l'heure qu'il est au Japon. Je cherche le bout de papier où j'ai noté le numéro de leur hôtel à Tokyo. Mes doigts tremblent quand je compose le numéro. *Je te déteste. Je te déteste.* Ces mots martèlent mon crâne.

La porte d'entrée claque à son tour. Ce sont les garçons qui rentrent. Arno est au téléphone, comme d'habitude. Lucas s'apprête à me parler quand l'hôtel décroche. Je lève la main pour lui faire signe de se taire. Je demande Astrid en utilisant son nom de jeune fille, puis je me souviens qu'elle est descendue sous le nom de famille de Serge. La réceptionniste m'informe qu'il est près d'une heure du matin. J'insiste, c'est une urgence. Les garçons me regardent ahuris. Au bout du fil, j'entends la voix endormie de Serge. Il commence par se plaindre que je le réveille en pleine nuit, mais je le coupe et lui demande de me passer Astrid. Sa voix est inquiète :

– Qu'est-ce qui se passe, Antoine ?

– Pauline est morte.

– Quoi ? dit-elle dans un souffle, à des milliers de kilomètres de là.

Les garçons me fixent avec horreur.

– Je ne sais pas ce qui est arrivé. Margaux est en état de choc. Pauline a perdu connaissance pendant le cours de gym. C'est tout ce que je sais.

Silence. Je l'imagine assise sur son lit, les cheveux en désordre, Serge dans son dos, dans une de ces chambres d'hôtel chic et contemporaines, en haut d'un gratte-ciel, avec salle de bains ultra-moderne, vue à couper le souffle, mais plongée dans l'obscurité à cette heure. Le « catalogue de sushi » étalé sur une grande table, avec les épreuves photographiques de Serge. Un ordinateur en veille dont le fond d'écran mouvant brille dans le noir.

– Tu es toujours là ? finis-je par dire tandis que le silence s'éternise.

– Oui, me répond-elle avec un calme presque froid. Est-ce que je peux parler à Margaux ?

Les garçons, interdits et mal à l'aise, s'écartent pour me laisser passer, le téléphone à la main. Je frappe à la porte de ma fille. Pas de réponse.

– C'est ta mère.

La porte s'entrouvre, elle m'arrache le téléphone et la referme aussitôt. J'entends un sanglot étouffé, puis la voix terrifiée de Margaux. Je retourne dans le salon où les garçons n'ont pas bougé, pétrifiés par la nouvelle. Lucas, livide, retient ses larmes.

– Papa, murmure-t-il, pourquoi Pauline est morte ?

Avant que je puisse répondre, mon mobile vibre. C'est Patrick, le père de Pauline. Je prends l'appel, mais le cœur n'y est pas. J'ai la bouche sèche. Je connais cet homme depuis que sa fille est née. En quatorze ans, nous avons eu d'innombrables et interminables discussions sur les jardins d'enfants, les écoles, les vacances, les voyages, les mauvais professeurs, les bons, qui va chercher qui et quand, Disneyland, les goûters d'anniversaire, les nuits chez les uns ou chez les autres. Et là, j'arrive tout juste à prononcer son nom, le téléphone collé à mon oreille.

– Bonjour, Antoine… – Sa voix est à peine audible. – Écoute… – Il soupire. Je me demande où il est. Probablement encore à l'hôpital. – J'ai besoin de ton aide.

– Bien sûr ! Tout ce que…

– Je crois que Margaux a les affaires de Pauline. Son sac d'école et ses vêtements.

– Oui. Que veux-tu que je fasse ?

– Prends-en soin. Pauline… enfin, il y a sa carte d'identité, ses clefs et son téléphone… Son porte-

feuille… Garde tout ça précieusement, d'accord ?
Fais juste ça…

Sa voix se brise. Il pleure et ses larmes font jaillir
les miennes.

– Mon Dieu, Patrick…

– Je sais, je sais, dit-il, en s'efforçant de maîtriser le
tremblement de sa voix. Merci. Merci pour tout.

Il raccroche brutalement. Je pleure pour de bon,
de vraies grosses larmes. Je ne peux plus me retenir.
C'est étrange parce que je pleure sans sanglots, sans
hoquets, pas comme la nuit de l'accident. C'est un flot
immense qui jaillit de moi.

Très lentement, je pose le téléphone, m'écroule sur
le canapé, le front dans les mains. Mes fils restent là un
moment. Lucas s'approche en premier. Il enfouit sa
tête sous mon bras et pose sa joue, également baignée
de larmes, contre la mienne. Arno s'assoit à mes pieds
et passe son bras osseux autour de mes chevilles.

C'est la première fois de leur vie que mes fils me
voient pleurer. Je ne peux pas m'arrêter. Je me laisse
aller.

Nous demeurons ainsi un long moment.

Le sac de Pauline, dans l'entrée. Près d'une pile de vêtements soigneusement pliés. Je ne peux plus détacher mon regard de ce sac et de cette pile de vêtements. Il est tard, deux ou trois heures du matin. J'ai pleuré toutes les larmes de mon corps. Je suis sec, vidé. J'ai fumé une dizaine de cigarettes. Mon visage est gonflé. J'ai mal partout. Mais j'ai peur d'aller me coucher.

Dans la chambre de Margaux, la lumière est encore allumée. J'entends sa respiration régulière en collant mon oreille sur sa porte. Elle s'est endormie. Les garçons aussi. L'appartement est plongé dans le silence. Plus une voiture ne passe rue Froidevaux. Je cède, je vais prendre le sac précautionneusement, en marchant sur la pointe des pieds. Je m'assois avec le sac et les vêtements sur les genoux. J'ouvre le sac. Je fouille. Une brosse pleine de longs cheveux blonds. Pauline est morte et j'ai ses cheveux sous les doigts. Son téléphone est sur « silencieux ». Trente-deux appels en absence. Ses amis ont-ils appelé pour entendre encore une fois le son de sa voix ? Peut-être ferais-je la même chose si un de mes amis mourait. Des manuels scolaires. Belle écriture soignée. Elle était meilleure élève que Margaux. Elle voulait devenir médecin. Patrick en était fier. Quatorze ans et elle savait déjà ce qu'elle voulait faire dans la vie. Son portefeuille. Violet et pailleté. Sa carte d'identité, éditée il y a deux ans. Sur la photo, je reconnais la Pauline qui m'est familière. La gamine maigrichonne avec qui je jouais à cache-cache. Du maquillage, du gloss, un déodorant. Son agenda. Les devoirs des deux prochaines semaines. Je tourne rapidement les pages. « Dallad dimanche » et un cœur rose. Dallad est le surnom de Margaux. Pauline, c'était « Pitou » déjà quand elles étaient toutes petites. Ses vêtements. Ceux qu'elle a enlevés pour se mettre en tenue de sport. Un pull blanc et un jean. Je porte le pull lentement à mon visage. Il sent la cigarette et le parfum fruité.

Je pense à Patrick et Suzanne. Où sont-ils à présent ? Près du corps de leur fille ? À la maison, sans pouvoir fermer l'œil ? Aurait-on pu sauver Pauline ? Est-ce que quelqu'un savait qu'elle avait un problème cardiaque ? Si elle n'avait pas joué au basket, serait-elle encore en vie ? Les questions se bousculent dans ma tête. Je sens la panique me gagner. Je me lève, j'ouvre la fenêtre. Un courant d'air glacé m'enveloppe. Le cimetière s'étale devant moi, vaste et noir. Je ne cesse de penser à Pauline, à son corps sans vie. Elle portait un appareil dentaire. Que vont-ils en faire ? Va-t-on l'enterrer avec ? Est-ce qu'on demandera à un dentiste de le lui ôter ? Ou est-ce le boulot du thanatopracteur ? Mes mains attrapent le téléphone. J'ai besoin de parler.

Au bout de quelques sonneries, elle décroche enfin. Sa voix est tout ensommeillée, mais chaleureuse.

– Salut, monsieur le Parisien. On se sent seul ?

Je suis tellement soulagé d'entendre sa voix au beau milieu de la nuit que je suis à deux doigts de pleurer. Je lui explique rapidement ce qui s'est passé.

– Oh, ta pauvre petite fille. Elle a vu mourir son amie. C'est moche. Comment va-t-elle ?

– Pas très bien, je dois reconnaître.

– Et sa mère n'est pas là, n'est-ce pas ?

– Non, elle n'est pas là.

Silence.

– Tu veux que je vienne ?

Sa proposition est si soudaine que je m'en étrangle.

– Tu ferais ça ?

– Si tu le souhaites.

Bien sûr, oui, bien sûr, viens, grimpe sur ta Harley et fonce jusqu'ici, oui, s'il te plaît, Viens, Angèle, j'ai besoin de toi. Viens ! Mais que penserait-elle si je lui avouais ma détresse, si je la suppliais de venir immédiatement. Me trouverait-elle faible ? Lui ferais-je pitié ? Lui fais-je déjà pitié ?

– Je ne veux pas t'emmerder avec ça. Ça va te faire de la route.

Elle soupire.

– Ah ! vous, les hommes ! C'est si difficile de dire les choses comme elles sont ? Tu ne peux pas faire simple et me dire franchement ce dont tu as envie ? Je viendrai si tu as besoin de moi. Exprime-toi, c'est tout, c'est aussi simple que ça. Je te dis au revoir maintenant. Je commence tôt demain matin.

Elle raccroche. J'ai envie de la rappeler, mais je me retiens. Je fourre le téléphone dans ma poche et me rallonge sur le canapé. Je finis par m'endormir.

Quand je me réveille, les garçons sont en train de préparer leur petit déjeuner. Je jette un coup d'œil dans le miroir. J'ai l'air d'un croisement entre Mister Magoo et Boris Eltsine. Margaux est enfermée dans la salle de bains. J'entends couler la douche. Ça risque de durer un moment.

Dans sa chambre, les draps sont retournés. Étrange, on dirait des draps neufs. Je ne les ai jamais vus avant.

De grandes fleurs rouges. Je m'approche. Ce ne sont pas de grandes fleurs rouges. C'est du sang. Margaux a eu ses règles cette nuit. Et, si j'en crois ce que m'a dit Astrid, c'est la première fois.

A-t-elle peur, se sent-elle nauséeuse, gênée, souffre-t-elle? Margaux a ses règles. Ma petite fille chérie. Qui peut désormais avoir des enfants. Qui ovule. Je ne suis pas sûr d'aimer l'idée. Je ne sais pas si je suis prêt pour ça. Bien sûr, je savais que ça finirait par arriver un jour. Mais je croyais, d'une façon confuse et un peu lâche, que ce serait l'affaire d'Astrid, pas la mienne. Comment diable se débrouillent les pères avec ça? Qu'est-ce que je suis censé faire? L'amener à comprendre que je suis au courant? Que je suis fier? Que je suis là si elle a besoin de mon aide, avec une sorte de ton assuré à la John Wayne, parce que, bien sûr, je connais les tampons sur le bout des doigts (avec ou sans applicateurs) et les serviettes, je n'en parle même pas (flux léger ou abondant), idem pour le syndrome prémenstruel? Je suis un homme moderne, non? Mais en réalité, aujourd'hui, il m'est tout bonnement impossible d'incarner ce genre de père-là. Je vais devoir appeler Mélanie. En l'absence d'Astrid, elle est ma seule alliée féminine.

J'entends le verrou de la salle de bains. Elle a fini. Je m'empresse de sortir de sa chambre. Elle apparaît, les cheveux enroulés dans une serviette, de grands cernes violets sous les yeux. Elle marmonne un bonjour. Je l'arrête en l'attrapant par l'épaule. Elle se dégage et continue son chemin.

– Comment vas-tu, ma chérie? tenté-je. Comment… te sens-tu?

Elle hausse les épaules. La porte de sa chambre se referme violemment. A-t-elle une idée de la façon dont ça se passe, les règles, les tampons, les serviettes ? Bien sûr qu'elle sait, Astrid a dû tout lui expliquer, ou bien ses amies. Pauline. Je vais me préparer un café. Les garçons sont déjà prêts pour l'école. Ils m'embrassent avec maladresse. Au moment où ils vont passer la porte, on sonne.

C'est Suzanne, la mère de Pauline. L'instant où nos regards se croisent est douloureux, saturé d'émotion. Elle me prend les mains, tandis que les garçons l'embrassent sur la joue et filent, le cœur gros.

Son visage est gonflé, elle a de petits yeux. Pourtant, elle trouve encore la force de me sourire. Je la prends dans mes bras. Elle sent l'hôpital, la souffrance, la peur, la perte. Nous restons ainsi, enlacés, à nous balancer doucement. C'est une petite femme, sa fille la dépassait déjà d'une bonne tête. Elle lève ses yeux vers moi, pleins de larmes.

– Je prendrais bien un café.

– Bien sûr ! Je te donne ça tout de suite.

Je la conduis jusqu'à la cuisine. Elle s'assoit, ôte son manteau et son écharpe. Je lui verse une tasse en tremblant.

– Je suis là, Suzanne, tu sais ?

C'est tout ce qui me vient. Elle a l'air d'apprécier, même si ce n'est pas grand-chose. Elle hoche la tête et prend une gorgée hésitante de café, puis me dit :

– Je n'arrête pas de penser que je vais me réveiller. Que tout ça n'est qu'un cauchemar.

Elle porte un gilet vert, une chemise blanche, un pantalon noir, des boots. Portait-elle les mêmes vêtements quand on l'a appelée hier pour lui annoncer que sa fille était morte ? Que faisait-elle à ce moment-là ? À quoi a-t-elle pensé quand elle a vu que c'était l'école qui appelait ? Que Pauline avait séché les

210

cours? Qu'elle avait eu un problème avec un professeur?

Je voudrais lui dire à quel point je suis bouleversé depuis que Margaux m'a appris la nouvelle. Lui dire toute ma compassion, ma tristesse, mais je demeure muet. Je ne peux que lui prendre la main et la serrer fort. C'est tout ce dont je suis capable.

– Les funérailles ont lieu mardi. À la campagne. À Tilly. Là où est enterré mon père.

– Nous y serons, bien sûr.

– Merci, murmure-t-elle. Je suis venue pour les affaires de Pauline. Son sac et des vêtements, c'est ça?

– Oui, tout est là.

Au moment où je me lève, Margaux entre dans la cuisine. Quand elle voit Suzanne là, elle laisse échapper un petit cri qui me tord le ventre, et va se jeter dans ses bras, enfonçant sa tête contre son épaule, son corps frêle tout secoué de sanglots. Je regarde Suzanne qui la réconforte, lui caresse les cheveux. Margaux pleure et elle laisse enfin sortir les mots qu'elle gardait hier.

– On était en cours de gym comme tous les jeudis. On jouait au basket. Pitou s'est écroulée sur le sol. Quand le prof l'a retournée, j'ai compris. Ses yeux étaient tout blancs. Le prof a essayé de la réanimer, il a fait tous les trucs qu'on voit à la télé. Ça a duré une éternité. Quelqu'un a appelé une ambulance, mais le temps qu'ils arrivent, c'était fini.

– Elle n'a pas souffert, murmure Suzanne, en passant la main dans les cheveux de Margaux. Elle n'a pas souffert, ça a été instantané, c'est ce que m'ont dit les médecins.

– Pourquoi est-elle morte? demande simplement Margaux.

– Ils pensent que Pauline avait un problème au cœur. Un problème que tout le monde ignorait. Son petit frère va subir des examens cette semaine pour vérifier qu'il n'a pas la même pathologie.

– Je veux la voir, dit Margaux. Je veux lui dire au revoir.

Les yeux de Suzanne se tournent vers moi.

– Ne m'en empêche pas, papa, me lance-t-elle, sans me regarder. Je veux la voir.

– Je ne t'en empêche pas, ma chérie. Je comprends.

Suzanne finit sa tasse de café.

– Bien sûr que tu peux la voir. Elle est encore à l'hôpital. Tu peux venir avec moi, ou bien avec ta mère.

– Ma mère est au Japon, dit Margaux.

– Alors, ton père peut t'y conduire, dit Suzanne en se levant. Il faut que j'y aille. J'ai beaucoup de choses à faire. De la paperasserie. Les funérailles. Je voudrais que ce soit un beau moment.

Elle s'interrompt et se mord les lèvres. Sa bouche se tord.

– De belles funérailles pour ma jolie petite fille.

Elle se retourne brutalement, mais j'ai le temps de voir son visage s'effondrer. Elle ramasse le sac et les vêtements, puis se dirige vers l'entrée. Devant la porte, elle redresse les épaules comme un soldat se préparant au combat. J'ai pour elle une immense admiration.

– À plus tard, chuchote-t-elle sans lever les yeux.

On dirait que je suis condamné à passer du temps dans les morgues d'hôpital. Margaux et moi attendons à la Pitié-Salpêtrière pour voir le corps de Pauline. Comparé à l'endroit lumineux où travaille Angèle, cette morgue parisienne est sombre et déprimante. Pas de fenêtres, une peinture qui s'écaille, un linoléum sans âge. Rien qui ne rende le lieu un tant soit peu accueillant. Nous sommes seuls et l'unique son qui nous parvient, ce sont les bruits de pas qui arpentent le couloir et des murmures lointains. Le type qui travaille ici dégage une quarantaine imposante. Il n'a pas un mot de condoléances, pas un sourire. À force de voir des cadavres toute la journée, il doit être blasé. Même une gamine de quatorze ans morte d'une crise cardiaque, ça ne doit lui faire ni chaud ni froid, enfin, c'est ce que j'imagine. Mais j'ai tort. Quand il revient nous chercher, il se penche vers Margaux et lui dit :

– Votre amie est prête. Vous êtes sûre que ça va aller, mademoiselle ?

Margaux hoche la tête, le menton décidé.

– Ce n'est pas facile de voir quelqu'un qu'on aime, mort. Peut-être que votre papa devrait venir avec vous.

Ma fille lève les yeux vers lui comme si elle observait sa peau couperosée.

– C'était ma meilleure amie et je l'ai vue mourir, s'étrangle-t-elle.

Cette phrase, elle ne s'en rend pas encore compte, elle la prononcera toute sa vie. Le thanatopracteur hoche la tête.

– Votre père et moi vous attendons derrière la porte, au cas où vous auriez besoin de nous, d'accord ?

Elle se lève, remet ses vêtements en place, recoiffe d'un geste ses cheveux. Je voudrais la retenir, la protéger, l'envelopper dans mes bras. Va-t-elle tenir le coup ? Sera-t-elle assez forte ? Et si elle s'évanouissait ? Si cela la blessait pour toujours ? Le type la conduit jusqu'à la pièce d'à côté, ouvre la porte et la laisse entrer.

Suzanne et Patrick apparaissent avec leur fils. Nous nous embrassons et nous enlaçons sans dire un mot. Leur petit garçon est pâle et fatigué. Nous attendons.

Puis la voix de Margaux résonne. Elle m'appelle. Pas en disant « Papa », mais « Antoine ». C'est la première fois qu'elle m'appelle par mon prénom.

J'entre dans la pièce. Taille comparable à celle qu'Angèle m'a montrée, là-bas. L'odeur dominante m'est familière. Mes yeux se posent sur le corps allongé devant nous. Je m'approche. Pauline est si jeune et si frêle. Le corps sculptural semble avoir rétréci. Elle porte un chemisier rose et un jean. Des Converse. Ses mains sont croisées sur son ventre. Je regarde finalement son visage. Pas de maquillage. Sa peau nue et blanche. Ses cheveux blonds sont simplement coiffés en arrière. Ses lèvres closes ont l'air naturel. Angèle serait satisfaite.

Margaux se penche contre moi. Je pose ma main sur sa nuque, comme lorsqu'elle était petite. Elle ne me repousse pas, pour une fois.

– C'est plus fort que moi, je ne comprends pas, dit-elle.

Elle file hors de la pièce.

Je pense à mon père. S'est-il tenu devant elle, dans une morgue d'hôpital, à essayer d'apprivoiser l'idée de la mort ? Où se trouvait-il quand on lui a annoncé que sa femme était morte ? Qui l'a appelé ? Il devait être à son bureau situé, à cette époque, près des Champs-Élysées.

Je pose délicatement ma main sur la tête de Pauline. Je n'avais jamais touché un mort. Je ne retire pas ma main, pas encore. Au revoir, Pauline. Au revoir, petite enfant.

Soudain, je frissonne. Ce pourrait être ma fille, là, à sa place. Je pourrais être en train de regarder ma propre fille. De toucher son cadavre. J'essaie de maîtriser mon tremblement. Je voudrais qu'Angèle soit près de moi. Je pense au réconfort qu'elle saurait me donner, à son bon sens, à sa connaissance profonde de la mort. J'imagine que c'est Angèle qui a préparé le corps de Pauline, avec le soin et le respect qu'elle montre à tous ceux qu'elle appelle si joliment ses « patients ».

Une main sur mon épaule. Patrick. Nous observons en silence le corps de Pauline. Il s'aperçoit que je tremble et presse mon épaule en un geste réconfortant. Mon tremblement ne disparaît pas. Je pense à tout ce que Pauline aurait pu devenir, tout ce qui lui était promis et qu'elle ne connaîtra jamais. Ses études. Les voyages. L'entrée dans l'âge adulte. La carrière. La maternité. La vieillesse.

La frayeur me quitte et cède la place à la colère. Quatorze ans, nom de Dieu ! Quatorze ans ! Comment continuer d'avancer ? Où trouve-t-on le courage, la force ? La religion est-elle une solution ? Est-ce là que Patrick et Suzanne trouvent un réconfort ?

– C'est Suzanne qui l'a habillée. Toute seule. Elle a refusé que quelqu'un d'autre s'en occupe, explique Patrick. Nous avons choisi ses vêtements ensemble. Son jean et son chemisier préférés.

Il tend la main et caresse doucement la joue froide de sa fille. Je fixe le chemisier rose. L'image des doigts de Suzanne qui ferment avec difficulté la longue rangée de boutons contre la peau sans vie de Pauline m'apparaît. Une image qui pèse sur moi de tout son épouvantable poids.

Margaux ressent le besoin de passer du temps avec Patrick et Suzanne. J'imagine que c'est sa façon à elle de rester proche de Pauline. En quittant la Pitié, je consulte mon téléphone. J'ai un message de ma sœur. *Appelle-moi, c'est urgent.* Je trouve la voix de Mélanie étrangement calme. Lorsque je la rappelle, je déballe tout en vrac : la mort de Pauline, Margaux, l'horreur, l'absence d'Astrid, les règles de Margaux, le cadavre de Pauline, Patrick et Suzanne, Suzanne habillant le corps de sa fille.

– Antoine, m'interrompt-elle, écoute-moi.

– Quoi ? dis-je avec un brin d'impatience.

– J'ai besoin de te parler. Il faut que tu viennes tout de suite.

– Je ne peux pas. Je dois retourner au bureau.

– Il faut vraiment que tu viennes.

– Pourquoi ? Que se passe-t-il ?

Elle reste silencieuse puis déclare :

– Je me souviens. Je sais pourquoi j'ai eu cet accident.

Une étrange appréhension me serre le cœur. J'attends cet instant depuis trois mois et il est là, enfin. Et voici que je redoute de l'affronter. Je ne sais pas si je suis capable d'encaisser. La mort de Pauline m'a terrassé.

– D'accord, je murmure. J'arrive tout de suite.

Le trajet de la Pitié-Salpêtrière à la Bastille dure un temps fou. La circulation est dense mais j'essaie de garder mon calme. Je mets une éternité à trouver une place de parking dans la rue de la Roquette, bondée. Mélanie m'attend, son chat dans les bras.

– Je suis vraiment désolée pour Pauline, dit-elle en m'embrassant. Ce doit être atroce pour Margaux… Je sais que le moment est mal choisi… C'est juste que… ça m'est revenu. Ce matin. Et il fallait que je te parle.

Le chat quitte ses genoux d'un bond et vient se frotter contre mes jambes.

– Je ne sais pas comment dire ça. Je crois que ça va te faire un choc.

– Vas-y, on verra bien.

Nous sommes assis l'un en face de l'autre. Ses doigts délicats jouent avec les bracelets qu'elle porte au poignet. Le cliquetis du métal me dérange.

– Pendant la dernière nuit que nous avons passée à l'hôtel ce week-end tous les deux, je me suis réveillée. J'avais soif et je n'arrivais pas à me rendormir. J'ai essayé de lire, j'ai bu un verre d'eau, mais rien ne marchait. Alors je suis sortie sans bruit de ma chambre et je suis descendue au rez-de-chaussée. L'hôtel était plongé dans le plus parfait silence, tout le monde dormait. J'ai traîné devant la réception, j'ai traversé la salle à manger, puis j'ai décidé de me recoucher. C'est là que c'est arrivé.

Elle s'interrompt.

– Quoi donc ?

– Tu te souviens de la chambre numéro 9 ?

– Oui. La chambre de Clarisse.

— Je suis passée devant en remontant. Et j'ai eu un flash-back. Si puissant que j'ai dû m'asseoir sur les marches.

— Qu'as-tu vu ? murmuré-je.

— Notre dernier été à Noirmoutier. 1973. J'avais eu peur à cause de l'orage. C'était mon anniversaire, tu te souviens ?

Je fais oui de la tête.

— Cette nuit-là, je n'ai pas pu dormir. Je suis descendue jusqu'à la chambre de notre mère.

Elle s'arrête encore une fois. Le chat ronronne en se frottant contre moi.

— La porte n'était pas verrouillée, alors je l'ai ouverte tout doucement. Les rideaux n'étaient pas tirés, le clair de lune éclairait la pièce. Et là, j'ai vu qu'il y avait quelqu'un dans son lit.

— Notre père ?

Elle secoue la tête.

— Non. Je me suis approchée. Je ne comprenais pas, je n'avais que six ans, n'oublie pas. J'ai aperçu les cheveux noirs de Clarisse et j'ai vu qu'elle tenait quelqu'un entre ses bras. Quelqu'un qui n'était pas notre père.

— Mais qui, enfin ? m'étranglé-je.

Notre mère dans son lit avec un amant. Notre mère avec un autre homme. À quelques chambres de là, mes grands-parents et nous, les enfants. Notre mère. Jouant avec nous sur la plage dans son drôle de maillot de bain orange vif. Notre mère passant la nuit avec un autre homme.

— Je ne sais pas qui c'était.

— À quoi ressemblait-il ? demandé-je en m'enflammant. Tu l'avais déjà vu avant ? Était-ce un client de l'hôtel ?

Mélanie se mord les lèvres et détourne son regard. Puis elle me répond d'une voix douce :

– C'était une femme, Antoine.

– Que veux-tu dire ?

– C'était une femme que notre mère tenait dans ses bras.

– Une femme ? répété-je, abasourdi.

Le chat bondit de nouveau sur ses genoux. Elle le prend et le serre fortement contre elle.

– Oui, Antoine, tu as bien entendu, une femme.

– Tu es certaine ?

– Oui, je suis sûre. Je me suis avancée jusqu'au bord du lit. Elles dormaient. Elles avaient repoussé les draps. Elles étaient nues. Je me souviens avoir pensé qu'elles étaient belles. La femme en question était bronzée, mince et avait de longs cheveux. Je ne pouvais pas voir leur couleur dans la lumière de la lune, mais je dirais qu'ils étaient blond cendré.

– Tu crois vraiment qu'elles étaient amantes ?

Elle a un sourire crispé.

– Disons qu'à six ans, je n'avais aucune idée de ces choses-là. Mais je me souviens très distinctement de ce que j'ai vu : la main de cette femme était posée sur un des seins de Clarisse. C'était un geste sexuel, possessif.

Je me lève et je fais les cent pas dans la pièce pour finir par m'arrêter devant la fenêtre. Je regarde l'animation de la rue de la Roquette. Je suis incapable d'articuler un mot. J'ai besoin d'une minute ou deux.

– Tu es choqué ? me lance-t-elle.

– On peut dire ça, oui.

Ses bracelets se remettent à cliquer.

– J'ai essayé de te révéler ce secret, j'ai senti que tu avais remarqué que quelque chose n'allait pas. Je ne

220

pouvais plus me taire, c'est pour ça que j'ai voulu te parler sur le chemin du retour.

– Et à l'époque, avais-tu raconté à quelqu'un ce que tu avais vu dans la chambre 9 ?

– J'ai essayé de te le dire dès le lendemain matin. Tu jouais sur la plage avec Solange et tu ne m'as pas écoutée. Je n'en ai jamais parlé et j'ai fini par oublier. Jusqu'à cette nuit à l'hôtel, trente-quatre ans plus tard.

– As-tu jamais revu cette femme ?

– Non, et je ne sais pas du tout qui c'est.

Je reviens m'asseoir en face de Mélanie.

– Tu penses que notre mère était lesbienne ? lui demandé-je, à voix basse.

– Je me suis posé la même question, dit-elle, sur un ton monocorde.

– Peut-être qu'il s'agissait seulement d'une aventure d'un soir... Tu penses que notre père était au courant ? Nos grands-parents ?

Elle va dans la cuisine mettre de l'eau à bouillir, dispose des sachets de thé dans les tasses. Je suis abasourdi, comme si j'avais reçu un coup violent sur la tête.

– Tu te souviens de la dispute dont tu as été témoin entre Clarisse et Blanche ? Peut-être que c'était à cause de cette histoire ?

Mélanie hausse les épaules.

– Peut-être. Je ne pense pas que nos respectables et bourgeois grands-parents aient eu l'esprit assez ouvert pour accepter l'homosexualité. N'oublie pas, c'était en 1973.

Elle me tend une tasse de thé et s'assoit.

– Et notre père ? Que sait-il au juste ?

– Peut-être que toute la famille Rey était au courant. Il y a peut-être eu un scandale. En tout cas, on n'en parlait pas. Personne n'en a jamais parlé.

– Et Clarisse est morte…

– Oui, notre mère est morte. Et d'elle non plus, on n'a plus jamais parlé.

Nous restons silencieux un moment, face à face, à boire notre thé.

– Tu sais ce qui me trouble le plus dans toute cette histoire ? finit-elle par déclarer. Et je sais que c'est précisément cela, la cause de l'accident. Le simple fait d'en parler me fait mal, là.

Elle pose le plat de sa main à la naissance de son cou.

– Non, qu'est-ce qui te trouble ?

– Avant, je voudrais que tu m'avoues ce qui te dérange, toi.

Je respire un grand coup.

– J'ai la sensation de ne pas savoir qui était ma mère.

– Oui ! s'écrie-t-elle, en souriant pour la première fois depuis mon arrivée, même si ce n'est pas le sourire détendu qu'elle a d'habitude. C'est exactement ça.

– Et j'ignore comment je pourrais savoir qui elle était réellement.

– Moi, je sais, dit-elle.

– Comment ?

– La première question à se poser, c'est : est-ce que tu tiens à savoir, Antoine ? Le veux-tu vraiment ?

– Bien sûr ! Comment peux-tu en douter ?

Elle a de nouveau son drôle de sourire.

– C'est parfois plus facile de ne pas savoir. La vérité peut faire mal.

Me revient le souvenir du jour où j'ai trouvé la vidéo montrant Serge et Astrid en train de faire l'amour. Le choc. L'atroce souffrance.

222

— Je comprends ce que tu veux dire. Je connais cette souffrance-là.

— Tu es prêt à la ressentir à nouveau, Antoine ?

— Je ne sais pas, je réponds sans chercher à mentir.

— Moi, je suis prête. Prête pour la vérité. Je ne peux pas faire comme si rien ne s'était passé. Je ne veux pas fermer les yeux sur ces événements. Je veux savoir qui était notre mère.

Les femmes sont tellement plus fortes que les hommes. Elle a l'air plus fragile que jamais dans son jean *slim* et son pull beige. Pourtant, une vraie puissance émane d'elle, une réelle détermination. Mélanie n'a pas peur, moi si. Elle me prend la main d'un geste maternel, comme si elle savait exactement ce qui me traversait l'esprit.

— Ne te laisse pas affecter par tout ça, Tonio. Rentre chez toi et occupe-toi de ta fille, elle a besoin de toi. Quand tu seras prêt, nous en reparlerons. Il n'y a pas d'urgence.

Je marque mon accord d'un hochement de tête. Me lève pour partir. J'ai la gorge serrée. La simple idée de retourner au bureau, de devoir affronter Lucie et le travail à abattre m'accable. J'embrasse ma sœur et file droit vers l'entrée. Au moment de sortir, je me retourne et lui dis :

— Tu dis que tu sais où trouver des informations.

— Oui. Chez Blanche.

Notre grand-mère. Elle a raison, bien sûr. Blanche aura probablement les réponses aux questions que nous nous posons. En tout cas, certaines réponses. Quant à savoir si elle sera d'accord pour nous les donner, ça, c'est une autre histoire.

Au lieu de retourner au bureau, je file tout droit à la maison. En chemin, je laisse un message à Lucie pour l'informer que je serai absent le reste de la journée. Arrivé chez moi, je me prépare une tasse de café, allume une cigarette et fume en buvant, assis à la table de la cuisine. J'ai toujours cette boule dans la gorge. Mon dos est douloureux. Je suis lessivé.

Le souvenir que m'a dévoilé Mélanie me hante. La chambre baignée par le clair de lune que je n'ai pas vue de mes propres yeux mais que j'imagine très bien, trop bien. Notre mère et son amante. Aman*te*. Qu'est-ce qui me choque ? Que notre mère ait été infidèle ou qu'elle était bisexuelle ? Je ne suis pas sûr de savoir ce qui me bouleverse le plus. Et que ressent Mélanie à ce sujet ? Est-ce moins dur pour moi, parce que je suis un homme, d'imaginer ma mère lesbienne plutôt que mon père gay ? Voilà sans doute un bon cas pour un psy.

Je pense à mes amis homos, hommes et femmes. Mathilde, Milena, David, Matthew. À ce qu'ils m'ont raconté sur le jour où ils ont révélé leur secret, fait leur *coming out*, et de la réaction de leurs parents. Certains ont compris et accepté, d'autres ont préféré nier la vérité. Quelle que soit votre ouverture d'esprit, votre tolérance, la nouvelle de l'homosexualité d'un de vos parents tombe comme un couperet. Et n'est-ce pas plus dur encore quand ce parent est mort, quand il n'est plus là pour répondre à vos questions ?

La porte d'entrée se referme en claquant. Arno arrive, flanqué d'une fille sinistre au rouge à lèvres noir. Je ne saurais dire s'il s'agit de sa copine habituelle ou d'une autre fille. Elles se ressemblent toutes. Panoplie gothique, bracelets cloutés, vêtements longs et noirs. Il me salue d'un geste de la main en me souriant vaguement. La fille me dit à peine bonjour, les yeux rivés au sol. Ils vont directement dans sa chambre et la musique se met à hurler. Quelques minutes plus tard, claquement de porte à nouveau. Cette fois, c'est Lucas. Son visage s'éclaire quand il me voit. Il se jette dans mes bras, en manquant de renverser mon café. Il est étonné de me trouver à la maison. J'avais besoin de souffler un peu aujourd'hui, j'ai quitté le bureau plus tôt. C'est un petit gars sérieux, Lucas. Il ressemble tant à Astrid que le simple fait de le regarder me fait mal, parfois. Il veut savoir quand sa mère sera là. Je le lui dis. Mardi, pour les funérailles. Est-ce une bonne idée que Lucas assiste à ces funérailles ? Il est peut-être trop jeune. Enterrer Pauline… Même moi, ça me fait peur. Je lui demande gentiment ce qu'il en pense. Il se mord les lèvres. Si nous sommes là tous les deux, Astrid et moi, peut-être que ça ira, dit-il. J'en discuterai avec sa mère. Sa petite main est posée sur la mienne, sa lèvre inférieure tremble. C'est la première fois qu'il est confronté à la mort. La mort de quelqu'un qu'il connaissait bien, avec qui il a grandi, passé de nombreuses vacances d'été et d'hiver. La mort de quelqu'un qui n'avait que trois ans de plus que lui.

J'essaie d'apaiser mon fils. Mais en suis-je vraiment capable ? Quand ma mère est morte, j'avais son âge et personne ne m'a réconforté. Est-ce pour cela que je suis si inapte à offrir de la tendresse et du soutien ? Sommes-nous condamnés à être façonnés par notre enfance, ses blessures, ses secrets, ses souffrances cachées ?

Samedi. Margaux est toujours chez Patrick et Suzanne. Il semble qu'elle ait vraiment besoin de se rapprocher d'eux, comme eux ont besoin d'être près d'elle. Si Astrid avait été là, notre fille serait-elle restée à la maison ?

Arno sort, comme d'habitude, en marmonnant je ne sais quoi à propos d'une fête et qu'il rentrera tard ce soir. Quand je fais allusion à ses notes catastrophiques, à son prochain carnet, au fait qu'il ferait peut-être mieux d'étudier au lieu de sortir, il me jette un regard froid, lève les yeux au ciel et claque la porte. J'ai envie de l'attraper par la peau du cou et de lui flanquer un bon coup de pied au cul, histoire d'accélérer sa descente d'escalier. Je n'ai jamais frappé mes enfants. Ni personne d'ailleurs. Est-ce que cela fait de moi une meilleure personne ?

Lucas est abattu et cela m'inquiète. Je lui prépare son repas favori, un steak frites, et son dessert préféré, de la glace au chocolat. Il a même droit à du Coca-Cola. Je lui fais promettre de ne rien dire à sa mère. En bonne adepte de la nourriture bio, elle serait horrifiée. Pour la première fois ce soir, il sourit. Il aime l'idée de partager un secret avec moi. Je le regarde engloutir son dîner. Nous n'avons pas été seuls tous les deux depuis longtemps, et quand Arno et Margaux sont là, c'est la bataille permanente, un incessant combat de catch.

La nuit précédente ayant été mouvementée, je décide d'aller me coucher tôt. Lucas aussi a l'air fatigué et, pour une fois, il ne râle pas quand je lui suggère qu'il est l'heure de se mettre au lit. Il me supplie de laisser la porte ouverte et de ne pas éteindre la lumière dans le couloir. J'accepte sans rechigner. Puis je me coule sous ma couette, en priant pour ne pas être hanté par les images de la nuit dernière.

La sonnerie stridente du téléphone déchire la nuit et mon sommeil. Je tâtonne pour trouver la lumière et le combiné. Le réveil, posé sur la table de nuit, indique 2 : 47.

C'est un homme à la voix cassante.

– Êtes-vous le père d'Arno Rey ?

Je m'assois dans mon lit, la bouche sèche.

– Oui…

– Commissaire Bruno, du commissariat du 10ᵉ arrondissement. Il faut que vous veniez immédiatement, monsieur, votre fils a des ennuis. En tant que mineur, on ne peut pas le libérer sans votre signature.

– Que s'est-il passé ?

– Il est en cellule de dégrisement. Venez tout de suite.

Il me donne l'adresse. 26, rue Louis-Blanc. Puis raccroche. Je me lève, enfile mes vêtements comme un robot. Cellule de dégrisement. Ça veut dire qu'il était soûl ? C'est bien là qu'on met les gens interpellés en état d'ivresse, non ? Devrais-je appeler Astrid à Tokyo, cette fois encore ? À quoi bon ? De là-bas, qu'est-ce qu'elle pourrait bien faire ? *Oh oui*, reprend la voix intérieure, cette petite voix que je déteste, *c'est toi qui as les choses en main, mon pote, à toi d'aller au front, de faire face à l'ennemi, c'est ton boulot, mon pote, c'est toi le père. Toi le père, tu entends ! Faut t'y faire, mon gars.*

Lucas ! Je ne peux pas le laisser là. S'il se réveille et qu'il s'aperçoit qu'il n'y a personne, qu'il est tout seul ? Je dois l'emmener avec moi. *Non*, dit la voix, *tu ne peux pas lui imposer ça. Et si Arno était dans un état lamentable, imagine les dégâts. Il est bien assez bouleversé par la mort de Pauline, pas la peine d'en rajouter. On n'emmène pas un enfant fragile dans un commissariat au milieu de la nuit parce que son frère a pris une cuite. Réfléchis un peu, PAPA !*

J'appelle Mélanie. Sa voix est tellement claire que je me demande si elle dormait. Je lui explique rapidement la situation. Peut-elle venir passer la nuit chez moi ? Je laisserai la clef sous le paillasson, je ne veux pas que Lucas reste tout seul. Bien sûr, c'est d'accord, elle part tout de suite. Sa voix est posée et rassurante.

Le poste de police est quelque part derrière la gare de l'Est, près du canal Saint-Martin. Paris n'est jamais vide le samedi soir. Des groupes de gens traînent place de la République et boulevard Magenta, malgré le froid. Je mets du temps à arriver là-bas et à trouver où me garer. Le flic en faction me laisse entrer. L'endroit est aussi pimpant et réjouissant que la morgue de l'hôpital. Un petit homme sec avec des yeux gris pâle s'avance vers moi. Il se présente. Commissaire Bruno.

– Pouvez-vous me dire ce qui est arrivé ?

– Votre fils a été arrêté avec une bande d'adolescents.

– Pour quelle raison ?

Son impassibilité m'exaspère. Il semble prendre un malin plaisir à temporiser et à observer chaque mouvement de mon visage.

– Ils ont saccagé un appartement.

– Je ne comprends pas.

– Votre fils s'est introduit dans une fête, ce soir. Avec quelques-uns de ses amis. La fête était donnée par une jeune fille du nom d'Émilie Jousselin. Elle vit rue du Faubourg-Saint-Martin, juste au coin de la rue. Votre fils n'était pas invité. Une fois que lui et ses camarades sont entrés, ils en ont appelé d'autres. Des tas de jeunes sont arrivés. Des amis d'amis. Et ainsi de suite. Au moins une centaine de personnes. Et tout ce beau monde s'est soûlé. Ils avaient apporté de l'alcool.

– Mais qu'ont-ils fait ? demandé-je, en essayant de garder mon calme.

– Ils ont mis l'appartement à sac. Quelqu'un a dessiné des graffitis sur les murs, un autre a cassé la vaisselle, un autre a découpé les vêtements des parents. Ce genre de bêtises.

Je m'étrangle.

– Je sais que ça doit faire un choc, monsieur. Mais croyez-moi, c'est courant. Ce genre d'affaire se présente au moins une fois par mois. De nos jours, les parents partent pour le week-end sans savoir que, pendant ce temps-là, dans leur dos, leurs enfants ont organisé une soirée. C'est le cas de cette jeune fille. Ses parents n'étaient pas au courant. Elle leur a simplement dit qu'elle invitait quelques amies. Et elle n'a que quinze ans.

– Fréquente-t-elle le même lycée que mon fils ?

– Non. Mais elle avait fait circuler l'info pour sa fête sur Facebook.

– Comment pouvez-vous être sûr que mon fils a participé à tout ça ?

– La fête dégénérait, des voisins nous ont appelés. Quand mes hommes sont arrivés, ils ont arrêté un tas de jeunes. Beaucoup ont réussi à s'enfuir, mais votre fils était trop soûl. Il pouvait à peine bouger.

Je cherche désespérément des yeux une chaise. J'ai besoin de m'asseoir. Il n'y en a pas. Je regarde mes chaussures. Des mocassins de cuir. Mes chaussures banales. Et pourtant, ces pompes qui n'ont l'air de rien m'ont porté à la morgue de l'hôpital devant le corps de Pauline. Puis à l'appartement de Mélanie. Et à présent, ici, dans ce commissariat, au milieu de la nuit, pour venir chercher mon fils ivre mort.

– Vous voulez un verre d'eau ? propose le commissaire Bruno.

L'homme se révèle humain, finalement. J'accepte. J'observe la petite silhouette s'éloigner. Il revient aussitôt avec un verre d'eau qu'il me tend sans façon.

– Votre fils va arriver, dit-il.

Quelques minutes plus tard, deux policiers apparaissent, soutenant Arno par les épaules. Il avance en traînant les pieds, de la démarche maladroite typique du poivrot. Son visage est pâle, ses yeux sont injectés de sang. Il évite mon regard. Je sens la honte et la colère m'envahir. Comment Astrid réagirait-elle ?

Je signe quelques papiers. Arno empeste l'alcool, cependant je suis sûr qu'il est assez sobre pour se rendre compte de la situation. Le commissaire Bruno m'annonce que j'aurai besoin de prendre un avocat, au cas où les parents de la jeune fille déposeraient une plainte, ce qu'ils feront probablement. Nous quittons le commissariat. Je n'ai aucune envie d'aider mon fils. Je le laisse se traîner derrière moi jusqu'à la voiture, sans lui adresser la parole. Je ne veux même pas le toucher. Il me dégoûte. Pour la première fois de ma vie, je suis dégoûté par la chair de ma chair. Je le regarde se vautrer lamentablement dans la voiture. Un instant, il a l'air si jeune et fragile que je ressens presque de la pitié pour lui. Mais le dégoût reprend immédiatement le dessus. Il cherche sa ceinture et n'arrive pas à la boucler. Je ne bouge pas. J'attends qu'il se débrouille seul. Il respire bruyamment, comme quand il était petit. Quand il était un gentil petit garçon. Celui que je portais sur mes épaules et qui levait ses yeux innocents vers moi. Pas l'adolescent hautain au visage buté et méprisant. Je suis sidéré par le pouvoir des hormones, cette façon qu'elles ont de transformer en une nuit vos charmants enfants en parfaits inconnus.

Il est presque quatre heures du matin. Les rues sont vides. Les décorations de Noël brillent gaiement dans le froid et l'obscurité, même si personne n'est là pour les voir. Nous n'avons toujours pas échangé le moindre mot. Qu'aurait fait mon père dans la même situation ? Je ne peux m'empêcher d'avoir un sourire sardonique. M'aurait-il donné la correction de ma vie ? Il me frappait, je m'en souviens. Des coups au visage. Pas souvent, j'étais plutôt tranquille comme adolescent, rien à voir avec le rebelle assis à ma droite.

Est-ce que ce silence lui est inconfortable ? Prend-il la mesure de ce qui s'est passé cette nuit ? A-t-il peur de moi, de ce que je vais lui dire, du sermon inévitable, des conséquences ? Plus d'argent de poche, interdiction de sortir, obligation d'obtenir de meilleurs résultats à l'école, d'avoir une meilleure conduite et d'écrire aux parents de la jeune fille pour s'excuser.

Écroulé contre la portière, il semble s'endormir. Quand nous arrivons rue Froidevaux, je lui donne un coup dans les côtes pour le réveiller. Il sursaute. Il monte l'escalier du même pas hésitant et vacillant. Je passe devant sans l'attendre. Quand j'ouvre la porte, Mélanie est roulée en boule sur le canapé, en train de lire. Elle se lève, me prend dans ses bras et nous observons tous les deux Arno qui entre en zigzaguant.

Il aperçoit sa tante et un sourire en coin éclaire son visage. Mais personne ne lui renvoie son sourire.

– Hé, c'est bon vous deux, lâchez-moi, gémit-il.

Ma main part d'un coup et je le gifle de toutes mes forces. Tout va très vite et, étrangement, je vois mon geste au ralenti. Arno en a le souffle coupé. Sur sa joue, apparaît la marque rouge de mes doigts. Je ne lui ai toujours pas dit un mot.

Il me fixe, fou de rage. Je fais la même chose. *Oui*, dit la petite voix, *c'est bien, c'est toi le papa. Le père. Et c'est toi qui fixes les règles, tes règles, que ce petit connard qui se trouve être ton fils soit d'accord ou pas.*

Mes yeux le transpercent comme des flèches. Je n'ai jamais regardé mon fils de cette façon. Enfin, il baisse les siens.

– Allez, jeune homme, dit Mélanie brutalement, en lui attrapant le bras. File sous la douche et va te coucher !

Mon cœur bat vite. C'est douloureux. Je suis essoufflé alors que je n'ai pratiquement pas bougé. Je m'assois lentement. J'entends l'eau couler. Mélanie réapparaît, elle s'assoit à côté de moi et pose la tête sur mon épaule.

– Je crois que c'est la première fois que je te vois si en colère, murmure-t-elle. Tu étais très intimidant.

– Comment va Lucas ?

– Dans les bras de Morphée.

– Merci, dis-je tout bas.

Nous restons assis côte à côte. Je respire son odeur familière. Un mélange de lavande et d'épices.

– Astrid vient de manquer un tas de choses, remarque-t-elle.

Étrangement, ce n'est pas Astrid qui me vient à l'esprit, mais Angèle. C'est de sa présence dont j'ai cruellement envie, de son corps souple et chaud, de son rire sarcastique, de sa tendresse bouleversante.

– Quand tu as frappé Arno, tu ressemblais à notre père, dit Mélanie d'une voix douce. Il était comme ça quand il se mettait en colère.

– C'est la première fois que je frappe Arno.

– Tu te sens mal ?

Je soupire.

– Je n'en sais rien. Tout ce que je ressens, en fait, c'est de la rage. Oui, tu as raison. Je n'ai jamais été aussi en colère.

Je n'avoue pas à Mélanie que je m'en veux parce que je pense que j'ai une certaine responsabilité dans le comportement d'Arno. Pourquoi ai-je été un père si pâlot, si transparent ? Je n'ai jamais imposé mes règles, comme mon père le faisait. Après ma rupture avec Astrid, la chose que je craignais le plus, c'était que mes enfants m'aiment moins si je me montrais autoritaire avec eux.

– Arrête de cogiter, Tonio, intervient Mélanie d'une voix réconfortante. Va te coucher. Repose-toi.

Je ne sais même plus si j'ai sommeil. Mélanie va dormir dans la chambre de Margaux. Je reste encore un peu sur le canapé à feuilleter le vieil album avec les photos de Noirmoutier. Je regarde ma mère sur les clichés noir et blanc, mais c'est une étrangère. Je sombre peu à peu dans un demi-sommeil désagréable.

Le dimanche matin, Mélanie et Lucas vont prendre un brunch rue Daguerre. Je me douche et me rase. Quand Arno émerge enfin de sa chambre, je n'ai toujours rien à lui dire. Mon silence semble le déconcerter. Penché sur *Le Journal du Dimanche* et mon café, je ne lève même pas la tête quand il arpente la cuisine en traînant les pieds. Je n'ai pas besoin de le regarder pour savoir qu'il porte son bas de pyjama bleu marine, sale et froissé, qu'il est torse nu, laissant voir son dos osseux et ses côtes saillantes. Il a des boutons entre les omoplates et ses cheveux longs sont gras.

– Y'a un blème ? finit-il par ronchonner, en mâchant bruyamment ses cornflakes.

Je demeure absorbé par la lecture du journal.

– Tu pourrais, ch'sais pas, me dire un truc, quoi ! bêle-t-il.

Je me lève, replie mon *JDD* et quitte la pièce. J'ai besoin de m'éloigner physiquement de lui. J'éprouve le même dégoût que la nuit dernière dans la voiture. Je ne croyais pas qu'un tel sentiment fût possible. On entend toujours les enfants dire qu'ils sont répugnés par leurs parents, rarement l'inverse. Ce doit être un sujet trop tabou, une réaction qu'il vaut mieux taire. Astrid, qui a donné naissance à ces enfants, les a portés, ne peut pas avoir le même sentiment à l'égard de son fils.

On sonne. Je regarde ma montre. Il est presque midi. Trop tôt pour que ce soit Mel et Lucas, ils viennent juste de sortir. C'est probablement Margaux. Elle a dû oublier ses clefs. J'appréhende de me retrouver de nouveau face à ma fille, ne sachant exprimer ni la tendresse ni la compassion que je ressens pour elle. J'ouvre la porte, presque avec crainte.

Ce n'est pas la mince silhouette de Margaux que je trouve sur le seuil, mais une femme grande, vêtue d'un perfecto, jeans et bottes noires, et tenant un casque de moto contre sa hanche. Je la serre immédiatement dans mes bras. Ou plutôt je l'écrase sauvagement contre moi. Elle sent le musc et le cuir, mariage enivrant. J'entends le parquet grincer derrière moi.

C'est Arno, mais je m'en fous. Il ne m'a jamais vu avec une autre femme que sa mère.

– J'ai pensé que tu ne serais pas contre un peu de réconfort, murmure-t-elle à mon oreille.

Je lui propose d'entrer au chaud. Arno se tient toujours derrière moi, incrédule, empoté. L'ado impertinent n'en revient pas, les yeux rivés sur le perfecto.

– Bonjour, moi, c'est Angèle. Fan numéro un de ton père, dit-elle tranquillement en le regardant de la tête aux pieds. – Elle lui tend la main et dévoile une parfaite rangée de dents blanches dans un sourire félin. – Nous nous sommes déjà vus, il me semble. À l'hôpital, cet été.

Sur le visage d'Arno, se lit un mélange de surprise, de choc, de gêne et de plaisir. Il serre la main d'Angèle et détale comme un lapin apeuré.

– Tout va bien ? me demande-t-elle. Tu as l'air…

– D'un déterré, dis-je en faisant la grimace.

– Je t'ai connu plus joyeux.

– Ces dernières quarante-huit heures ont été…

– Intéressantes ?

Je la prends à nouveau dans mes bras, le nez enfoui dans ses cheveux brillants.

– Éreintantes est plus proche de la vérité. Je ne sais pas par quoi commencer.

– Alors ne commence pas. Où est ta chambre ?

– Comment ?

Son sourire est lent et gourmand.

– Tu m'as très bien entendue. Où est ta chambre ?

Je me couche avec son odeur sur ma peau. Le rugissement de sa Harley fend le silence de cette nuit dominicale. Elle s'en va. Elle est restée toute la journée. Mais je sais qu'elle reviendra, et cette pensée me réconforte. Angèle fait naître en moi une nouvelle vitalité, de la même façon que le liquide d'embaumement qu'elle injecte à ses patients leur rend les couleurs de la vie. Notre amour n'est pas qu'une histoire de cul, même si c'est une partie importante et excitante de la chose. Je suis rassuré par son attitude pragmatique, sa manière de toujours garder les pieds sur terre, même dans ces moments de mon existence qui me paraissent si terribles. Nous avons passé en revue toutes les questions, dans mon lit, une par une, en nous serrant l'un contre l'autre.

Margaux. A-t-elle reçu une aide psychologique ? A-t-elle pu parler du traumatisme de voir sa meilleure amie mourir sous ses yeux ? C'est indispensable. Angèle m'a expliqué comment les adolescents affrontent la mort, comment certains sont perdus, bouleversés, en état de choc, et comment d'autres, comme ce fut son cas, en sortent grandis, mais au prix d'une certaine dureté qui ne les quittera plus.

Arno. Le gifler m'a sûrement soulagé, mais ce n'est pas franchement ce qui va nous aider à communiquer.

236

Il faudra bien, dit-elle, à un moment ou à un autre, avoir une discussion avec lui, une vraie conversation. Oui, il avait besoin que les limites soient posées, et oui, j'ai eu raison de réagir, mais il va falloir que je me tienne à cette nouvelle fermeté. J'ai souri à ses paroles et caressé la courbe douce de ses hanches. Que savait-elle des adolescents, ai-je alors murmuré, avait-elle un enfant qu'elle aurait oublié de mentionner ? Elle s'est retournée pour me fixer dans la faible lumière. Que savais-je de sa vie, à part la profession qu'elle exerçait ? Pas grand-chose, devais-je bien admettre. Elle a une sœur aînée, divorcée, qui vit à Nantes. Nadège a trois adolescents difficiles de quatorze, seize et dix-huit ans. Leur père s'est remarié et a renoncé à leur éducation. Angèle a pris la place qu'il avait délaissée. Elle a été sévère, certes, mais aussi honnête et juste. Chaque semaine, elle dormait une nuit à Nantes, chez sa sœur. Ce n'était pas trop compliqué puisque l'hôpital du Loroux n'était qu'à vingt kilomètres de là. Elle aimait ces enfants, même quand ils étaient infernaux. Alors, oui, elle savait de quoi elle parlait quand elle évoquait les adolescents, merci.

Clarisse. J'ai montré les photos à Angèle. Quelle jolie femme, s'était-elle écriée, le portrait craché de ta sœur ! Puis je lui ai confié pourquoi Mélanie avait perdu le contrôle de la voiture. Son visage a pris un air grave. Elle savait comment affronter la mort, comment réagir face aux adolescents, mais ce sujet-là n'était pas un sujet facile. Elle est restée silencieuse quelques minutes. J'ai ébauché un portrait de ma mère, sa franche simplicité, son enfance à la campagne, le contraste entre la riche famille Rey et son passé cévenole dont nous ignorions tout. J'avais du mal à trouver les mots justes, à la faire revivre, à rendre sa vérité. Oui, voilà, nous étions au cœur du problème, dans son cœur sombre. Notre mère nous était étrangère. Et davantage depuis le flash-back de Mélanie.

— Que vas-tu faire ? m'a demandé Angèle.

— Quand je serai prêt, après les funérailles, après Noël, j'irai voir ma grand-mère avec Mélanie.

— Pourquoi ?

— Parce que je suis sûr qu'elle sait quelque chose à propos de ma mère et de cette femme.

— Pourquoi n'en parles-tu pas avec ton père ?

La question était si évidente. Elle m'avait cueilli.

— Avec mon père ?

— Oui, pourquoi pas ? Tu ne crois pas qu'il est au courant ? C'était son mari après tout.

Mon père. Son visage vieillissant, sa silhouette rabougrie. Sa rigidité. Son autorité. La foutue statue du Commandeur.

— Ce que tu dois comprendre, Angèle, c'est que je ne parle pas avec mon père.

— Oh, tu sais, moi non plus je ne parlais pas avec mon père, dit-elle d'une voix traînante. Mais c'est parce qu'il était mort.

Je n'ai pu m'empêcher de sourire.

— Tu veux dire que vous vous êtes disputés et que depuis, c'est silence radio ? m'a-t-elle demandé.

— Non, ai-je répondu. Je n'ai juste jamais parlé avec mon père. Je n'ai jamais eu de vraie conversation avec lui.

— Mais pourquoi ? a-t-elle demandé, perplexe.

— Parce que c'est comme ça. Mon père n'est pas du genre à discuter avec sa progéniture. Il ne s'autorise jamais la moindre démonstration d'amour, d'affection. Il veut être le chef, à chaque instant.

238

– Et tu le laisses faire ?

– Oui, ai-je admis. Je l'ai toujours laissé faire, parce que c'était plus facile. J'avais la paix. Il m'arrive d'admirer l'arrogance de mon fils parce que je n'aurais jamais osé m'opposer à mon père. Personne ne se parle dans ma famille. C'est ce qu'on nous a appris, c'est notre éducation.

Elle m'a embrassé dans le cou.

– Hmm… Ne commets pas la même erreur avec tes enfants, mon amour.

C'était intéressant de la voir avec Mélanie, Arno, Lucas et Margaux, qui a fini par rentrer, plus tard, à la maison. Ils auraient pu se montrer froids avec elle, ils auraient pu être irrités par sa présence, particulièrement en ce moment difficile où tant d'événements douloureux nous accablaient. Mais l'humour perspicace d'Angèle, son franc-parler, sa chaleur leur ont plu, j'en suis sûr. Quand elle a dit à Mélanie : « Je suis la célèbre Morticia et je suis très heureuse de vous rencontrer », il y a eu un instant de malaise, mais bientôt, Mélanie a éclaté de rire, ravie de faire sa connaissance. Margaux lui a posé des questions sur son travail, en partageant un café. Je suis sorti discrètement de la cuisine. Le seul à ne pas être séduit par Angèle, c'était Lucas. Je l'ai trouvé en train de bouder dans sa chambre. Pas besoin de lui demander ce qui n'allait pas, c'était évident. Il boudait par loyauté envers sa mère. Voir une autre femme chez nous, une femme qui m'attirait visiblement, le choquait. Je n'ai pas eu le cœur d'en discuter avec lui. La coupe était déjà pleine. Mais le moment viendrait. Non, je ne serai pas comme mon père, à mettre un couvercle sur tout.

Quand je suis revenu dans la cuisine, Angèle tenait la main de Margaux qui pleurait sans bruit. Je suis resté un moment à la porte, ne sachant que faire. Mon regard a croisé celui d'Angèle. Ses yeux dorés étaient tristes et pleins de sagesse, comme ceux des personnes âgées. J'ai préféré m'éclipser. Dans le salon, Mélanie lisait.

— C'est sympa qu'elle soit là, a-t-elle dit.

Moi aussi, j'étais heureux. Mais je savais que, quelques heures plus tard, elle partirait. J'imaginais la longue route qui l'attendait, dans le froid, pour rejoindre la Vendée. Et moi, comptant les jours jusqu'à la prochaine fois.

Lundi matin, la veille des funérailles de Pauline, j'ai rendez-vous chez Xavier Parimbert, le patron d'un célèbre site Internet Feng Shui, près de l'avenue Montaigne. La rencontre est organisée depuis longtemps. Je ne connais pas personnellement cet homme, mais j'en ai beaucoup entendu parler.

Il arrive. La soixantaine, petit et mince comme un fil, les cheveux teints – qui me font irrésistiblement penser au Aschenbach de Thomas Mann dans *Mort à Venise.* Il a la silhouette typique d'un homme qui garde les yeux rivés sur sa balance. Un homme comme mon beau-père, dont le genre a depuis longtemps épuisé ma patience. Il me conduit dans son vaste bureau blanc et argent, congédie son obséquieuse assistante d'un geste de la main, m'invite à m'asseoir et en vient au but de notre rencontre.

– J'ai vu votre travail, en particulier la crèche que vous avez dessinée pour Régis Rabagny.

À une autre période de ma vie, l'angoisse m'aurait saisi en entendant cette phrase. Rabagny et moi n'avions pas mis fin dans la joie à notre collaboration. J'étais persuadé qu'il s'était empressé de me faire la pire des publicités. Mais depuis, il y avait eu la mort de Pauline, la dure vérité sur ma mère, comme un boomerang, et le cas Arno. Le nom de Rabagny a glissé sur moi sans m'atteindre. Je me fiche d'être critiqué par ce fringant sexagénaire.

Bizarrement, il n'en fait rien. Au contraire, il me gratifie d'un sourire étonnamment doux.

– Non seulement j'ai trouvé ce projet de crèche particulièrement impressionnant, mais il y a un autre point qui m'a encore plus intéressé.

– Quoi donc ? La crèche serait-elle Feng Shui ?

Mon ironie m'attire un rire poli.

– Je veux parler de la façon dont vous vous êtes conduit avec monsieur Rabagny.

– Pourriez-vous être un peu plus clair ?

– Vous êtes la seule personne que je connaisse, moi excepté, à l'avoir envoyé balader.

C'est à mon tour de rire poliment. Je me souviens de cette journée épique. Il m'avait balancé une dernière bordée d'injures au téléphone, pour des questions qui n'étaient ni de ma responsabilité ni de celle des artisans qui travaillaient pour moi. Exaspéré par le ton de sa voix, je lui avais répondu, devant une Lucie stupéfaite : « Allez vous faire foutre ! »

Comment Xavier Parimbert pouvait-il être au courant ? Quelque chose m'échappait. Il me sourit à nouveau comme s'il me réservait une surprise.

– Il se trouve que Régis Rabagny est… mon gendre.

– Pas de bol…

– C'est ce que j'ai souvent pensé moi-même. Mais, que voulez-vous, ma fille est amoureuse. Et quand l'amour rentre en jeu…

Le téléphone posé sur son bureau sonne. Il l'attrape d'une main parfaitement manucurée.

– Oui ? Non, pas maintenant… Où ? Je vois.

La conversation se poursuit. J'en profite pour jeter un coup d'œil à son bureau dépouillé. Je ne suis pas spécialiste de Feng Shui. Je sais juste que c'est un art chinois très ancien qui stipule que le vent et l'eau ont une influence sur notre bien-être. Que les lieux où nous vivons nous affectent en bien ou en mal. Ce bureau est le plus propre et le plus ordonné que j'aie jamais vu. Rien ne traîne, pas un papier, rien ne dérange la vue. Un des murs est presque entièrement occulté par un aquarium où d'étranges poissons noirs ondulent et nagent nonchalamment entre les bulles. Dans un autre coin s'épanouissent de luxuriantes plantes exotiques. Des bâtons d'encens répandent un parfum apaisant. Sur le meuble qui se trouve derrière son bureau, trônent de nombreuses photographies où Parimbert pose avec des célébrités.

Il raccroche enfin et revient vers moi.

— Un thé vert et des scones au blé complet vous feraient plaisir ? demande-t-il avec entrain, comme s'il proposait une mousse au chocolat à un enfant qui ne veut pas manger sa soupe.

— Tout à fait, réponds-je en sentant qu'un refus ne serait pas de bon goût.

Il appuie sur une petite sonnette placée sur son bureau et, instantanément, une splendide créature asiatique, tout habillée de blanc, arrive avec un plateau. Elle se courbe, les yeux baissés, et, d'une théière lourde et peinte de motifs, verse cérémonieusement le thé. Ses gestes sont gracieux et expérimentés. Parimbert observe la scène placidement. On me tend une pâtisserie peu engageante, le scone complet, je suppose. Parimbert mange et boit dans un silence monacal et le temps paraît suspendu. Je mords dans mon scone. Erreur et regret immédiat. La chose a une consistance caoutchouteuse, comme du chewing-gum. Parimbert boit de longues gorgées de thé vert, bruyant, satisfait. Comment peut-il boire ce thé brûlant avec tant d'enthousiasme ?

— Maintenant, dit-il enfin, parlons business.

Il sourit comme le chat du Cheshire dans *Alice au pays des merveilles*. Le thé a laissé des résidus verts entre ses dents ; une jungle miniature a subitement élu domicile sur ses gencives. Je réprime un fou rire. C'est la première fois que ça m'arrive depuis la mort de Pauline. Un sentiment de culpabilité m'envahit. Toute envie de rire disparaît.

— J'ai un projet, dit Parimbert, d'un ton empreint de mystère. Et je suis persuadé que vous êtes la bonne personne pour le mener à bien.

Il marque une pause et attend ma réaction, tel Zeus sur l'Olympe. Je hoche la tête. Il reprend.

— Je veux que vous imaginiez un dôme de l'Esprit.

Il prononce ces derniers mots avec des trémolos dans la voix, comme s'il avait dit « Saint-Graal » ou « dalaï-lama ». J'essaie de comprendre ce que peut bien être un dôme de l'Esprit, tout en priant pour ne pas avoir l'air trop éberlué. Parimbert se lève, les mains dans les poches de son pantalon gris impeccablement repassé. Il fait les cent pas sur le parquet luisant. Il s'arrête au milieu de la pièce d'une façon théâtrale.

— Ce dôme de l'Esprit est un lieu où je réunirai des gens triés sur le volet pour partager nos réflexions sur l'harmonie. Il sera construit dans nos locaux. Je veux qu'il ressemble à un igloo de l'intelligence. Vous comprenez ?

— Absolument, dis-je.

Encore une fois, le fou rire n'est pas loin.

— Je n'ai encore parlé à personne de ce projet. Je vous donne carte blanche. Je sais que vous êtes la personne parfaite pour le réaliser. C'est pour cela

244

que vous avez été choisi. Et vous serez payé en conséquence.

Il mentionne une somme plutôt généreuse, mais je n'ai aucune idée de l'ampleur du dôme de l'Esprit qu'il a en tête, ni quels matériaux il désire.

– Quand nous nous reverrons, je veux que vous arriviez avec des idées. Juste des idées jetées sur le papier. Laissez votre énergie positive s'exprimer. Osez. Faites confiance à votre force intérieure. Ne vous bridez pas, surtout. Ce serait hors sujet, ici. Le dôme de l'Esprit doit être situé près de mon bureau. Je vous ferai envoyer un plan de l'étage.

Je prends congé et marche en direction de l'avenue Montaigne. Les boutiques déploient un luxe inouï pour Noël. La circulation est intense. Le ciel gris foncé. En regagnant la rive gauche, je pense à Pauline, à ses funérailles, sa famille. À Astrid aussi, qui doit être à présent sur le chemin du retour, avec un atterrissage à Paris prévu en fin de journée. Mort d'une adolescente ou pas, Noël approche, inexorablement. Les femmes riches et chic font leur shopping avenue Montaigne tandis que les Parimbert continuent de se prendre au sérieux.

Je suis au volant, Astrid est assise à ma droite, les garçons et Margaux sont à l'arrière. C'est l'une des premières fois, depuis le divorce, que nous sommes tous réunis dans l'Audi. Comme au temps où nous formions une seule et même famille. Il est dix heures du matin et le ciel est aussi bouché qu'hier. Astrid lutte contre la fatigue du décalage horaire. Je suis allé la chercher à Malakoff ; Serge a préféré ne pas venir.

Il y a une heure de route jusqu'à Tilly, la petite ville où la famille de Suzanne possède une maison. Toute la classe de Pauline sera là. Lucas a décidé de nous accompagner. C'est le premier enterrement auquel il assiste, tout comme Margaux et Arno. Je jette un coup d'œil à leurs visages dans le rétroviseur. Pas d'iPod. Ils sont tristes et pâles.

Depuis samedi, Arno se tient à carreau. Je n'ai pas encore eu de discussion avec lui. Je sais qu'elle doit avoir lieu, qu'il serait lâche de l'éviter. Astrid n'est pas encore au courant pour Arno. C'est à moi de le lui dire. Après l'enterrement.

Les routes de campagne sont désertes et silencieuses. Un décor d'hiver monotone. Des arbres sans feuilles et sans vie. Si seulement un rayon de soleil pouvait percer ce ciel sinistre. Je rêve d'un premier rayon du matin, la chaleur du soleil sur ma peau. Oui, fermer les yeux et me laisser baigner par la lumière et la chaleur. Mon Dieu, ou quiconque peut m'entendre là-haut, je vous en prie, envoyez du soleil pour les funérailles de Pauline. *Je ne crois pas en Dieu*, a dit férocement Margaux à la morgue. *Dieu ne laisserait pas mourir une fille de quatorze ans.* Je pense à mon éducation religieuse. La messe tous les dimanches à Saint-Pierre-de-Chaillot. Ma première communion. Celle de Mélanie. Quand ma mère est morte, ai-je mis en doute l'existence de Dieu ? Peut-être ai-je senti, comme ma fille aujourd'hui, que Dieu m'avait abandonné. Margaux, elle, au moins a pu l'exprimer.

La petite église déborde de monde. Toute la classe est là, tous les amis de Pauline, tous ses professeurs, des camarades d'autres classes, d'autres écoles. Je n'ai jamais vu autant de jeunes à des funérailles. Des rangées d'adolescents vêtus de noir, tenant chacun une rose blanche. Suzanne et Patrick sont à l'entrée et remercient chaque personne d'être venue. Leur courage m'impressionne. Je ne peux m'empêcher de nous imaginer, Astrid et moi, dans les mêmes circonstances. Je suis sûr qu'Astrid éprouve la même angoisse. Je la vois déjà en larmes serrer désespérément Suzanne dans ses bras. Patrick l'embrasse.

Nous prenons place derrière eux. Le grincement des chaises contre le sol s'atténue peu à peu, puis une voix de femme s'élève, qui chante un hymne pur et triste. Je ne vois pas la chanteuse. Le cercueil entre dans l'église, porté par Patrick, ses frères, son père.

Margaux et moi savons à quoi ressemble Pauline dans ce cercueil, la chemise rose, le jean, les Converse.

Nous le savons parce que nous l'avons vue, avec ses cheveux coiffés en arrière, ses mains croisées sur son ventre.

Le prêtre, un jeune homme aux joues rouges, commence son oraison. J'entends sa voix, mais je ne saisis pas le sens des mots. Je trouve insupportable d'être ici.

Au son des accents monotones du prêtre, nous nous levons, nous asseyons, prions. On appelle Margaux. Astrid me lance un regard interrogateur. J'ignorais qu'elle interviendrait au cours de la cérémonie.

Margaux se tient près du cercueil de son amie. Tiendra-t-elle le coup ? Pourra-t-elle parler ? Soudain sa voix retentit avec une vigueur qui me surprend. Ce n'est pas la voix d'une adolescente timide, mais celle d'une jeune femme pleine d'assurance.

> *— Arrêtez les pendules, coupez le téléphone,*
> *Empêchez le chien d'aboyer pour l'os que je lui*
> *[donne,*
> *Faites taire les pianos et sans roulement de tam-*
> *[bour,*
> *Sortez le cercueil avant la fin du jour.*

W. H. Auden, *Funeral Blues*. Elle ne lit pas les mots sur un bout de papier. Elle les connaît par cœur. Elle récite ces vers comme si elle les avait écrits elle-même. Sa voix est précise, profonde, pleine de colère et de douleur retenues.

> *— Elle était mon Nord, mon Sud, mon Est et mon*
> *[Ouest,*

Ma semaine de travail, mon dimanche de sieste,
Mon midi, mon minuit, ma parole, ma chanson.
Je croyais que l'amitié jamais ne finirait, j'avais
                                                    [tort.

Son timbre tremble. Elle ferme les yeux. Astrid
me serre la main, si fort qu'elle me fait mal. Margaux
prend une grande respiration, puis continue dans un
murmure à peine audible.

   – Que les étoiles se retirent, qu'on les balaye ;
   Démontez la lune, et le soleil ;
   Videz l'océan, arrachez la forêt ;
   Car rien de bon ne peut advenir désormais.

Quand elle retourne à sa chaise, l'église s'emplit
d'un silence tendu et poignant. Astrid serre Lucas
contre sa poitrine. Arno tient sa sœur par le bras. L'air
semble lourd de larmes. Puis la voix du prêtre reprend
et d'autres adolescents se succèdent pour prononcer
quelques mots, mais, encore une fois, je ne saisis pas
ce qu'ils disent. Je garde les yeux fixés sur le sol pavé.
J'attends que tout soit fini, en serrant les dents. Je suis
incapable de pleurer. Je me souviens du torrent de
larmes qui m'a submergé le jour où j'ai appris la mort
de Pauline. Aujourd'hui, c'est Astrid qui pleure sur la
chaise voisine. Je passe un bras autour d'elle et la tiens
serrée contre moi. Elle m'agrippe comme une bouée.
Lucas nous observe. Il ne nous a pas vus ainsi depuis
les vacances à Naxos.

Il semble que ma prière ait été exaucée. À l'extérieur, un soleil blanchâtre brille timidement derrière
les nuages. Nous suivons lentement le cercueil de

Pauline jusqu'au cimetière voisin. Nous sommes nombreux. Les villageois sont à leurs fenêtres. Il y a tant de jeunes visages dans ce cortège funèbre. Margaux est partie en avant avec ses camarades de classe. Ils sont les premiers à voir le cercueil descendre dans la tombe. Un par un, ils jettent leur rose dans le trou. Une jeune fille s'évanouit après avoir poussé un faible cri. On se précipite vers elle, un professeur la prend dans ses bras et l'emmène un peu plus loin. La main d'Astrid se glisse à nouveau dans la mienne.

Après l'enterrement, il est prévu de se rassembler dans la demeure familiale. Mais la plupart des gens s'en vont, impatients de retourner à la normalité, à leur routine, à leur travail. La salle à manger se remplit des amis proches et de la famille. Nous connaissons presque tout le monde. Les quatre amies les plus proches de Pauline sont là : Valentine, Emma, Bérénice et Gabrielle, une petite bande très soudée. J'observe les visages affligés de leurs parents et je devine ce qu'ils pensent, ce que nous pensons tous. Ce cercueil couvert de roses blanches aurait pu être celui de notre fille.

En fin d'après-midi, alors que le crépuscule descend et que le ciel commence à noircir, nous partons. Nous sommes parmi les derniers. Mes enfants ont l'air épuisé, comme après un long voyage. Une fois dans la voiture, leurs yeux se ferment et ils s'endorment. Astrid est muette. Elle garde sa main sur ma cuisse, comme lorsque nous roulions vers la Dordogne.

Nous arrivons sur la nationale qui conduit à l'autoroute quand soudain les roues de la voiture dérapent sur une grosse flaque de boue. Un drôle de bruit surgit. Je regarde la route, mais ne vois rien. Une odeur infecte se répand dans l'habitacle et réveille les enfants. Une odeur de pourriture. Astrid plaque un Kleenex contre son nez. Nous ralentissons, mais les roues continuent de patiner. Puis Lucas se met à crier en montrant quelque chose du doigt : une forme sans vie est étendue au milieu de la chaussée. La voiture qui est devant nous fait une brutale embardée. C'est une carcasse d'animal. La route est maculée de viscères. Malgré l'infecte puanteur, je garde les mains collées au volant. Lucas se remet à crier. Une silhouette informe apparaît soudain, une autre bête. Des gyrophares de police nous appellent à ralentir. On nous apprend qu'un camion transportant des déchets animaux de l'abattoir voisin a perdu la totalité de sa cargaison. Des seaux entiers de sang mêlé à des organes, de la peau, du gras, des boyaux et toutes sortes de restes de bétail mort se sont déversés sur la route, sur les cinq prochains kilomètres.

C'est une vision d'enfer. Nous continuons à rouler lentement dans une odeur de décomposition insupportable. Enfin, le panneau qui indique l'autoroute apparaît. Dans la voiture, j'entends des soupirs de soulagement. Nous accélérons vers Paris jusqu'à Malakoff, rue Émile-Zola. Le moteur tourne…

– Pourquoi ne resterais-tu pas dîner ? suggère Astrid.

Je hausse les épaules.

– Pourquoi pas ?

Les enfants sortent à la queue leu leu de la voiture. J'entends les aboiements joyeux de Titus de l'autre côté de la barrière.

– Est-ce que Serge est là ?

– Non, il n'est pas là.

Je ne demande pas où il se trouve. D'ailleurs, cela m'est égal. Je suis juste heureux de son absence. Je n'arrive pas à me faire à l'idée que ce type habite dans ma maison. Oui, c'est toujours ma maison. C'est comme ça que je le sens. Ma maison, ma femme, mon jardin. Mon chien. Mon ancienne vie.

Nous dînons comme au bon vieux temps, dans la cuisine américaine que j'ai conçue avec tant de soin. Titus est fou de joie. Il n'arrête pas de poser sa mâchoire baveuse contre mes genoux, en levant vers moi des yeux incrédules et pleins d'extase. Les enfants restent avec nous un moment puis finissent par aller se coucher. Je me demande où est Serge. Je m'attends à le voir pointer son nez à chaque instant à la porte d'entrée. Astrid ne dit rien de lui. Elle discute des enfants, de la journée passée. Je l'écoute.

Pendant qu'elle continue de me parler, je fais un feu dans la cheminée. Pas de bois dans le foyer, mais beaucoup de cendres. Le stock de bois est celui que j'ai acheté, il y a des années. Serge et Astrid ne sont pas adeptes des tête-à-tête cosy au coin du feu. Je tends mes mains vers les flammes. Astrid vient s'asseoir par terre près de moi et pose sa tête sur mon bras. Je ne fume pas parce que je sais qu'elle déteste ça. Nous regardons le feu. Si quelqu'un, en passant, jetait un coup d'œil par la fenêtre et nous voyait ainsi, il pourrait s'imaginer un couple heureux, uni.

Je lui raconte ce qui est arrivé avec Arno. Je décris le commissariat de police, l'état lamentable de notre fils et comment je me suis montré froid et dur. J'explique aussi la façon dont il a réagi, ajoutant que je n'ai pas encore trouvé le bon moment pour avoir une discussion sérieuse avec lui, mais que je le ferai sans faute. Je lui dis aussi que nous devons trouver un bon avocat. Elle m'écoute, déconcertée.

– Pourquoi ne m'as-tu pas appelée ?

– J'y ai pensé. Mais qu'est-ce que tu aurais pu faire depuis Tokyo ? Tu étais déjà sous le coup de la mort de Pauline.

– Tu as raison.

– Margaux a eu ses règles.

– Oui, je suis au courant, elle me l'a dit. Selon elle, tu t'en es bien tiré pour un papa.

La fierté m'envahit.

– Vraiment ? Elle a dit ça ? Je suis content. Parce que, quand Pauline est morte, je crains de n'avoir pas si bien assuré.

– Dans quel sens ?

– Je n'arrivais pas à trouver les mots justes. J'étais incapable de la réconforter. Alors, je lui ai suggéré qu'on t'appelle. Et ça l'a mise hors d'elle.

Je suis à deux doigts de lui révéler le secret de ma mère, mais je me retiens. Pas maintenant. Maintenant appartient à notre petite famille, à nos enfants, à nos problèmes, à nous. Astrid va chercher du *limoncello* dans le congélateur et revient avec de minuscules verres en cristal que j'avais achetés il y a des années au marché aux puces de la porte de Vanves. Nous sirotons en silence. Je lui raconte mon rendez-vous avec Parimbert, son projet de dôme de l'Esprit. Je lui décris le bureau Feng Shui, les poissons noirs, le thé vert, les scones au blé complet. Elle rit. Et je ris avec elle.

Nous parlons de Mélanie et de sa convalescence, du travail d'Astrid, de Noël qui approche. Pourquoi ne pas le fêter tous ensemble à Malakoff ? suggère-t-elle.

C'était si compliqué l'année dernière. Noël avec elle, le Nouvel An avec moi. Pourquoi ne pas se rassembler cette année ? La mort de Pauline a rendu les choses si tristes et si fragiles.

– Oui, pourquoi pas.

Mais Serge ? Où sera-t-il, lui ? Je garde mes questions pour moi, mais elle a dû lire dans mes pensées.

– Serge a piqué une crise à Tokyo quand tu as appelé.

– Pourquoi ?

– Il n'est pas le père de ces enfants. Il ne sait pas s'y prendre.

– Que veux-tu dire ?

– Il est plus jeune, déconcerté face à eux.

Le feu crépite chaleureusement. On entend Titus qui ronfle. J'attends qu'elle continue.

– Il est parti, il a besoin de réfléchir. Il est chez ses parents à Lyon.

Pourquoi ne suis-je pas soulagé ? Au contraire, je ressens une torpeur circonspecte qui me dérange.

– Ça va ? lui demandé-je gentiment.

Elle tourne son visage vers moi. Je peux y lire la fatigue et la souffrance.

– Pas vraiment, murmure-t-elle.

Cela aurait dû être le signal pour moi. J'attends ce moment depuis si longtemps, celui où je pourrais la reprendre dans mes bras, être là pour elle. Le moment de la reconquérir. De tout reconquérir. J'en ai rêvé tant de fois rue Froidevaux quand je me glissais dans mon lit froid et vide en pensant que j'avais tout perdu. Ce moment que je guettais depuis Naxos, depuis qu'elle m'avait quitté. Ce moment mille fois imaginé.

Mais je me tais, incapable de prononcer les mots qu'elle aimerait entendre. Je me contente de l'observer avec un hochement de tête compatissant. Elle cherche un signe sur mon visage, dans mes yeux. Elle ne le trouve pas et fond en larmes.

Je lui prends la main et l'embrasse tendrement. Elle sanglote en s'essuyant les joues. Puis murmure :

— Tu sais, parfois, j'aimerais revenir en arrière. Tellement fort.

— Qu'est-ce que tu voudrais exactement ?

— Toi, Antoine. J'aimerais retrouver notre vie d'avant. — Son visage se crispe. — Oui, je voudrais que tout soit comme avant.

Elle m'embrasse fièvreusement. Ses baisers sont salés. Tout est là, sa chaleur, son parfum. Je veux pleurer avec elle et l'embrasser, mais je ne peux pas. Je la serre contre moi, finis par l'embrasser, mais la passion n'est plus là. La passion est morte. Elle me caresse, embrasse mon cou, mes lèvres et il me semble que la dernière fois que nous nous sommes enlacés ainsi, c'était hier. Pourtant deux ans sont passés. Le désir monte, comme un souvenir, par fidélité à la mémoire. Puis il s'évanouit. À présent, je la tiens dans mes bras comme je tiendrais ma fille, ma sœur, ou comme j'aurais pu tenir ma mère.

Une pensée inattendue s'insinue lentement en moi : je n'aime plus Astrid. Je me soucie d'elle, sincèrement, elle est la mère de mes enfants, mais je ne l'aime plus. J'éprouve de la tendresse, de l'attention, du respect, mais je ne l'aime plus comme avant. Et elle le sait. Elle le sent. Elle arrête les baisers, les caresses. Elle recule et se couvre le visage d'une main hésitante.

— Je suis désolée, dit-elle en respirant profondément. Je ne sais pas ce qui m'a pris.

Elle se mouche. Un silence s'installe. Je la laisse se remettre en lui tenant la main.

– Lucas m'a dit pour ton amie, la grande brune.

– Angèle.

– Ça dure depuis quand ?

– Depuis l'accident.

– Tu es amoureux ?

Suis-je amoureux d'Angèle ? Bien sûr que je le suis. Mais je ne peux pas le dire à Astrid maintenant.

– Elle me rend heureux.

Astrid sourit. C'est un sourire qui lui demande du courage.

– C'est bien. Super. Je suis contente pour toi.

De nouveau, un silence.

– Écoute, je suis affreusement fatiguée tout à coup. Je crois que je vais aller me coucher. Tu peux sortir Titus une dernière fois avant la nuit ?

Titus attend déjà près de la porte en remuant la queue. Je mets mon manteau et nous sortons dans le froid mordant. Il trottine autour du jardin en se dandinant et lève la patte. Je frotte mes mains l'une contre l'autre, je souffle dessus pour les réchauffer. J'ai hâte de retourner à l'intérieur. Astrid est à l'étage, je monte pour dire au revoir. Côté enfants, seule la chambre de Margaux est encore éclairée. J'hésite à frapper, mais elle a entendu mes pas et sa porte s'ouvre en grinçant.

– Au revoir, papa.

Elle s'avance vers moi comme un petit fantôme, dans sa chemise de nuit blanche, me serre furtivement dans ses bras et recule. Je longe le couloir vers ce qui a été ma chambre. Elle n'a pas changé. Astrid est dans la salle de bains attenante. Je m'assois sur le lit en l'attendant. C'est ici qu'elle m'a annoncé qu'elle voulait divorcer. Qu'elle l'aimait. Qu'elle voulait faire sa vie avec lui, pas avec moi. Je fixais mon alliance en pensant que ça ne pouvait pas être vrai. Je me souviens de ces reproches sur notre mariage, il était devenu aussi pépère et avachi qu'une vieille paire de charentaises… J'avais grimacé à l'image, mais je comprenais parfaitement ce qu'elle voulait dire. Était-ce seulement de ma faute ? Est-ce que le mari est toujours en tort ? Est-ce moi qui ai laissé s'éventer le piquant de notre couple ? Est-ce parce que j'oubliais d'offrir des fleurs ? Parce que j'avais laissé un prince plus jeune et plus charmant l'emporter loin de moi ? Je me suis souvent demandé ce qu'elle lui trouvait, à ce Serge. La jeunesse ? L'ardeur ? Le fait qu'il ne soit pas père ? Au lieu de me battre pour la garder, de me battre comme un beau diable, j'avais reculé. Un vrai dégonflé. Une de mes premières réactions, puérile je le concède, avait été de coucher avec l'assistante d'un collègue. Ça ne m'avait pas soulagé. Pendant notre mariage, j'avais été fidèle. Je ne suis pas doué pour la double vie. J'avais bien eu une brève aventure pendant un voyage d'affaires avec une jeune femme séduisante, juste après la naissance de Lucas. Je m'étais senti merdeux, la culpabilité était trop lourde à porter. L'adultère était une affaire trop compliquée. Avait suivi ce grand désert affectif entre Astrid et moi, juste avant que je ne découvre l'histoire avec Serge. Notre vie sexuelle était presque au point mort et j'avoue que je me préoccupais peu de comprendre ce qui n'allait pas et que je faisais peu d'efforts pour que ça change. Peut-être ne voulais-je pas savoir. Peut-être savais-je déjà, tout au fond de moi, qu'elle aimait et désirait un autre homme.

Astrid sort de la salle de bains, vêtue d'un long tee-shirt. Elle se glisse dans les draps en soupirant profondément. Elle me tend la main. Je la saisis et m'allonge à côté d'elle, tout habillé.

– Ne pars pas tout de suite, murmure-t-elle. Attends que je m'endorme. S'il te plaît.

Elle éteint sa lampe de chevet. Au bout d'un moment, plongé dans l'obscurité, je distingue les meubles dans la faible lumière de la rue qui filtre à travers les rideaux. Je vais attendre qu'elle dorme et je quitterai la chambre en silence. Les images se superposent de façon confuse. Les carcasses sur la route, le cercueil de Pauline, Xavier Parimbert et son sourire mielleux, ma mère tenant une femme dans ses bras.

J'entends le réveil sonner dans mon oreille avec un bruit assourdissant. Je n'ai aucune idée de l'heure qu'il est, ni du lieu où je me trouve. La radio se met à gueuler. France Info. Il est sept heures. Je suis dans la chambre d'Astrid, à Malakoff. J'ai dû m'endormir. Je sens ses mains chaudes sur moi, sur ma peau, et la sensation est trop exquise pour que j'y mette fin. Je suis incapable d'ouvrir les yeux. *Non*, dit la petite voix, *non, non et non, ne fais pas ça, ne fais surtout pas ça.* Ses mains me déshabillent. *Non, non, non.* Oui, dit la chair, oh oui. *Tu le regretteras, c'est la chose la plus stupide que tu puisses faire à présent, cela vous blessera tous les deux.* Oh ! l'extase de sa peau de velours. Comme elle m'a manqué. *Il est encore temps de dire stop, Antoine, encore temps de se lever, de remettre tes vêtements et de foutre le camp d'ici.* Elle sait exactement comment me toucher, elle n'a pas oublié. Quand avons-nous fait l'amour pour la dernière fois, Astrid et moi ? C'était probablement ici, dans ce lit. Il y a deux ans. *Pauvre con. Sombre imbécile.* Tout va très vite, un éclair de plaisir. Je la tiens serrée contre moi, le cœur battant. Je ne dis rien, elle non plus. Nous savons tous les deux que ceci est une erreur. Je me lève lentement. Je lui caresse maladroitement les cheveux. Je rassemble mes vêtements et me glisse dans la salle de bains. Quand je quitte la pièce, elle est toujours au lit. Je ne vois que son dos. En bas, Lucas prend son petit déjeuner. En m'apercevant, il laisse exploser sa joie. Cela me serre le cœur.

– Papa ! Tu es resté toute la nuit !

Je lui souris, tout en fléchissant intérieurement. Je sais qu'il ne rêve que d'une chose, nous revoir ensemble, Astrid et moi. Il ne s'en est jamais caché. Il l'a dit à Mélanie. À Astrid. À moi. Il croit que c'est toujours possible.

– Oui, j'étais fatigué.

– Tu as dormi dans la chambre de maman ?

Ses yeux luisent d'espoir.

– Non. – Je mens et je me déteste. – J'ai dormi en bas sur le canapé. Je suis monté pour utiliser la salle de bains.

– Oh, dit-il déçu, tu reviens ce soir ?

– Non, petit bonhomme. Pas ce soir. Mais tu sais quoi ? Nous allons passer Noël tous ensemble. Ici même. Comme au bon vieux temps. Qu'est-ce que tu dis de ça ?

– Super !

Il a l'air ravi de la nouvelle.

Dehors, il fait nuit et Malakoff dort encore. Je descends la rue Pierre-Larousse, puis file droit vers Paris par la rue Raymond-Losserand qui me conduit directement rue Froidevaux. Je refuse de penser à ce qui vient de se passer. C'est une défaite, malgré le plaisir. À présent, même le plaisir s'est envolé. Ne reste que le goût doux-amer du regret.

La veillée de Noël à Malakoff a été une réussite, Astrid l'a conduite avec brio. Mélanie était là, mon père aussi, qui n'était pas au meilleur de sa forme, avec Régine et Joséphine. Je n'avais pas vu autant de membres de la famille Rey réunis dans une même pièce depuis très longtemps.

Seul Serge manquait. Quand j'ai demandé à Astrid, avec tout le tact possible, comment les choses allaient avec lui, elle a soupiré : « C'est compliqué. » Une fois le repas terminé, les cadeaux ouverts, et comme tout le monde discutait au salon devant la cheminée, Astrid et moi sommes montés dans le bureau de Serge pour faire le point sur les enfants. Ce qu'ils étaient devenus, la sensation que nous avions d'avoir perdu le contrôle. Le dédain qu'ils nous renvoyaient, le manque de respect, d'affection, d'amour. Margaux semblait murée dans un mépris silencieux, refusant de voir le conseiller psychologique que nous avions trouvé pour l'aider à affronter le deuil de son amie. Et comme nous le prévoyions, Arno avait été expulsé de son lycée. Nous l'avions inscrit dans une pension très stricte près de Reims. L'avocat qui le défendait espérait obtenir un arrangement sous forme de dommages et intérêts en faveur de la famille Jousselin pour dégradations. À combien s'élèverait cette somme, nous n'en avions aucune idée. Heureusement, nous n'étions pas les seuls parents impliqués. Tout cela était certainement normal, les simples aléas de l'adolescence. Mais cette considération ne rendait pas les choses plus faciles à supporter. Ni pour elle ni pour moi. J'étais soulagé de savoir qu'elle traversait les mêmes tourments et j'essayais de l'en convaincre.

– Tu ne comprends pas, m'avait-elle confessé, c'est pire pour moi. Je les ai mis au monde.

J'ai essayé de lui expliquer le dégoût que j'avais ressenti pour Arno la nuit de son arrestation. Elle avait hoché la tête avec, sur le visage, un mélange d'inquiétude et de compréhension.

– Je vois ce que tu veux dire, Antoine, mais c'est pire pour moi, ces enfants, je les ai portés – elle avait dit ça en plaçant sa main sur son ventre –, et c'est comme si je les sentais encore en moi. Je leur ai donné la vie, ils ont été si charmants pendant des années et maintenant, voilà.

Je n'ai rien trouvé d'autre à ajouter qu'un faible :

– Je sais, j'étais là quand ils sont nés.

Elle avait masqué son irritation derrière un sourire.

Début janvier, la loi antitabac s'abat sur la France. Bizarrement, s'y soumettre est plus facile que je ne l'imaginais. Nous sommes tellement nombreux à fumer dans le froid glacial devant les restaurants et les bureaux que j'ai l'impression de participer à une vaste conspiration. La conspiration des mains gelées. Lucas m'a appris que Serge est revenu. Je ne peux m'empêcher de me demander si Astrid lui a avoué la nuit qui a suivi l'enterrement de Pauline. Et si elle l'a fait, comment l'a-t-il pris ? Au boulot, Parimbert se révèle aussi emmerdeur que son gendre. C'est une main de fer dans un gant de velours. Négocier avec lui est un calvaire qui me laisse sur les rotules.

Le seul rayon de lumière dans ce ciel lourd a été la fête d'anniversaire-surprise organisée en mon honneur par Hélène, Didier et Emmanuel. Elle a eu lieu chez Didier. C'est un collègue, mais si nous avons essuyé tous les deux les plâtres à nos débuts, lui, à présent, évolue dans un monde de succès et de prospérité. Heureusement il n'a jamais eu la grosse tête. Il aurait pu. Je n'ai plus qu'une chose en commun avec ce grand type émacié aux longues mains fines et à l'énorme rire très surprenant : sa femme l'a quitté pour un homme plus jeune, un banquier arrogant de la City. Son ex, que j'aimais bien, est devenue une sorte de clone de Victoria Beckham. Son remarquable nez grec ressemble à présent à une prise électrique.

Je n'étais pas particulièrement obnubilé par mon quarante-quatrième anniversaire. Quand j'étais père de famille à plein temps, c'était toujours touchant de recevoir des cadeaux de mes enfants, dessins maladroits et poteries approximatives. Mais cette fois-ci, je m'attendais à me retrouver seul. Comme l'année dernière. Le matin, Mélanie m'avait envoyé un gentil message, Astrid également, et aussi Patrick et Suzanne, qui étaient partis faire un grand voyage en Asie. Je pense que c'est ce que j'aurais fait si j'avais perdu ma fille. Mon père oublie régulièrement mon anniversaire, mais cette année, surprise, il m'a appelé au bureau. Sa voix était fatiguée, elle n'avait plus rien à voir avec la voix de ténor du barreau qu'il avait autrefois.

– Tu veux venir grignoter un bout pour ton anniversaire ? avait-il demandé. Nous serons seuls, toi et moi, Régine a un dîner de bridge.

L'avenue Kléber. La salle à manger années soixante-dix orange et marron trop éclairée. Mon père et moi, face à face autour de la grande table ovale. Sa main parsemée de taches de vieillesse qui tremble en versant le vin. *Tu devrais y aller, Antoine, c'est un vieil homme à présent, il se sent certainement seul. Tu devrais faire un effort, fais un geste pour lui, pour une fois. Pour une fois.*

– Je te remercie, mais j'ai quelque chose de prévu ce soir.

Menteur. Lâche.

En raccrochant, je me sens coupable. Mal à l'aise, je me penche à nouveau sur mon ordinateur et mon projet de dôme de l'Esprit. Cette commande me prend une énergie folle, mais je m'y découvre une motivation surprenante, je retrouve la joie de travailler sur un projet qui m'enthousiasme, me pousse et me stimule. J'ai fait des recherches sur les igloos, leur histoire, leur spécificité. J'ai étudié d'autres dômes, me suis souvenu de ceux que j'avais visités, à Florence, à Milan. J'ai noirci des pages et des pages avec des croquis, des dessins, imaginé des formes que je ne me savais pas capable de concevoir, poursuivi des idées que je ne me croyais pas capable d'avoir.

Un faible bip m'a signalé un mail. C'était Didier. *Besoin de ton avis pour une négociation de boulot importante. Un gars avec qui tu as travaillé. Peux-tu passer ce soir vers huit heures ? Urgent !* J'ai répondu : *Oui, bien sûr.*

En arrivant chez Didier, je ne me doutais de rien. Il m'a salué, m'a fait entrer, imperturbable. Je l'ai suivi jusque dans l'immense pièce principale qui m'a paru étonnamment silencieuse, comme si une chape de plomb s'était abattue sur le loft. Et soudain, des cris et des exclamations ont retenti autour de moi. Aba-sourdi, j'ai vu apparaître Hélène et son mari, Mélanie, Emmanuel et deux femmes que je ne connaissais pas et qui se sont révélées être les nouvelles compagnes de Didier et d'Emmanuel. Musique à fond, champagne servi avec foie gras, tarama, fruits et gâteau au choco-lat. Les cadeaux ont suivi. J'étais aux anges, heureux de me sentir au centre de toutes les attentions.

Didier n'arrêtait pas de regarder sa montre, je ne comprenais pas pourquoi. Quand on a sonné à la porte, il s'est précipité.

– Ah ! a-t-il annoncé, le plat de résistance !

Et il a ouvert la porte avec un grand sourire.

Elle est entrée dans une longue robe blanche, une robe époustouflante, en ce milieu d'hiver. Elle est arri-vée comme ça, de nulle part, ses cheveux châtains atta-chés et un sourire mystérieux sur les lèvres.

– Bon anniversaire, monsieur le Parisien ! a-t-elle murmuré à la Marilyn Monroe.

Puis elle m'a embrassé.

Tout le monde a applaudi. J'ai aperçu Didier et Mélanie échangeant un coup d'œil triomphant, et deviné que c'étaient eux qui avaient monté toute l'affaire. Tous les yeux étaient rivés sur Angèle. Emmanuel était bouche bée et m'a discrètement félicité en levant le pouce. Les femmes, je le sentais, avaient hâte de lui poser des questions sur son travail. Angèle devait y être habituée. Quand la première ques-tion a surgi, « Comment faites-vous pour côtoyer des gens morts tous les jours ? », elle a répondu, sans bot-ter en touche : « Ça aide les autres à rester vivants. »

Ce fut une merveilleuse soirée. Angèle dans sa robe blanche, telle une reine des neiges. Nous avons ri, bu et dansé, même Mélanie qui bougeait depuis son accident. Nous avons applaudi, à nouveau. J'avais un peu le tournis. Trop de champagne et trop de bonheur. Quand Didier m'a demandé pour Arno, j'ai répondu platement :

– C'est un désastre.

Son rire de hyène a retenti et tout le monde a suivi. Je leur ai raconté la conversation d'homme à homme que nous avions eue tous les deux après son renvoi du lycée. Le sermon que je lui avais imposé en me détestant parce que je ressemblais alors tellement à mon père, les menaces, les remontrances, avec le fatal doigt accusateur. Puis je m'étais levé et avais imité la dégaine de mon fils, sa démarche languide et son air renfrogné. J'avais même poussé jusqu'à singer sa voix rugueuse et traînante, la voix immédiatement identifiable de l'adolescent dans le coup :

– Laisse tomber, papa, quand t'avais mon âge, y'avait rien, pas d'Internet, pas de portable, c'était le Moyen Âge, enfin, c'que j'veux dire c'est que t'es né dans les années soixante, alors... j'vois pas comment tu pourrais comprendre le monde d'aujourd'hui !

Ma petite imitation a déclenché une autre bordée de rires. J'étais ravi, porté par un phénomène que je n'avais jamais connu. Je pouvais faire rire les gens. Ça ne m'était encore jamais arrivé. Dans le couple que nous formions avec Astrid, c'était elle la marrante. C'est elle qui racontait des blagues et déclenchait les fous rires. Je restais toujours le témoin silencieux. Jusqu'à ce soir.

– Il faut que je vous parle de mon nouveau patron, Parimbert, annoncé-je à mon nouveau public.

Tout le monde le connaissait à cause des affiches publicitaires géantes où sa gueule s'étalait à tous les coins de rue, sans compter ses nombreux passages à la télé ou sur Internet. Bref, il était difficile d'éviter de croiser son sourire de chat du Cheshire. J'imitais sa façon de faire les cent pas, les mains dans les poches, les épaules jetées en avant. Je tenais surtout à la perfection son rictus si particulier, censé exprimer la puissance de sa pensée, mais qui se résumait à une sorte de moue de vieille dame, suivie d'un pincement de lèvres qui lui donnait l'air d'un pruneau desséché. J'excellais aussi à reproduire sa façon, tout en retenue et en précision, de dire certains mots *sotto voce* pour leur donner de l'importance, comme s'ils étaient écrits avec des majuscules :

– À présent, Antoine, souvenez-vous de la force des montagnes. N'oubliez pas qu'autour de vous, ce ne sont que Particules de Vie, débordantes d'Énergie et d'Intelligence. N'oubliez pas que la Purification de votre Espace intérieur est ABSOLUMENT nécessaire.

Je leur ai parlé du dôme de l'Esprit, du cauchemar mais aussi de l'incroyable source d'inspiration que représentait ce projet. Je leur ai décrit Parimbert le nez collé à mes ébauches parce que sa vanité l'empêchait de porter des lunettes. Il ne manifestait jamais aucun sentiment, ni positif ni négatif, se contentant d'être intrigué, persuadé qu'il avait sous les yeux quelque chose de la plus haute importance.

– À présent, Antoine, n'oubliez pas, le dôme de l'Esprit doit être une Bulle de Potentiel, un Espace de Libération, un Espace clos, mais qui a le pouvoir de nous rendre libres.

Ils étaient tordus de rire. Hélène en avait les larmes aux yeux. J'ai enchaîné sur le séminaire auquel Parimbert m'avait convié. Pendant une journée, dans un complexe moderne des très chic quartiers de l'Ouest parisien, il m'avait présenté à son équipe. Son associé était un Asiatique terrifiant dont l'identité sexuelle restait indéterminée. Tous les gens travaillant pour Parimbert ressemblaient à des dames au camélia ou à des drogués. Ils étaient tous habillés en blanc et noir, aucun n'avait l'air normal. À une heure, mon estomac avait commencé à se signaler par des gargouillis, mais le temps passait et pas de repas en vue. Trônant devant son assemblée, sur fond d'écrans lumineux, Parimbert n'en finissait plus de disserter d'une voix monocorde sur le succès de son site web qui se « *développait dans le monde entier* ». J'avais osé demander à la femme hagarde et élégante assise à côté de moi si elle savait quand le déjeuner était prévu. Elle m'avait lancé un regard outragé comme si j'avais dit « sodomie » ou « gang bang ».

– Le déjeuner ? Nous ne déjeunons pas. Jamais.

À quatre heures, du thé vert et des scones au blé complet avaient été cérémonieusement servis. Mais mon estomac protestait vigoureusement. À peine échappé de cet enfer, j'avais dévoré une baguette entière.

– Tu étais si drôle, m'a félicité Mélanie, alors que nous partions.

Didier, Emmanuel et Hélène ont acquiescé. Je percevais chez tous un mélange d'admiration et d'étonnement.

– Je ne te connaissais pas ce talent !

Quand je me suis endormi en tenant entre mes bras ma jolie reine des neiges, j'étais heureux. Oui, j'étais un homme heureux.

Samedi après-midi. Mélanie et moi, devant l'énorme portail de fer forgé de l'immeuble où habite notre grand-mère. Nous avons téléphoné ce matin pour prévenir le bon Gaspard que nous viendrions rendre visite à Blanche. Je n'ai pas mis les pieds ici depuis cet été. Mélanie tape le code et nous traversons l'immense hall au tapis rouge. La concierge jette un coup d'œil derrière son rideau de dentelle et hoche la tête en croisant notre regard. Rien n'a changé ici. Le tapis est peut-être un peu plus élimé et un ascenseur de verre, étonnamment silencieux, a récemment remplacé l'ancien modèle.

Nos grands-parents ont vécu ici plus de soixante-dix ans. Depuis leur mariage. Notre père et Solange sont nés dans cet appartement. À cette époque, l'immeuble, une imposante construction haussmannienne, appartenait presque entièrement au grand-père de Blanche, Émile Fromet, riche propriétaire foncier qui possédait plusieurs résidences à Passy. On nous parlait souvent d'Émile dans notre enfance. Son portrait trônait au-dessus d'une cheminée. Un homme volontaire avec un menton redoutable, dont Blanche n'avait heureusement pas hérité mais qu'elle avait transmis à sa fille Solange. Très jeunes, nous savions que le mariage de Blanche avec Robert Rey avait été un grand événement, l'union sans tache d'une dynastie d'avocats avec une lignée de docteurs et de propriétaires. Des gens respectables, hautement considérés, influents et riches, ayant reçu la même éducation, issus de la même classe, partageant les mêmes croyances religieuses. Le mariage de notre père, dans les années soixante, avec une fille simple du sud de la France avait dû faire jaser.

Gaspard nous ouvre. Son visage asymétrique affiche un franc contentement. Je ne peux m'empêcher d'avoir pitié de lui. Il doit avoir cinq ans de plus que moi et on pourrait lui donner l'âge de mon père. Pas de famille, pas d'enfants, aucune vie en dehors de la famille Rey. Même quand il était jeune, il faisait déjà vieux et trottinait dans l'appartement, constamment fourré dans les jupes de sa mère. Gaspard a toujours habité ici, dans une chambre sous les toits appartenant aux Rey, comme sa mère, Odette. Odette a servi nos grands-parents jusqu'à sa mort. Elle nous terrifiait quand nous étions petits, nous obligeant à porter des patins de feutre pour marcher sur le parquet fraîchement ciré, nous imposant de parler à voix basse parce que « Madame » se reposait ou que « Monsieur » lisait *Le Figaro* dans son bureau et ne voulait pas être dérangé. Personne ne savait qui était le père de Gaspard. Personne ne posait de questions à ce sujet. Quand Mélanie et moi étions enfants, Gaspard accomplissait un tas de petits travaux dans l'appartement et ne semblait pas passer beaucoup de temps à l'école. À la mort de sa mère, il y a dix ans, il a naturellement pris sa suite. Acquérant ainsi une nouvelle importance dont il est très fier.

Mélanie et moi le saluons. Notre venue ensoleille sa semaine. Quand Astrid et moi amenions les enfants voir leur arrière-grand-mère, au bon vieux temps de Malakoff, là encore, il était fou de joie.

Comme toujours, quand je pénètre ici, je suis frappé par l'obscurité qui y règne. L'exposition au nord n'aide pas. Le soleil ne filtre jamais dans cet appartement de quatre cent cinquante mètres carrés. Même au cœur de l'été, l'ambiance est sépulcrale. Solange, notre tante, s'apprête à sortir. Nous ne l'avons pas vue depuis longtemps. Elle nous dit furtivement mais gentiment bonjour, donne une petite tape sur la joue de Mélanie. Elle ne demande aucune nouvelle de notre père. Le frère et la sœur sont voisins, lui avenue Kléber, elle rue Boissière. Ils vivent à cinq minutes l'un de l'autre, sans jamais se voir. Ils ne s'entendent pas. Ils ne s'entendront jamais. C'est trop tard.

L'appartement est une succession de vastes pièces, hautes de plafond. Le grand salon (qu'on n'utilise jamais parce qu'il est trop grand et trop froid), le petit salon, la salle à manger, la bibliothèque, l'office, quatre chambres, deux salles de bains à l'ancienne et une cuisine démodée tout au bout de l'appartement. Chaque jour, Odette poussait la table roulante, chargée de nourriture, le long de l'interminable couloir qui menait de la cuisine à la salle à manger. Je n'ai jamais oublié le couinement de ces roues.

En chemin, nous avions discuté de la façon dont nous aborderions le sujet avec notre grand-mère. On ne pouvait décemment lui lâcher : « Étiez-vous au courant que votre belle-fille couchait avec des femmes ? » Mélanie suggérait de jeter un coup d'œil dans l'appartement. Voulait-elle fouiller ? Oui, c'était cela, fouiller, et quand elle avait prononcé ce mot, son visage avait affiché une expression si drôle que j'avais souri. J'étais étrangement excité, comme si nous nous embarquions pour je ne sais quelle étrange aventure. Mais comment faire avec Gaspard, qui veillait sur l'appartement comme un aigle sur ses petits ? D'après Mélanie, Gaspard ne poserait pas de problème. Le seul problème était de savoir où chercher.

— Et devine quoi ? avait-elle dit d'une voix enjouée, tandis que je me garais avenue Georges-Mandel.

— Quoi ?

— J'ai rencontré un mec.

— Un autre vieux schnock ?

Elle lève les yeux au ciel.

— Non, pas du tout. En fait, il est même un peu plus jeune que moi. Il est journaliste.

— Et ?

— Et c'est tout.

— Tu ne veux rien me dire d'autre ?

— Pas pour le moment.

Nous découvrons l'infirmière de service, mais elle, a l'air de nous connaître et nous salue par nos prénoms. Elle nous informe que notre grand-mère dort encore et qu'il ne serait pas sage de la réveiller maintenant parce que sa nuit a été mauvaise. Pouvons-nous attendre une heure ou deux ? Peut-être prendre un café quelque part ou faire un peu de shopping ? suggère-t-elle avec un grand sourire.

Mélanie se retourne pour localiser Gaspard. Il n'est pas loin. On l'entend donner des ordres à la femme de ménage. Elle murmure :

— Je commence à fouiner. Occupe-le.

Elle s'éclipse. Pendant un temps qui me semble interminable, j'écoute Gaspard se plaindre de la difficulté de trouver du personnel convenable, du prix exorbitant des fruits frais, des nouveaux voisins du quatrième étage qui sont si bruyants. Mélanie revient enfin et d'un geste de la main me fait comprendre qu'elle n'a rien trouvé.

Nous décidons de revenir dans une heure. Comme nous nous dirigeons vers la porte, Gaspard nous rattrape, il serait ravi de nous préparer un thé ou un café, il pourrait nous le servir dans le petit salon ; il fait froid dehors aujourd'hui, nous serions mieux ici. Impossible de lui refuser ce plaisir. Nous attendons donc dans le petit salon qu'il nous serve. Une femme de ménage qui fait la poussière dans le couloir nous salue en passant.

C'est la pièce qui fait remonter le plus de souvenirs. Les portes-fenêtres donnant sur le balcon. Le canapé et les fauteuils, tapissés de velours vert bouteille. Une grande table basse en verre. L'étui à cigarettes en argent de mon grand-père. C'est dans ce salon que mes grands-parents venaient prendre le café ou regarder la télévision. Là que nous jouions à des jeux de société. Et que nous écoutions, sans comprendre, les conversations des grands.

Gaspard revient avec un plateau. Du café pour moi, et pour Mélanie un thé. Il remplit les tasses avec soin, nous propose du lait et du sucre. Il s'assoit sur un fauteuil en face de nous, les poings sur les genoux et le dos bien droit. Nous lui demandons comment se porte notre grand-mère ces derniers temps. Elle ne va pas très fort, son cœur lui a encore joué des tours et elle passe désormais presque toutes ses journées à dormir. Les médicaments l'assomment.

– Vous vous souvenez de notre mère, n'est-ce pas ? dit soudain Mélanie en sirotant son thé.

Un sourire éclaire le visage de Gaspard.

– Oh, votre mère ! La petite Mme Rey. Oui, bien sûr que je me souviens d'elle. Elle est inoubliable.

Mélanie enchaîne.

– Et de quoi vous souvenez-vous ?

Le sourire de Gaspard s'élargit encore.

– C'était une personne si charmante, si gentille. Elle m'offrait des petits cadeaux, des chaussettes neuves, des chocolats... parfois même des fleurs. J'étais dévasté quand elle est morte.

L'appartement devient très silencieux. Même la femme de ménage, qui est passée au grand salon, semble travailler en sourdine.

– Quel âge aviez-vous ? demandé-je.

– Eh bien, monsieur Antoine, j'ai cinq ans de plus que vous, alors je devais avoir quinze ans. Quelle pitié...

– Avez-vous des souvenirs du jour de sa mort ?

– C'était terrible, terrible... Quand on l'a emportée... sur ce brancard...

Il semble mal à l'aise, se tord les mains, se tortille les pieds et ne nous regarde plus.

– Étiez-vous avenue Kléber quand c'est arrivé ? demande Mélanie, étonnée.

– Avenue Kléber ? s'exclame-t-il, troublé. Je ne me rappelle pas, non. C'était un jour tellement horrible. Je ne sais plus.

Il se lève d'un bond et sort précipitamment du salon. Aussitôt nous lui emboîtons le pas.

– Gaspard, appelle fermement Mélanie, pouvez-vous s'il vous plaît répondre à ma question ? Pourquoi avez-vous dit que vous étiez là quand on a emporté son corps ?

Nous sommes tous les trois dans l'entrée, dans la pénombre de cet appartement privé de lumière. Les bibliothèques semblent pencher dangereusement vers nous, les visages pâles des vieux portraits nous fixent

274

avec curiosité. Et on jurerait que le buste de marbre posé sur l'écritoire tout près de nous attend lui aussi quelque chose.

Gaspard ne desserre pas les dents. Ses joues ont rougi. Il tremble. Son front se couvre de sueur.

– Qu'est-ce qui ne va pas ? lui demande doucement Mélanie.

Il avale bruyamment sa salive. Nous suivons le trajet de sa pomme d'Adam.

– Non, non, murmure-t-il en reculant et en secouant la tête. Je ne peux pas.

Je l'attrape par le bras. Je sens son corps osseux et faible sous le tissu bon marché de son costume.

– Y a-t-il quelque chose que vous voudriez nous dire ? demandé-je, avec une voix plus ferme que celle de ma sœur.

Il frémit en s'essuyant le front d'un revers de main et recule encore d'un pas.

– Pas ici ! finit-il par laisser sortir.

Mélanie et moi échangeons un regard.

– Où alors ? demande-t-elle.

Il a déjà parcouru la moitié du couloir sur ses jambes maigrichonnes et tremblantes.

– Dans ma chambre. Au sixième étage. Dans cinq minutes.

Il disparaît. La femme de ménage vient de brancher l'aspirateur. Mélanie et moi restons sans bouger, à nous regarder. Puis nous sortons.

Pour accéder aux chambres de bonnes, pas d'ascenseur. Il faut emprunter un escalier étroit et tortueux. C'est là que les résidents les moins fortunés de cet immeuble cossu habitent, peinant chaque jour pour monter jusque chez eux. Plus on grimpe, plus la peinture est écaillée. Plus ça sent fort. La mauvaise odeur de chambres minuscules et sans aération, de la promiscuité, de l'absence de salles de bains dignes de ce nom. Le relent désagréable des chiottes communes sur le palier.

Six étages à monter. En silence. Pourtant, des questions ne cessent de tourner dans mon esprit et je suis sûr qu'il en est de même pour Mélanie.

Le sixième étage est un autre monde. Plancher brut, grand couloir venteux où s'alignent des dizaines de portes numérotées. Le bruit d'un sèche-cheveux. Le braillement agressif d'une télévision. Des gens qui se disputent dans une langue étrangère. Une sonnerie de téléphone portable. Des cris de nourrisson. Une porte s'ouvre et une femme nous lance un regard méfiant. À l'arrière-plan, nous apercevons la pièce où elle vit, le plafond affaissé et maculé de traces d'humidité, les meubles tachés. Laquelle de ces portes est celle de Gaspard ? Il ne nous a pas donné le numéro. Se cache-t-il ? A-t-il peur ? Je suis sûr qu'il nous attend, en se tordant les mains, en tremblant peut-être, mais il nous attend. Il doit être en train de rassembler son courage.

Je fixe les épaules étroites et carrées de Mélanie sous son manteau d'hiver. Elle marche d'un pas solide et assuré. Elle veut savoir. Elle n'a pas peur. Alors pourquoi ai-je peur, moi ?

Gaspard nous attend au bout du couloir. Il est toujours aussi rouge. Il nous fait entrer rapidement comme s'il craignait qu'on ne nous voie. Après l'air glacé de l'escalier, sa petite chambre confinée est d'une chaleur étouffante. Le radiateur électrique marche à plein régime, en émettant un léger bourdonnement et en laissant flotter une odeur de cheveux brûlés et de poussière. L'endroit est si petit que nous nous cognons les uns les autres. Le mieux est de prendre place sur le lit étroit. Je jette un coup d'œil autour de moi, tout est impeccablement propre. Un crucifix sur le mur, un évier fêlé, une sorte de placard fermé par un rideau de plastique : la vie de Gaspard exposée dans toute sa modestie. Que peut-il bien faire quand il remonte ici après avoir laissé Blanche aux bons soins de l'infirmière de nuit ? Pas de télévision. Pas de livres. Sur une petite étagère, je remarque une bible et une photographie que j'examine le plus discrètement possible. À ma grande stupéfaction, il s'agit d'une photographie de notre mère.

Gaspard est resté debout. Il attend que nous parlions. Ses yeux font la navette entre ma sœur et moi. Le son d'une radio nous parvient de la chambre voisine. Les cloisons sont si fines que je ne rate pas un mot des infos.

– Vous pouvez nous faire confiance, Gaspard, dit Mélanie. Vous le savez, n'est-ce pas ?

Il passe un doigt furtif sur ses lèvres, les yeux écarquillés de peur.

— Il faut parler plus bas, mademoiselle Mélanie, chuchote-t-il. On entend tout ici !

Il s'approche. Je sens l'odeur âcre de sa transpiration. Instinctivement, je recule.

— Votre mère… C'était ma seule amie. Elle seule me comprenait vraiment.

— Oui, dit Mélanie.

J'admire sa patience. Moi, j'ai envie d'en venir au but et vite. Elle pose une main apaisante sur mon bras comme si elle lisait dans mes pensées.

— Votre mère était comme moi, elle venait d'une famille simple, du Sud. Elle n'était pas compliquée, elle ne faisait pas de chichis. C'était une personne humble et bonne. Elle pensait toujours aux autres. Elle était généreuse et chaleureuse.

— Oui, l'encourage Mélanie, alors que je serre les poings d'impatience.

On a éteint la radio à côté et le silence se fait dans notre petit espace. Gaspard a de nouveau l'air angoissé et il se remet à suer. Il n'arrête pas de regarder en direction de la porte en se raclant la gorge. Pourquoi est-il si mal à l'aise ? Il se penche et sort un vieux transistor de sous son lit, farfouille pour l'allumer. La voix d'Yves Montand monte de l'appareil.

C'est si bon de partir n'importe où, bras dessus bras dessous…

— Vous étiez en train de nous raconter le jour où notre mère est morte, finis-je par dire, malgré le geste de Mélanie pour me faire taire.

Gaspard trouve le courage de me regarder en face.

— Il faut comprendre, monsieur Antoine. C'est… c'est difficile pour moi…

278

C'est si bon… susurre Yves Montand de sa voix débonnaire et insouciante. Nous attendons que Gaspard poursuive. Mélanie pose une main sur son bras.

— Vous n'avez rien à craindre de nous, murmure-t-elle, rien. Nous sommes vos amis. Nous vous connaissons depuis que nous sommes nés.

Ses joues tremblotent comme de la gelée. Ses yeux se mettent à briller. À notre grand désarroi, son visage se fige et il se met à sangloter sans un bruit. Il n'y a rien d'autre à faire qu'attendre. Je détourne les yeux du visage ravagé de Gaspard. La chanson de Montand est enfin terminée. Une autre enchaîne, qui m'est familière, mais dont je n'arrive pas à retrouver l'interprète.

— Ce que je vais vous dire, je ne l'ai encore dit à personne. Personne ne sait. Et plus personne n'a parlé de ça depuis 1974.

La voix de Gaspard est si basse que nous devons nous pencher vers lui pour l'entendre. À chaque fois que nous nous inclinons, le lit grince.

Un frisson furtif glisse le long de mon dos. Gaspard est accroupi. À cette hauteur, je peux voir la tonsure au sommet de son crâne. Il reprend à voix basse.

— Le jour de sa mort, votre mère est venue voir votre grand-mère. C'était tôt le matin et madame prenait encore son petit déjeuner. Votre grand-père était absent pour la journée.

— Et vous, où étiez-vous ? demande Mélanie.

— J'étais dans la cuisine. J'aidais ma mère. Je pressais le jus d'orange. Votre mère adorait le jus d'orange frais. Surtout le mien. Ça lui rappelait le Midi.

Il a un sourire touchant et désespéré.

— J'étais si heureux de voir votre mère ce matin-là. Elle ne venait pas souvent. En fait, elle n'était pas

venue rendre visite à vos grands-parents depuis longtemps, depuis Noël. Quand j'ai ouvert la porte, ça a
été comme un rayon de soleil. Je ne savais pas qu'elle
venait. Elle n'avait pas appelé. Ma mère n'était pas
prévenue. Elle était embêtée, d'ailleurs, elle avait fait
toute une histoire parce que la petite Madame Rey
arrivait sans prévenir. Votre mère portait un manteau rouge, qui mettait en valeur ses cheveux noirs,
ses yeux verts et sa peau blanche. Elle était si jolie !
Comme vous, mademoiselle Mélanie. Vous lui ressemblez tellement. C'en est presque douloureux de
vous regarder.

Les larmes lui montent, mais il parvient à les retenir. Il respire lentement, il prend son temps.

– J'étais dans la cuisine à faire du rangement. C'était
une belle journée d'hiver. Ma mère a surgi subitement.
Elle était toute blanche. Elle gardait la main devant sa
bouche comme si elle allait vomir. J'ai compris alors
que quelque chose de terrible était arrivé. Je n'avais
que quinze ans, mais je savais.

Le frisson reprend, parcourant ma poitrine, jusqu'à
mes cuisses, qui se mettent à trembler. Je n'ose pas
regarder ma sœur, mais je sens qu'elle s'est raidie à
mes côtés. La radio émet un air idiot. Si seulement
Gaspard pouvait l'éteindre.

*Pop pop pop musik, Pop pop pop musik. Talk about
pop musik.*

– Ma mère était incapable de dire quoi que ce soit.
Puis elle a hurlé : « Appelle le docteur Dardel, vite !
Son numéro est dans le carnet de Monsieur qui se
trouve dans son bureau, dis-lui de venir le plus vite
possible ! » Je me suis précipité dans le bureau et j'ai
appelé en tremblant. Le docteur a promis de venir

tout de suite. Qui était malade ? Qu'était-il arrivé ?
Était-ce Madame ? Je savais qu'elle avait de l'hypertension. On lui avait donné de nouveaux médicaments
récemment. Toutes sortes de pilules qu'elle prenait
aux repas.

Le nom du docteur Dardel m'est familier. C'était le
meilleur ami de mes grands-parents et leur médecin
attitré. Il est mort au début des années quatre-vingt.
Un homme trapu, aux cheveux blancs. Très respecté.
Gaspard s'interrompt. Qu'essaie-t-il de nous dire ?
Pourquoi toutes ces circonvolutions ?

*New York London Paris Munich everyones talking
about pop musik.*

— Par pitié, venez-en aux faits ! grogné-je en serrant
les dents.

Il hoche la tête avec empressement.

— Votre grand-mère était dans le petit salon,
encore en chemise de nuit. Je ne pouvais pas voir
votre mère. Je ne comprenais pas. La porte du petit
salon était entrouverte. J'ai vu alors un bout du manteau rouge. Sur le sol. Quelque chose était arrivé à la
petite Madame Rey. Quelque chose qu'on voulait me
cacher.

Dans le couloir, devant la porte, le plancher craque.
Il s'arrête et attend que les pas s'éloignent. Mon cœur
saute dans ma poitrine, si fort que je suis persuadé que
Mélanie et Gaspard peuvent l'entendre battre.

— Le docteur Dardel est arrivé en un instant. On a
fermé la porte du petit salon, puis j'ai entendu l'ambulance. Les sirènes sifflaient juste en bas de l'immeuble.
Ma mère refusait de répondre à mes questions. Elle
m'a demandé de me taire et m'a giflé. Ils sont venus
chercher la petite Madame. C'est la dernière fois que

je l'ai vue. On aurait dit qu'elle dormait. Ses beaux cheveux noirs encadraient son visage, elle était très pâle. Ils l'ont emportée sur un brancard. Ce n'est que plus tard dans la journée que j'ai appris qu'elle était morte.

Mélanie, en se relevant, donne malencontreusement un coup de pied dans la radio. Elle s'éteint. Gaspard aussi trébuche.

– Mais que voulez-vous dire, Gaspard ? lance Mélanie en oubliant de parler bas. Notre mère aurait eu sa rupture d'anévrisme ici ?

Il semble pétrifié. Il se met à bégayer.

– On m'a fait jurer de… de ne jamais dire que… que la petite Madame était mor… morte ici.

Mélanie et moi gardons les yeux fixés sur lui.

– Mais pourquoi ? finis-je par lui demander.

– Ma mère m'a fait promettre de ne rien dire. Je ne sais pas pourquoi. Je n'ai jamais cherché à savoir.

On dirait qu'il va se remettre à pleurer.

– Et notre père ? Notre grand-père ? Et Solange ? gémit Mélanie.

Il secoue la tête.

– J'ignore ce qu'ils savent, mademoiselle Mélanie. C'est la première fois que je parle de tout ça. – Sa tête retombe comme une fleur fanée. – Je suis désolé. Vraiment désolé.

– Ça vous dérange si je fume ? dis-je abruptement.

– Non, non, pas du tout, faites, je vous en prie.

Je m'installe près de la petite fenêtre et allume une cigarette. Gaspard prend la photographie qui se trouve sur l'étagère.

– Votre mère me parlait beaucoup, vous savez. J'étais jeune, mais elle me faisait confiance. – Il dit cela avec une immense fierté. – Je crois que je faisais partie des rares personnes en qui elle avait confiance. Elle venait souvent ici, dans ma chambre, pour discuter. Elle n'avait pas d'amis à Paris.

– Que vous racontait-elle quand elle montait ici ? demande Mélanie.

– Des tas de choses, mademoiselle Mélanie. Des tas de choses merveilleuses. Elle me racontait son enfance dans les Cévennes. Me parlait du petit village où elle avait grandi, près du Vigan, et où elle n'était jamais retournée depuis son mariage. Elle avait perdu ses parents très jeune : son père avait eu un accident et sa mère un problème au cœur. Sa sœur aînée l'avait élevée. C'était une femme rude et elle n'avait pas aimé que votre mère épouse un Parisien. Elle se sentait seule, parfois. Le Sud lui manquait, la vie simple qu'elle avait connue là-bas, le soleil. Elle se sentait seule car votre père était souvent absent pour son travail. Elle parlait de vous. Elle était très fière… Vous étiez le cœur même de sa vie.

Il marque une pause.

– Elle me disait que votre seule existence à tous les deux faisait que la vie valait la peine d'être vécue. Comme elle doit vous manquer, mademoiselle Mélanie, monsieur Antoine. Comme elle doit vous manquer ! Moi, ma mère ne m'a jamais montré le moindre signe d'affection. Votre mère, elle, était tout amour. Elle donnait tout l'amour qu'elle avait.

Je termine ma cigarette et jette le mégot dans la cour. Par la fenêtre ouverte, l'air glacé s'engouffre dans la pièce. Dans la chambre voisine une musique assourdissante. Je regarde ma montre. Bientôt six heures, et la nuit est déjà tombée.

– Nous devons retourner chez notre grand-mère à présent, voulez-vous ? dit Mélanie d'une voix tremblante.

Gaspard acquiesce humblement.

– Bien sûr.

Mélanie et moi descendons les six étages dans un silence absolu.

L'infirmière nous conduit jusqu'à la grande chambre aux volets fermés et nous devinons, dans la pénombre, le lit d'hôpital légèrement relevé où se trouve la frêle silhouette de notre grand-mère. Nous prions l'infirmière de bien vouloir nous laisser seuls avec elle. Nous avons besoin de discuter en privé. Elle s'exécute.

Mélanie allume la lampe de chevet pour que nous puissions au moins distinguer le visage de notre grand-mère. Blanche a les yeux fermés et ses paupières se mettent à palpiter quand elle entend la voix de Mélanie. La vieillesse et la fatigue se lisent sur son visage, ainsi que cette évidence : elle ne semble plus tenir à la vie. Ses yeux s'ouvrent lentement et passent du visage de Mélanie au mien. Aucune réaction. Sait-elle encore qui nous sommes ? Mélanie lui prend la main, lui parle. Ses yeux vont de Mélanie à moi, sans un mot. Un épais collier de rides court autour de son cou desséché. Elle va sur ses quatre-vingt-quatorze ans, si mes calculs sont bons.

La chambre n'a pas changé. Les lourds rideaux ivoire, les tapis épais, la bibliothèque, la coiffeuse devant la fenêtre et les nombreux bibelots familiers : un œuf de Fabergé, une tabatière en or, une petite pyramide de marbre et les éternelles photographies qui prennent la poussière dans leurs cadres d'argent – notre père et Solange, enfants, notre grand-père Robert, Mel, Joséphine et moi. Quelques photos aussi de mes enfants quand ils étaient bébés. Aucune d'Astrid. Ni de Régine. Et aucune de notre mère.

– Nous voudrions te parler de Clarisse, dit Mélanie en articulant bien. De notre mère.

Les paupières palpitent puis se ferment. Cela ressemble à un refus.

– Nous voulons savoir ce qui s'est passé le jour où elle est morte, poursuit Mélanie, sans se soucier des paupières closes.

Qui s'ouvrent en frémissant, à présent. Blanche nous regarde en silence un long moment. Je suis persuadé qu'elle n'avouera rien.

– Peux-tu nous raconter ce qui est arrivé ici le 12 février 1974, grand-mère ?

Nous attendons. J'ai envie de dire à Mélanie de laisser tomber, que c'est sans espoir. Mais tout à coup, les yeux de Blanche s'écarquillent et s'animent d'une expression étrange, presque reptilienne, qui me dérange. Je regarde son torse émacié tenter de se relever laborieusement. Les paupières ne cillent pas. Elle nous fixe, méchamment, avec défi. Deux prunelles noires encore allumées sur ce qui semble déjà une tête de mort.

Les minutes passent et je comprends que ma grand-mère ne parlera jamais, qu'elle emportera ce qu'elle sait dans la tombe. Et je la déteste. Je déteste chaque centimètre carré de sa répugnante peau fripée, chaque parcelle de cet être, Blanche Violette Germaine Rey, née Fromet, dans le 16ᵉ arrondissement, bien née et riche, promise à l'excellence en tout domaine.

286

Nous nous dévisageons, ma grand-mère et moi. Mélanie nous observe, avec étonnement. Je veux être sûr que Blanche mesure à quel point je la déteste. Qu'elle prenne cette rage en pleine face, de plein fouet, que sa chemise de nuit immaculée en soit complètement souillée. Mon mépris est tel que j'en tremble de la tête aux pieds. L'envie me démange de saisir un de ces oreillers brodés et de l'écraser contre son visage, pour étouffer l'arrogance de ses yeux perçants.

C'est une bataille farouche et silencieuse entre elle et moi, interminable. J'entends le tic-tac du réveil argenté posé sur la table de nuit, les pas de l'infirmière derrière la porte, le ronronnement de la circulation sur l'avenue bordée d'arbres. J'entends la respiration nerveuse de ma sœur, le sifflement des vieux poumons de Blanche, mon propre cœur qui cogne comme tout à l'heure, dans la chambre de Gaspard.

Ses yeux finissent par se fermer. Très lentement, Blanche sort une main noueuse qui, tel un phasme, rampe sur le drap pour atteindre la sonnette. Un son strident retentit.

L'aide-soignante entre immédiatement.

– Madame Rey est fatiguée à présent.

Nous partons sans dire un mot. Gaspard est invisible. Ignorant l'ascenseur, je décide de prendre l'escalier. En descendant, je pense à ma mère sortant d'ici sur un brancard, dans son manteau rouge. Mon cœur se serre.

Dehors, il fait plus froid que jamais. Nous sommes incapables d'articuler un mot. Je suis détruit et si j'en crois la pâleur de son visage, c'est aussi le cas de Mélanie. J'allume une cigarette. Elle regarde son téléphone. Je propose de la raccompagner chez elle. Du Trocadéro à la Bastille, la circulation est dense, comme tous les samedis soir. Nous demeurons muets.

C'est notre seul moyen de tenir à distance cette chose si monstrueuse qu'est la mort de notre mère.

L'assistante de Parimbert est une femme tout en courbes, répondant au nom de Claudia. Elle cache ses rondeurs excessives sous une large robe noire qui ressemble à une soutane. Elle me parle sur un ton paternaliste et amical que je trouve irritant. Dès le lundi matin, à la première heure, elle me serine avec la date de remise du projet de dôme de l'Esprit. Parimbert l'a accepté, mais il y a eu un léger retard, car l'un des fournisseurs n'a pu livrer à temps les écrans lumineux que j'avais commandés. Ceux-ci changeront constamment de couleur et formeront les parois intérieures du dôme. En temps normal, j'aurais laissé cette femme me harceler sans sourciller. Mais pas aujourd'hui, pas maintenant. Et plus jamais d'ailleurs. Je pense à ses dents tachées de caféine, à la moustache qui ombre sa lèvre supérieure, au patchouli dont elle s'arrose, à ses hurlements de reine de la nuit et mon dégoût, mon impatience et mon irritation explosent. Cela me soulage, et rappelle étrangement le calme qui suit l'orgasme. Dans la pièce voisine, j'entends Lucie s'étrangler.

Je raccroche rageusement. Il est temps pour une petite cigarette dans la cour glaciale. J'enfile mon manteau. Mon portable sonne. C'est Mélanie.

— Blanche est morte, m'annonce-t-elle sans émotion. Ce matin. Solange vient de m'appeler.

L'annonce de la mort de Blanche me laisse de marbre. Je ne l'aimais pas. Je ne la regretterai pas. La haine que j'ai ressentie à son chevet, samedi, est encore vive. Elle reste néanmoins la mère de mon père et c'est à lui que je pense. Je sais que je devrais l'appeler. Et appeler Solange. Mais je ne le fais pas. Je vais fumer un clope dehors, dans le froid. Je pense aux jours qui vont suivre, aux problèmes d'héritage. Solange et mon père n'ont pas fini de se battre. Ça va être moche. Comme il y a quelques années, et Blanche n'était même pas morte. Nous avons été tenus à l'écart et personne ne nous en a parlé, mais il y a eu des conflits entre le frère et la sœur. Solange était persuadée que François était l'enfant préféré, qu'il avait toujours été avantagé. Au bout d'un moment, elle a cessé de voir son frère. Et nous, par la même occasion.

Mélanie me demande si je veux passer voir le corps de Blanche. Je lui réponds que je vais y réfléchir. Je sens une légère distance entre ma sœur et moi, c'est nouveau, ça n'a jamais existé entre nous, en tout cas, je ne l'ai jamais ressentie. Je sais qu'elle n'a pas approuvé mon attitude envers Blanche, samedi. Mélanie veut savoir si j'ai appelé notre père. Je lui promets que je vais le faire. Encore une fois, je sens au ton de sa voix qu'elle me reproche mon attitude. Elle est en route pour l'appartement paternel. Son ton est clair, j'ai intérêt à la rejoindre. Et vite.

Quand j'arrive chez lui, la nuit est déjà tombée. Margaux n'a pas bronché de tout le trajet, son iPod dans les oreilles et les yeux rivés sur son téléphone portable où ses doigts s'activent à envoyer non-stop des SMS. Lucas est assis à l'arrière, captivé par sa Nintendo. J'ai l'impression d'être tout seul dans la voiture. Les enfants d'aujourd'hui sont les enfants les plus silencieux qui aient jamais existé.

C'est Mélanie qui nous ouvre la porte. Son visage est pâle et triste. Ses yeux sont embués de larmes. Aimait-elle Blanche ? La regrette-t-elle ? Nous ne la voyions presque plus, mais c'était notre seule grand-mère, les parents de Clarisse sont morts quand elle était petite. Notre grand-père a disparu quand nous étions adolescents. Blanche était le dernier lien avec notre enfance.

Mon père est déjà couché. Cela m'étonne de lui. Je regarde ma montre. Sept heures et demie. Mélanie me le décrit très fatigué. Y a-t-il encore dans sa voix un ton de reproche ou est-ce que je me fais des idées ? Je lui demande ce qu'il a, mais Régine arrive et elle en profite pour ne pas me répondre. Régine est très apprêtée et a l'air sinistre. Elle nous embrasse distraitement, nous offre des boissons et des gâteaux d'apéritifs. J'explique qu'Arno est encore dans sa pension, mais qu'il sera là pour l'enterrement.

— Ne me parlez pas de l'enterrement, grogne Régine, en se servant un copieux verre de whisky d'une main tremblante. Je ne veux pas m'occuper de ça. Je ne me suis jamais entendue avec Blanche, elle ne m'a jamais aimée, alors je ne vois pas au nom de quoi je devrais m'occuper de ses funérailles.

Joséphine entre, plus gracieuse que jamais. Elle nous embrasse et s'assoit près de sa mère.

— Je viens de parler à Solange, dit Mélanie d'une voix ferme. Elle est prête à s'occuper de l'enterrement. Ne vous souciez de rien, Régine.

— Eh bien, si Solange s'en charge, nous n'avons plus rien à faire. Cela soulagera votre père. Il est bien trop fatigué pour affronter sa sœur. Blanche et Solange ont toujours été désagréables avec moi. Elles avaient cette façon de me regarder des pieds à la tête comme si je n'avais pas le bon profil, sans doute parce que mes parents n'étaient pas aussi riches, continue Régine en se versant un autre whisky qu'elle avale cul sec. Elles m'ont toujours fait sentir que je n'étais pas assez bien pour François, pas assez bien née pour être une Rey. Une horrible bonne femme, cette Blanche, et sa fille est pire encore.

Lucas et Margaux échangent des regards surpris. Joséphine expire bruyamment. Je me rends compte que Régine est complètement pompette. Seule Mélanie scrute ses chaussures.

– Personne n'est jamais assez bien pour entrer dans la famille Rey, se lamente Régine qui a du rouge à lèvres sur les dents. Ils font toujours en sorte que ça ne nous échappe pas. Même quand on vient d'une bonne famille avec de la fortune. Même quand on vient d'une famille de gens honorables. Jamais assez bien pour être une foutue Rey.

Elle se met à pencher dangereusement et son verre vide heurte la table. Joséphine lève les yeux au ciel et redresse sa mère gentiment mais fermement. Je devine à la familiarité de ses gestes que cela arrive souvent. Elle emmène Régine et ses geignements hors de la pièce.

Mélanie et moi nous regardons. Je pense à ce qui m'attend. La chambre éclairée à la bougie de l'avenue Georges-Mandel. Le corps de Blanche. Mais ce n'est pas la vue du cadavre de ma grand-mère qui m'effraie le plus ce soir. Elle était déjà quasi morte quand je l'ai vue il y a deux jours, si j'excepte ses yeux perçants à faire peur. Ce qui m'effraie, c'est de devoir retourner là-bas. Là où ma mère a trouvé la mort.

Mélanie raccompagne mes enfants à la maison. Elle a déjà veillé Blanche avec Solange et notre père un peu plus tôt dans la soirée. Je me présente seul à l'appartement de notre grand-mère. Il est tard. Presque onze heures. Je suis crevé. Mais je sais que Solange m'attend. Moi, le seul fils de la famille. C'est mon devoir d'être là.

Je suis surpris de voir que le grand salon est plein d'inconnus qui boivent du champagne. Des amis de Solange, je suppose. Gaspard a revêtu un sévère costume gris. Ces gens sont des amis de ma tante et ils sont venus lui apporter du réconfort, me confirme-t-il. Il ajoute à voix basse qu'il doit me parler de quelque chose d'important. Pourrais-je l'attendre avant de partir ? Je le ferai.

J'ai toujours pensé que ma tante était une personne solitaire et enfermée, mais à voir le monde qu'il y a ce soir, je crois bien que je me suis trompé. Finalement que sais-je d'elle ? Rien. Elle n'a pas de bons rapports avec son frère aîné. Elle ne s'est jamais mariée. Elle n'a jamais eu de vie à elle et nous l'avons peu vue après la mort de notre mère et la fin des étés à Noirmoutier. Elle s'est toujours beaucoup occupée de Blanche, surtout après le décès de Robert, son père et mon grand-père.

Solange se dirige vers moi. Elle porte une robe brodée, un brin trop glamour pour ce genre d'occasion, et un collier de perles. Elle me prend la main. Son visage est enflé, ses yeux las. À quoi va ressembler sa vie maintenant, sans une mère dont il faut s'occuper, sans les infirmières à engager et cet immense appartement à entretenir? Elle me conduit jusqu'à la chambre de Blanche où je la suis docilement. Des gens que je ne connais pas sont en train de prier. Une bougie est allumée. Je distingue une forme muette sur le lit, mais la seule chose que je crois voir, ce sont les deux yeux perçants et terribles fixés sur moi. Je tourne la tête.

À présent, je suis ma tante dans le petit salon. Il est vide. On entend à peine la rumeur des voix de ses invités. Elle ferme la porte. Son visage, qui me rappelle tant celui de mon père, si ce n'est le menton, plus grand, semble de marbre tout à coup, moins accueillant. Je comprends que je vais passer un mauvais quart d'heure. Être dans cette pièce est déjà pénible. Je baisse sans arrêt les yeux vers le tapis. C'est là que le corps de ma mère est tombé. Juste là, sous mes pieds.

– Comment va François ce soir? demande-t-elle en jouant avec son collier de perles.

– Je ne l'ai pas vu, il dormait.

– Il paraît qu'il fait preuve de beaucoup de courage.

– Par rapport à Blanche?

Elle se raidit quelque peu. Les perles cliquètent.

– Non. Face à son cancer.

Je suis KO debout. Son cancer. Bien sûr. Le cancer. Mon père a un cancer. Depuis combien de temps?

294

Un cancer de quoi ? À quel stade ? Personne ne dit jamais rien dans cette famille, décidément. On préfère le silence. La torpeur et le chloroforme du silence. Le silence de plomb coulant sur tout comme une étouffante et fatale avalanche.

Je me demande si elle sait. Si elle peut deviner, simplement à mon expression, que c'est la première fois que j'entends parler de la maladie de mon père. La première fois qu'on lui donne un nom.

– Oui, dis-je, morose. Tu as raison. Il se montre courageux.

– Je dois retourner à mes invités, finit-elle par répondre. Au revoir, Antoine. Merci d'être venu.

Elle sort, droite comme un i. Alors que je me dirige vers la porte d'entrée, Gaspard arrive du grand salon avec un plateau. Je lui fais signe que je l'attends au rez-de-chaussée. Je descends et sors griller une cigarette.

Gaspard arrive quelques minutes plus tard. Il a l'air calme, quoiqu'un peu fatigué. Il va droit au but.

– Monsieur Antoine, il faut que je vous dise quelque chose.

Il s'éclaircit la gorge. Il a l'air plus serein que l'autre jour, dans sa chambre.

– Votre grand-mère est morte. Elle me faisait peur, tellement peur, vous comprenez ? Maintenant, elle ne peut plus rien contre moi.

Il s'interrompt et tire sur sa cravate. Je décide de le laisser venir.

– Quelques semaines après la mort de votre mère, une femme est venue voir Madame. C'est moi qui lui ai ouvert. C'était une Américaine. Quand votre grand-mère l'a vue, elle a perdu son sang-froid. Elle s'est mise à crier sur cette femme en la priant de partir immédiatement. Elle était furieuse. Je ne l'avais jamais vue comme ça. Il n'y avait personne dans l'appartement ce jour-là. Rien que votre grand-mère et moi. Ma mère était sortie faire des courses et votre grand-père n'était pas à Paris.

Une femme élégante, portant un vison gris, s'approche de nous dans un effluve de Shalimar. Nous nous taisons jusqu'à ce qu'elle entre dans l'immeuble. Puis Gaspard se rapproche de moi et continue.

– La dame américaine parlait bien français. Elle a hurlé à son tour sur votre grand-mère, elle voulait savoir pourquoi celle-ci n'avait jamais répondu à ses appels, pourquoi elle l'avait fait suivre par un détective privé. Puis, dans un hurlement encore plus puissant que les autres, elle lui a lancé : « Vous avez intérêt à me dire comment est morte Clarisse, et tout de suite ! »

– À quoi ressemblait cette Américaine ? demandé-je en sentant mon pouls s'accélérer.

– La quarantaine, de longs cheveux très blonds, elle était grande et l'air plutôt sportive.

– Et que s'est-il passé ensuite ?

– Votre grand-mère l'a menacée d'appeler la police si elle ne quittait pas les lieux sur-le-champ. Elle m'a demandé de reconduire cette dame, puis elle est sortie et nous a laissés seuls tous les deux. La femme a lâché quelque chose en anglais qui avait l'air horrible, puis elle est partie en claquant la porte, sans même me regarder.

– Pourquoi ne nous l'avez-vous pas dit l'autre jour ?

Il rougit.

– Je ne voulais rien dévoiler du vivant de votre grand-mère. C'est une bonne place, vous savez, monsieur Antoine. J'ai travaillé ici toute ma vie. La paie est bonne. Je respecte votre famille. Je ne voulais pas d'ennuis.

– Il y a autre chose ?

– Oui, ce n'est pas tout, poursuit-il nerveusement. Quand la dame américaine a parlé du détective, j'ai fait le lien avec certains coups de fil pour votre grand-mère, qui venaient d'une agence. Je ne suis pas curieux de nature et je n'avais rien vu d'étrange dans ces appels, mais après la dispute, tout m'est revenu. Et puis, j'ai trouvé quelque chose dans la corbeille à papier de votre grand-mère, le lendemain de la visite de la dame américaine.

Il est de plus en plus rouge.

– Je ne voudrais pas que vous pensiez que…

Je souris.

– Non, rassurez-vous, je ne pense pas que vous avez fait là quelque chose de mal, Gaspard, vous vidiez juste la corbeille, c'est cela ?

Il a l'air tellement soulagé que j'en suis presque amusé.

– J'ai gardé ça pour moi toutes ces années, murmure-t-il.

Il me tend un bout de papier tout chiffonné.

– Mais pourquoi, Gaspard ?

Il se redresse dignement.

– Pour le bien de votre mère. Parce que je la révérais. Et parce que je veux vous aider, monsieur Antoine.

– M'aider ?

Sa voix ne faiblit pas. Ses yeux ont quelque chose de solennel.

– Oui, vous aider à comprendre ce qui s'est passé. Le jour de sa mort.

Je lisse le papier. C'est une facture, adressée à ma grand-mère, de l'agence de détectives privés Viaris, rue d'Amsterdam, dans le 9e arrondissement. Plutôt salée, la note.

– Votre mère était charmante, monsieur Antoine.

– Merci, Gaspard.

Je lui serre la main. Le geste est un peu maladroit, mais il a l'air content. Je le regarde s'en aller, avec son dos tordu et ses cannes de serin. Il disparaît dans l'ascenseur vitré. Je fonce chez moi.

Une rapide vérification sur Internet me confirme ce que je craignais. L'agence Viaris n'existe plus. Elle fait désormais partie d'un groupe plus important : « Rubis Détectives : service d'enquêtes professionnelles, surveillances, filatures, opérations clandestines, vérification d'activité, recouvrements ». Je n'imaginais pas que ce genre de boulot existait encore de nos jours. Et cette agence a l'air florissante, si j'en crois leur site, très graphique et moderne avec des fenêtres inventives. Leurs bureaux sont situés près de l'Opéra. Une adresse mail est indiquée et je décide de leur écrire pour leur expliquer la situation. J'aurais besoin des résultats de l'enquête commandée par ma grand-mère, Blanche Rey, en 1973. Je leur fournis le numéro de dossier indiqué sur la facture et leur demande de me contacter dès que possible. Parce que c'est urgent. Suivi des formules de politesse d'usage et de mon numéro de portable.

J'ai envie d'appeler Mélanie pour lui parler de mes recherches et je suis sur le point de décrocher le téléphone quand je me rends compte qu'il est une heure du matin. Je me tourne et me retourne dans mon lit avant de trouver le sommeil.

Le cancer de mon père. Les prochaines funérailles de ma grand-mère. La grande blonde américaine.

« *Vous avez intérêt à me dire comment est morte Clarisse, et tout de suite.* »

Le lendemain matin, sur le chemin du bureau, je cherche le numéro de Laurence Dardel, la fille du docteur Dardel. Elle doit avoir la cinquantaine aujourd'hui, j'imagine. Son père était l'ami ainsi que le médecin de la famille. C'est lui qui a signé le certificat de décès de ma mère et qui, selon Gaspard, est arrivé le premier sur les lieux, ce jour fatal de février 1974. Laurence est elle aussi médecin, elle a repris la clientèle de son père. Je ne l'ai pas vue depuis des années, nous ne sommes pas proches. Quand j'appelle à son cabinet, on m'indique qu'elle est à l'hôpital où elle exerce habituellement et qu'il me faut prendre rendez-vous. Mais ce n'est pas possible avant une semaine. Je remercie et raccroche.

Si ma mémoire est bonne, son père habitait rue Spontini, tout près de la rue de Longchamp. Son cabinet médical était à la même adresse. Celui de sa fille se trouve avenue Mozart, mais je suis à peu près sûr qu'elle doit habiter dans l'appartement de la rue Spontini, dont elle a hérité. Quand j'étais enfant, après la mort de ma mère, nous allions y prendre le thé avec Laurence et son mari. Ils avaient des enfants beaucoup plus jeunes que les nôtres. Le nom de l'époux de Laurence Dardel m'échappe, d'autant plus qu'elle a gardé son nom de jeune fille pour ses activités professionnelles. La seule façon de savoir si elle habite toujours rue Spontini, c'est de m'y rendre.

Après une matinée de travail intense, j'appelle mon père à l'heure du déjeuner. C'est Régine qui décroche. Elle m'informe qu'il est avec Solange pour préparer les funérailles de Blanche qui auront lieu à Saint-Pierre-de-Chaillot. En fin d'après-midi, j'ai un rendez-vous, un des derniers, avec Parimbert, à son bureau. Le dôme de l'Esprit est en passe d'être achevé, mais il reste quelques petits détails à régler.

Quand j'arrive, je remarque, non sans appréhension, que Rabagny, son insupportable gendre, est là, lui aussi. Je suis abasourdi quand il se lève pour me serrer la main avec un sourire que je ne lui connais pas, véritable panoramique de gencives peu ragoûtantes. Il déclare que j'ai fait un boulot fantastique sur le dôme. Parimbert nous accorde sa grimace de satisfaction habituelle. J'ai l'impression qu'en bon chat du Cheshire, il va se mettre à ronronner. Rabagny est fou d'excitation, son visage cramoisi est en sueur. À mon grand étonnement, il est convaincu que le dôme de l'Esprit, avec sa structure de panneaux lumineux, est « un concept révolutionnaire à la signification artistique et psychologique admirable » et, avec ma permission, il souhaiterait l'exploiter.

– Ça peut être énorme, dit-il en s'étouffant presque, mondial !

Il a déjà tout prévu et beaucoup réfléchi. Il ne me reste plus qu'à signer le contrat, après l'avoir montré, bien sûr, à mon avocat, mais vite, parce qu'il faut se dépêcher, et si tout se passe bien, je serai bientôt milliardaire. Lui aussi. Je ne peux pas en placer une et je n'ai d'autre solution que d'attendre qu'il reprenne son souffle. Il postillonne, le lobe de ses oreilles est de plus en plus rouge. Je range calmement dans ma poche le contrat du siècle en affirmant, d'un ton glacial, que je dois y réfléchir. Plus je me montre froid, plus il accumule les courbettes. Il s'en va enfin, après une seconde terrifiante où il bondit vers moi comme un chiot en mal d'affection qui réclame une caresse.

Parimbert et moi nous mettons au travail. Il n'est pas tout à fait satisfait des sièges qui, trop moelleux selon lui, ne favorisent pas le fulgurant effort intellectuel qui jaillira du dôme. Il préférerait des fauteuils plus durs, plus rigides, dans lesquels on serait forcé de se tenir bien droit comme devant un professeur inflexible. Il ne faut laisser aucune place à la moindre tentation d'indolence.

Malgré sa voix doucereuse, Parimbert est un client exigeant et je quitte son bureau bien plus tard que je ne l'avais prévu, avec la sensation d'avoir été passé à tabac. Je décide de me rendre immédiatement rue Spontini. La circulation est dense à cette heure, mais je ne devrais pas mettre plus de vingt minutes pour y arriver. Je me gare près de l'avenue Victor-Hugo et attends encore un peu dans un café. Je n'ai toujours pas de nouvelles de l'agence Rubis. Je caresse un instant l'idée d'appeler ma sœur pour lui raconter mes intentions, mais à peine ai-je sorti mon téléphone, il sonne. Angèle. Mon cœur bat la chamade, comme à chaque fois. Je suis sur le point de lui révéler que je me rends chez Laurence Dardel, mais je ravale mes mots. Je préfère garder ça pour moi, cette mission, cette quête de la vérité. J'engage la conversation sur un tout autre sujet, le prochain week-end que nous devons passer ensemble.

Puis j'appelle mon père. Sa voix est faible. Comme d'habitude, notre discussion est brève et monotone.

Un mur se dresse entre nous. Nous nous parlons sans rien échanger, ni tendresse ni affection. Pourquoi les choses changeraient-elles aujourd'hui ? Je ne saurais même pas par où commencer. Lui poser des questions sur son cancer ? Lui dire que je suis au courant ? Que je pense à lui ? Impossible. Je n'ai jamais appris à exprimer ce type de sentiments. Et comme à chaque fois, le désespoir me submerge lorsque je raccroche.

Il est presque vingt heures à présent. Laurence Dardel doit être rentrée chez elle. 50, rue Spontini. Je n'ai pas le code, alors j'attends dehors, en fumant une cigarette. Quelqu'un finit par sortir. Je m'engouffre dans le hall. La liste des habitants, placardée près de la loge de la concierge, indique que les Fourcade-Dardel sont au troisième étage. Ces immeubles bourgeois hausmanniens moquettés de rouge ont tous la même odeur. Parfums appétissants de plats mijotés, de cire d'abeille, d'intérieurs chic et fleuris.

Un garçon d'une vingtaine d'années avec des écouteurs sur les oreilles m'ouvre la porte. Je me présente et demande si sa mère est là. Il n'a pas le temps de me répondre, je reconnais tout de suite Laurence Dardel. Elle me regarde fixement et interroge en souriant :

– Vous êtes Antoine, n'est-ce pas ? Le fils de François ?

Elle me présente Thomas, son fils, qui s'éclipse sans avoir ôté ses écouteurs, puis elle me conduit au salon. Son visage est comme dans mon souvenir, petit, pointu, ses cils blond vénitien, ses cheveux tirés en arrière en un impeccable chignon. Elle m'offre un verre de vin que j'accepte.

– J'ai appris la mort de votre grand-mère dans *Le Figaro*, dit-elle. Vous devez être bouleversé. Bien sûr, nous assisterons aux funérailles.

— Nous n'étions pas particulièrement proches.

Ses sourcils se lèvent.

— Je croyais que Mélanie et vous étiez très attachés à elle.

— Pas vraiment.

Un silence s'installe. La pièce où nous sommes assis est dans le plus pur style bourgeois. Tout est à sa place. Pas la moindre tache sur la moquette gris perle, pas un grain de poussière à l'horizon. Des meubles d'antiquaire, des aquarelles sans âme, et des rayons de livres médicaux. Et pourtant, cet appartement pourrait être une merveille. Mon œil exercé travaille. Il enlève les faux plafonds, abat les cloisons inutiles, supprime les portes encombrantes. Je sens une odeur tenace de cuisine. C'est l'heure du dîner.

— Comment va votre père ? me demande poliment Laurence.

Elle est médecin après tout. Je n'ai pas besoin de jouer la comédie.

— Il a un cancer.

— Oui, je sais.

— Mais depuis quand ?

Elle pose la main sous son menton et sa bouche s'arrondit.

— C'est mon père qui me l'a dit.

J'ai l'impression qu'on me donne un coup à l'estomac.

— Mais votre père est mort au début des années quatre-vingt.

— Oui, en 1982, pour être exacte.

Elle est charpentée comme son père, avec les mêmes mains courtes et larges.

— Vous voulez dire que mon père était déjà malade en 1982 ?

304

– Oui, mais les traitements l'ont sauvé. Il a eu une longue période de rémission. Récemment, il a rechuté.

– Êtes-vous son médecin traitant ?

– Non, mais mon père l'était, jusqu'à sa mort.

– Il a l'air très fatigué. Épuisé, même.

– C'est à cause de la chimio, ça assomme.

– Et c'est efficace ?

Elle me regarde dans les yeux.

– Je ne sais pas, Antoine. Je ne suis pas son médecin.

– Alors comment saviez-vous qu'il avait rechuté ?

– Parce que je l'ai vu il n'y a pas longtemps.

– Mon père nous a caché, à Mélanie et à moi, qu'il était malade. Je ne sais même pas quel cancer il a.

Elle n'ajoute aucun commentaire. Je la regarde finir son verre de vin et le reposer.

– Pourquoi êtes-vous venu ici, Antoine ? Je peux vous aider ?

Avant même que je puisse répondre, on entend la porte d'entrée se refermer et un homme corpulent avec un début de calvitie apparaît. Laurence me présente.

– Antoine Rey. Ça fait un bail ! Vous ressemblez de plus en plus à votre père.

Je déteste que les gens disent ça. Son nom me revient soudain. Cyril. Après quelques minutes de conversation sans importance, où il me présente ses condoléances, il quitte la pièce. Laurence regarde discrètement sa montre.

– Je ne voudrais pas abuser de votre temps, Laurence. Oui, j'ai besoin de votre aide.

Je m'interromps. Son regard franc et vif donne à son visage une certaine dureté. Presque masculine.

– Je voudrais consulter le dossier médical de ma mère.

– Je peux savoir pourquoi ?

– Il y a deux ou trois choses que je voudrais vérifier. Son certificat de décès, entre autres.

Elle plisse les yeux.

– Que voulez-vous savoir exactement ?

Je me penche et déclare d'un ton déterminé :

– Je veux savoir comment et où ma mère est morte.

Elle semble sous le choc.

– Est-ce nécessaire ?

Son attitude m'exaspère. Je le lui montre.

– Ça pose un problème ?

Ma voix est cassante. Elle sursaute comme si je venais de la frapper.

– Il n'y a pas de problème, Antoine. Vous n'avez aucune raison de vous mettre en colère.

– Alors vous pouvez me donner son dossier ?

– Il faut que je le cherche. Je ne sais pas trop où il est. Ça peut prendre du temps.

– Environ ?

Elle regarde de nouveau sa montre.

– Les dossiers de mon père sont tous ici, mais je ne peux pas chercher maintenant.

– Quand ?

La tension monte entre nous.

– Dès que possible. Je vous appellerai quand je l'aurai trouvé.

– Très bien, dis-je en me levant.

Elle se met debout également, son visage s'est empourpré.

– Je me souviens très bien de la mort de votre mère. J'avais une vingtaine d'années. Je venais de rencontrer

Cyril et j'étais en plein dans mes études de médecine. Mon père m'a appelée pour me dire que Clarisse Rey avait succombé à une rupture d'anévrisme. Qu'elle était déjà morte quand il est arrivé, qu'il n'y avait plus rien à faire.

– J'ai malgré tout besoin de consulter son dossier.

– Remuer le passé est douloureux. Vous êtes assez âgé pour savoir cela.

Je cherche une carte dans une de mes poches et la lui tends.

– Voici mon numéro. Appelez-moi dès que vous aurez mis la main sur le dossier.

Je pars aussi vite que possible, sans dire au revoir, les joues brûlantes. Je referme la porte derrière moi et dévale l'escalier. Je n'attends même pas d'être dehors pour allumer une cigarette.

Malgré mon ressentiment, malgré la peur de l'inconnu, en courant vers ma voiture dans la nuit froide je me sens proche de ma mère, plus proche que jamais.

L'agence Rubis m'appelle le lendemain, en fin de journée. Au bout du fil, une jeune femme charmante et efficace, Delphine. Elle peut me fournir le dossier sans problème, il date de plus de trente ans… J'ai juste besoin de passer dans leurs locaux pour qu'on vérifie mon identité et que je signe un ou deux papiers.

La circulation est difficile et le trajet interminable, de Montparnasse à l'Opéra. Coincé dans les embouteillages, j'écoute la radio en respirant profondément pour ne pas laisser l'angoisse s'installer. Ces dernières semaines, je n'ai pas très bien dormi. Des nuits blanches pleines de questions en suspens. À me sentir oppressé. J'ai sans cesse envie d'appeler ma sœur pour lui révéler ce que j'ai appris, mais je repousse encore le moment. Je veux moi-même connaître toute l'histoire d'abord. Je veux avoir toutes les cartes en main. À commencer par le dossier Rey que l'agence Rubis s'apprête à me remettre. Puis le dossier médical du docteur Dardel. Enfin, je pourrai réfléchir et trouverai les mots pour le dire à Mélanie.

Delphine m'oblige à attendre dix bonnes minutes dans une salle d'attente cerise et ivoire un rien tape-à-l'œil. C'est donc au milieu de ce genre de décor que les épouses soupçonnant leur mari d'adultère attendent dans la fébrilité et l'angoisse. Il n'y a personne à cette heure tardive. Delphine apparaît enfin, tout en rondeurs, vêtue de rouge, avec un large sourire. Les détectives privés ne ressemblent guère à Columbo de nos jours.

Je signe une décharge et présente ma carte d'identité. Elle me tend une grande enveloppe scellée à la cire. Personne ne l'a ouverte depuis des années. Le nom « Rey » est tapé dessus en gros caractères noirs. Elle m'informe que cette enveloppe contient les originaux de ce qui a été envoyé à ma grand-mère. Une fois revenu dans ma voiture, je n'ai qu'une hâte, l'ouvrir, mais je m'oblige à patienter.

À la maison, je me fais un café, j'allume une cigarette et m'installe à la table de la cuisine. Puis je respire un bon coup. Il est encore temps de jeter cette enveloppe. De ne jamais l'ouvrir. De ne jamais savoir. Je parcours des yeux la pièce familière. La bouilloire fumante, les miettes sur le plan de travail, un verre de lait à moitié bu. L'appartement est calme. Lucas est certainement en train de dormir. Margaux doit être encore devant son ordinateur. J'attends, sans bouger. Longtemps.

Puis je prends un couteau et j'ouvre l'enveloppe. Le sceau cède.

Des coupures de presse en noir et blanc provenant de *Vogue* et *Jours de France* glissent de l'enveloppe. Mes parents à divers cocktails, dîners mondains, événements sportifs. 1967, 1969, 1971, 1972. Monsieur et Madame François Rey. Madame portant du Dior, du Jacques Fath, du Schiaparelli. Lui avait-on prêté ces robes ? Je ne me rappelle pas l'avoir jamais vue les porter. Comme elle est belle ! Si fraîche, si jolie.

Encore des coupures de presse, cette fois extraites du *Monde* et du *Figaro*. Mon père au procès Vallombreux. Et deux autres, toutes petites : mon faire-part de naissance et celui de Mélanie, dans le carnet du jour du *Figaro*. Puis je tombe sur une enveloppe kraft qui contient trois clichés noir et blanc et deux en couleurs. Des gros plans de mauvaise qualité. Je n'ai cependant aucun mal à reconnaître ma mère. Elle est en compagnie d'une grande femme aux longs cheveux blond platine qui a l'air plus âgée qu'elle. Trois des photos ont été prises dans les rues de Paris. Ma mère regarde cette femme blonde en souriant. Elles ne se tiennent pas la main, mais il est évident qu'elles sont proches. C'est l'automne, ou peut-être l'hiver, elles portent toutes les deux des manteaux. Les deux photos couleur ont été prises dans un restaurant ou un bar d'hôtel. Elles sont assises à une table. La femme blonde fume. Elle est vêtue d'un chemisier violet et porte un collier de perles. En face, ma mère a le visage sombre, les yeux qui regardent vers le bas et la bouche serrée. Sur un des deux clichés, la femme blonde caresse la joue de ma mère.

J'étale soigneusement toutes les photos sur la table de la cuisine. Je les examine un moment. On dirait un patchwork. Ma mère et cette femme. Je sais que c'est elle que Mélanie a vue dans le lit avec notre mère. C'est cette Américaine dont m'a parlé Gaspard.

Dans l'enveloppe, se trouve une lettre dactylographiée adressée à ma grand-mère par l'Agence Viaris, datée du 12 janvier 1974. Un mois avant la mort de ma mère.

Madame,

Selon vos instructions et les termes de notre contrat, voici les informations que vous avez demandées concernant Clarisse Rey, née Elzyière, et Mlle June Ashby. Mlle Ashby, de nationalité américaine, est née en 1925 à Milwaukee, dans le Wisconsin, et possède une galerie d'art à New York, sur la 57e rue. Elle vient à Paris tous les mois pour ses affaires et séjourne à l'hôtel Regina, place des Pyramides, dans le 1er arrondissement.

De septembre à décembre 1973, Mlle Ashby et Mme Rey se sont rencontrées à l'hôtel Regina chaque fois que Mlle Ashby se trouvait à Paris, cinq au total. L'après-midi, Mme Rey montait directement dans la chambre de Mlle Ashby pour en ressortir quelques heures plus tard. Le 4 décembre, Mme Rey est venue après l'heure du dîner pour ne quitter l'hôtel que le lendemain matin à l'aube.

Veuillez trouver votre facture ci-jointe.

Agence Viaris, Détectives privés.

J'examine les photos de June Ashby. Assez belle. Elle a les pommettes hautes et des épaules de nageuse. Rien d'« hommasse » en elle. Plutôt quelque chose d'extrêmement féminin, au contraire, des attaches fines, un collier de perles autour du cou, des boucles d'oreilles. Qu'a-t-elle pu dire en anglais à Blanche le jour de leur confrontation, ces mots qui avaient l'air si horribles selon Gaspard. Je me demande où elle se trouve à présent et si elle se souvient de ma mère.

Je sens une présence et je me retourne brutalement. C'est Margaux. Elle se tient juste derrière moi en chemise de nuit. Avec sa queue-de-cheval, elle ressemble à Astrid.

– C'est quoi tout ça, papa ?

Ma première réaction est de vouloir cacher les photos, de les fourrer dans l'enveloppe et d'inventer je ne sais quelle histoire. Mais je n'en fais rien. Il est trop tard pour mentir. Trop tard pour se taire. Trop tard pour jouer les ignorants.

– Des documents qu'on m'a donnés ce soir.

Elle jette un coup d'œil à la table.

– La brune, elle ressemble vachement à Mélanie… C'est ta mère, non ?

– Oui, c'est bien elle. Et la blonde, à côté, c'est son amie.

Margaux s'assoit et regarde attentivement chaque photographie.

– Ça veut dire quoi tout ça ?

Ne plus mentir. Ne plus masquer.

– Ma grand-mère faisait suivre ma mère et cette femme par un détective privé.

Margaux me jette un regard éberlué.

– Mais pourquoi a-t-elle fait une chose pareille ?

Elle comprend en posant la question. Du haut de ses quatorze ans.

– J'ai compris, admet-elle lentement et en rougissant. Elles étaient amoureuses, c'est ça ?

– Oui, tu as tout compris.

Nous demeurons un moment muets.

– Ta mère avait une histoire avec cette femme ?

– Exactement.

Margaux se gratte la tête pensivement, puis murmure :

– Tu veux dire que c'est un truc genre secret de famille dont il ne faut surtout pas parler ?

– Je crois bien, oui.

Elle prend un des clichés noir et blanc qui se trouvent sur la table.

– Elle ressemblait tellement à Mélanie. C'est dingue !

– Oui, c'est dingue.

– Et l'autre femme ? Tu sais qui c'est ? Tu l'as déjà rencontrée ?

– Il s'agit d'une Américaine. C'est une vieille histoire. Si je l'ai rencontrée, je ne m'en souviens plus.

– Papa, qu'est-ce que tu vas faire de tout ça ?

– Je ne sais pas.

Soudain, je revois le passage du Gois. Les vagues qui peu à peu l'engloutissent. Bientôt, les balises émergeant de l'eau seront les seuls indices de la présence d'une route. Une sensation de malaise m'envahit.

– Tout va bien, papa ?

Elle me caresse doucement le bras. Le geste est si inattendu qu'il me surprend et m'émeut.

– Ça va, ma chérie. Je te remercie. Il faut que tu ailles te coucher.

Elle me laisse l'embrasser puis file dans sa chambre.

Il ne reste plus qu'une chose dans l'enveloppe, une mince feuille de papier qui a été chiffonnée puis dépliée. C'est un papier à en-tête de l'hôtel Saint-Pierre. La lettre est datée du 19 août 1973. Revoir l'écriture de ma mère est un choc. Je lis les premières lignes, le cœur battant.

Tu viens de quitter ta chambre et je glisse cette lettre sous ta porte, plutôt que dans notre cachette habituelle, en priant pour que tu la trouves avant de prendre le train pour Paris…

J'ai les idées un peu plus claires, même si mon cœur bat trop fort, comme dans la chambre de Gaspard, il y a quelques jours. J'allume mon ordinateur et je vais sur Google. Je tape « June Ashby ». Le premier site qui apparaît est la galerie d'art qui porte son nom, à New York, sur la 57e rue. *Experte en art moderne et contemporain, et artistes femmes.* Je cherche des renseignements sur elle en particulier, sans succès.

Je reviens à la page d'accueil de Google et déroule la liste des références. Et enfin :

« June Ashby est morte en mai 1989 d'une insuffisance respiratoire au Mount Sinaï Hospital de New York. Elle avait soixante-quatre ans. Sa célèbre galerie de la 57e rue, créée en 1966, exposait les œuvres d'artistes femmes européennes qu'elle a fait découvrir aux amateurs américains. Son associée Donna W. Rogers dirige désormais la galerie. Mademoiselle Ashby militait pour les droits des homosexuels et fut cofondatrice de la Société des lesbiennes de New York et du groupe Les Sœurs de l'espoir. »

Je suis foudroyé. J'aurais rêvé la connaître, cette Américaine que ma mère a aimée, après l'avoir rencontrée à Noirmoutier pendant l'été 1972. Qu'elle a aimée en secret durant plus d'un an. Cette femme pour qui ma mère était prête à affronter le monde entier, la femme avec qui elle voulait vivre et nous élever. Trop tard. Dix-neuf ans trop tard.

J'imprime l'article et l'agrafe aux autres documents que j'ai trouvés dans l'enveloppe. Je cherche aussi « Donna W. Rogers » et « Sœurs de l'espoir » sur Google. Donna est une vieille dame de soixante-dix ans au visage intelligent et aux cheveux cuivrés coupés très court. Les Sœurs de l'espoir possèdent un site très documenté. Je le parcours. Réunions, concerts, rassemblements, leçons de cuisine, cours de yoga, séminaires de poésie, conférences politiques. J'envoie ce lien à Mathilde, une architecte avec qui j'ai travaillé il y a quelques années. Sa petite amie, Milena, possède un bar à la mode dans le Quartier latin, où je vais souvent. Malgré l'heure tardive, Mathilde est encore devant son ordinateur et répond immédiatement à mon mail. Elle voudrait savoir pourquoi je lui ai envoyé ce lien. Je lui explique que Les Sœurs de l'espoir est un mouvement fondé par une femme qui a été l'amante de ma mère. Mon portable sonne. C'est Mathilde.

– Eh bien, je ne savais pas que ta mère était une goudou, dit-elle.

– Moi non plus.

Un silence sans malaise s'installe.

– Quand l'as-tu découvert ?

– Il n'y a pas très longtemps.

– Et alors ? Ça te fait quoi ?

– C'est bizarre, pour être honnête.

– Et elle, est-ce qu'elle sait que tu es au courant ? C'est elle qui te l'a dit peut-être ?

Je soupire.

– Ma mère est morte en 1974, Mathilde. J'avais dix ans.

316

– Oh, je suis désolée, s'empresse-t-elle de répondre. Pardonne-moi.

– Laisse tomber.

– Ton père le sait ?

– J'ignore de quoi mon père est au courant.

– Tu veux faire un saut au bar ? Nous pourrons discuter autour d'un verre.

Je n'ai qu'à moitié envie. J'apprécie la compagnie de Mathilde, et le bar de sa copine est un lieu où j'aime sortir la nuit, mais je tombe d'épuisement ce soir. Je le lui dis. Elle me fait promettre de venir bientôt.

Une fois couché, j'appelle Angèle. Je tombe sur sa boîte vocale. Je ne laisse pas de message. J'essaie son numéro de fixe. Pas de réponse. Je lutte pour ne pas céder à l'inquiétude, en vain. Je sais qu'elle voit d'autres hommes. Elle reste discrète sur le sujet. J'aimerais qu'elle arrête. J'ai décidé de le lui demander bientôt. Mais que va-t-elle me rétorquer ? Que nous ne sommes pas mariés ? Qu'elle est allergique à la fidélité ? Qu'elle vit à Clisson et moi à Paris, et que ça ne peut pas marcher ? C'est vrai, à quoi ressemblerait une vie à deux avec elle ? Il n'est pas question qu'elle déménage à Paris, elle déteste la pollution, le bruit. Mais est-ce que je peux, moi, imaginer vivre dans une petite ville de province ? En outre elle voudra probablement savoir (parce qu'elle l'a sûrement deviné) si je n'ai pas couché avec Astrid récemment et pourquoi je ne lui ai rien dit.

Elle me manque. Elle me manque dans mon grand lit vide où je ressasse tant de questions. Sa perspicacité me manque, sa rapidité d'esprit. Son corps aussi, l'odeur de sa peau. Je ferme les yeux et je me masturbe en pensant à elle. Je jouis vite. Cela me procure une brève sensation de délivrance, mais je ne me sens pas plus heureux. Je me sens plus seul que jamais. Je me lève pour fumer une cigarette dans le silence et dans le noir.

Les traits fins de June Ashby m'apparaissent. Je l'imagine, sonnant à la porte des Rey, impressionnante, furieuse, désespérée. Blanche et elle, face à face. Le Nouveau Monde contre la vieille Europe, tel que le 16e arrondissement bourgeois et tranquille l'incarne.

« *Vous avez intérêt à me dire comment est morte Clarisse, et tout de suite.* »

Je finis par m'endormir. Mais l'image revient me hanter. La mer envahissant et engloutissant le passage du Gois.

C'est fait. Blanche repose dans le caveau de la famille Rey, au cimetière du Trocadéro. Nous nous tenons au bord de la tombe sous un ciel étonnamment bleu, moi, mes enfants, Astrid, Mélanie, Solange, Régine et Joséphine, le personnel fidèle et mon père, amaigri et appuyé sur une canne. La maladie a progressé, sa peau a pris une teinte jaune, comme un masque de cire. Il a perdu presque tous ses cheveux, mais aussi ses cils et sourcils. Mélanie se tient à ses côtés. Elle ne le lâche pas un instant, attentive. Elle lui donne le bras, le regarde avec compassion, comme une mère avec son enfant. Je sais que ma sœur a un nouveau petit ami, Éric, un jeune journaliste. Je ne l'ai pas encore rencontré. Malgré ce nouvel amour dans sa vie, Mélanie semble entièrement dévouée à mon père et à son bien-être. Pendant la cérémonie, dans l'église sombre et glaciale, sa main n'a pas quitté son épaule. Il compte beaucoup pour elle, cela se voit, comme il est évident qu'il l'émeut énormément. Pourquoi ne suis-je pas ému, moi ? Pourquoi la vulnérabilité de mon père ne m'inspire-t-elle au mieux que de la pitié ? Ce n'est pas à mon père que je pense à cet instant. Ni à ma grand-mère. Je pense à ma mère dont le cercueil repose dans cette tombe ouverte, quelques mètres sous terre. June Ashby est-elle venue ici ?

S'est-elle tenue là où je me trouve à présent, les yeux posés sur ce marbre dans lequel le nom de Clarisse est gravé ? Était-elle tourmentée par les mêmes questions que moi ?

Après l'enterrement, nous nous rassemblons avenue Georges-Mandel pour une réception en l'honneur de Blanche. Quelques amis de Solange sont là. La même bande de nantis élégants présente le jour de sa mort. Solange me demande de l'aider à porter les fleurs dans le grand salon exceptionnellement ouvert pour l'occasion. Gaspard et quelques employés de maison ont disposé un appétissant buffet. J'observe Régine, les joues tartinées de rouge, se jeter sur le champagne. Joséphine est trop occupée à discuter avec un jeune homme de bonne famille, au visage rubicond, pour s'en apercevoir.

Je suis seul à l'office avec Solange. Je l'aide à trouver des vases pour les lys qui arrivent à chaque nouveau coup de sonnette. Il y en a tant que leur parfum est presque écœurant. Alors qu'elle se concentre pour arranger les fleurs, je lui demande sans détour :

– Tu te souviens d'une certaine June Ashby ?

Pas un muscle ne bouge sur son visage soigneusement maquillé.

– Très vaguement, murmure-t-elle.

– Une Américaine, grande, blonde, qui avait une galerie d'art à New York.

– Ça me dit vaguement quelque chose.

Je regarde ses mains qui courent sur les pétales blancs. Ses doigts potelés, aux ongles vernis de rouge, couverts de bagues. Elle n'a jamais été une jolie femme. Ça n'a pas dû être facile pour elle d'avoir une belle-sœur comme Clarisse.

– June Ashby a passé quelques étés à Noirmoutier, à l'hôtel Saint-Pierre. En même temps que nous. Tu te souviens si elle et ma mère étaient amies ?

Elle me regarde enfin. Aucune chaleur dans ses yeux noisette.

– Non, je ne me souviens pas.

Un domestique entre avec un plateau de verres. J'attends qu'il quitte l'office et je reprends.

– De quoi te souviens-tu alors, entre elle et ma mère ?

De nouveau, son regard de glace.

– De rien. Il n'y a rien dans mon souvenir qui lie ta mère à cette femme.

Si elle ment, elle le fait sacrément bien. Elle me fixe, sans ciller, calme et tranquille. Le message qu'elle m'envoie est clair : *Arrête avec tes questions.*

Elle sort, le dos plus raide que jamais, en emportant les lys. Je retourne dans le grand salon. Une foule de gens que je ne connais pas, mais que je salue malgré tout poliment.

Laurence Dardel, qui paraît dix ans de plus en tailleur noir, me tend discrètement une enveloppe kraft. Le fameux dossier médical. Je la remercie. Je range l'enveloppe dans mon manteau, mais je brûle de l'ouvrir. Mélanie m'observe de loin et je me sens coupable. Bientôt je partagerai tout ce que je sais avec elle : June Ashby, la dispute avec Blanche, le rapport du détective.

Je remarque qu'Astrid aussi m'observe, se demandant sans doute pourquoi j'ai l'air si tendu. Elle est occupée à consoler Margaux, les funérailles ont ravivé son chagrin.

Arno arrive près de moi. Il a eu l'autorisation exceptionnelle de quitter la pension et de rentrer à la maison pour l'enterrement de son arrière-grand-mère. Ses cheveux sont plus courts et il s'est rasé.

– Salut, papa.

Il me donne une bourrade sur l'épaule puis se dirige vers la table où sont disposés les petits fours et les boissons, et se sert un jus de fruits. Nous sommes restés sans nous parler, ou presque, pendant une longue période. À présent, les relations sont un peu plus sereines. J'ai l'impression que la pension, avec ses horaires stricts, son hygiène énergique et sa pratique sportive obligatoire et vigoureuse, lui fait du bien. Astrid est d'accord.

Il se penche vers moi et murmure :

– Pour les photos, Margaux m'a raconté.

– Pour ma mère ?

– Ouais. Elle m'a tout expliqué. La lettre de l'agence et tout le reste. C'est du lourd, hein !

– Et ça te fait quoi ?

Il a un grand sourire.

– Tu veux dire d'avoir une grand-mère gay ?

Je ne peux m'empêcher de sourire à mon tour.

– C'est plutôt cool quand on y pense, dit-il, même si j'imagine que grand-père n'a pas dû trouver ça cool du tout.

– Non, en effet.

– Ça doit en foutre un coup à la fierté masculine, non ? Enfin, tu vois, d'avoir une femme qui préfère les filles…

De la part d'un adolescent de seize ans, je trouve l'observation plutôt juste et perspicace. Comment aurais-je réagi si Astrid avait eu une aventure avec une femme ? La gifle ultime pour un homme. Sans doute l'adultère le plus dur à admettre, le plus humiliant. Une vraie remise en cause de sa virilité. Pourtant, quand je revois le cul poilu de Serge s'agiter dans la caméra d'Astrid, je continue à penser que rien n'aurait pu être pire.

— Comment ça se passe avec Serge ? me renseigné-je, en prenant garde qu'Astrid ne m'entende pas.

Arno engloutit un éclair au chocolat.

— Il voyage beaucoup.

— Et ta mère ? Comment elle va ?

Arno me scrute en mastiquant.

— J'en sais rien. Demande-lui. Elle est en face de nous.

Je veux me servir du champagne. Gaspard se précipite pour m'aider.

— Quand vas-tu revoir Angèle ? me demande Arno.

Le champagne est glacé et ses bulles me piquent la langue.

— D'ici quelques semaines.

Et je manque d'ajouter : *J'ai hâte.*

— Elle a des enfants ?

— Non. Juste quelques neveux et nièces de ton âge, je crois.

— C'est toi qui vas à Nantes ?

— Oui. Elle n'aime pas beaucoup venir à Paris.

— Dommage.

— Pourquoi dommage ?

Il rougit.

— Elle est cool.

Je ris et lui ébouriffe les cheveux comme quand il était petit.

— Tu as raison. Elle est cool.

Le temps s'égrène lentement. Arno me parle de son école, de ses nouveaux amis. Puis Astrid vient nous rejoindre et Arno retourne au buffet. Astrid et moi restons en tête à tête. Elle a l'air plus heureuse, Serge et elle ont pris un nouveau départ, d'après ce qu'elle me dit. Cette nouvelle me fait plaisir. Elle veut savoir où j'en suis avec Angèle. Elle est curieuse, car les enfants lui en ont beaucoup parlé. Pourquoi ne l'amènerais-je pas à Malakoff un soir, pour dîner ?

– Bien sûr, mais Angèle vient rarement à Paris. Elle n'aime pas quitter sa chère Vendée.

La conversation avec mon ex est agréable, nous n'en avons pas eu de ce genre depuis longtemps, et pourtant je ne pense qu'à une chose : lire le dossier de ma mère. Je me sens incapable d'attendre d'être rentré chez moi.

Je prétexte une envie pressante pour me rendre aux toilettes et emporte discrètement l'enveloppe dans mon manteau, que je glisse sous ma veste. Je me précipite dans la grande salle de bains qui se trouve au bout du couloir, ferme la porte à clef et ouvre fiévreusement l'enveloppe. Laurence Dardel y a ajouté une note.

« *Cher Antoine, voici le dossier médical complet de votre mère. Ce sont des photocopies, comme vous le verrez, mais il ne manque rien. Les notes de mon père sont toutes là. Je persiste à penser que rien de tout ceci ne vous sera très utile, mais vous avez le droit, en tant que fils de Clarisse, de consulter ce dossier. Si vous avez des questions supplémentaires, n'hésitez pas à revenir vers moi. Bien à vous, L. D.* »

– Salope de bourgeoise ! ne puis-je m'empêcher de lâcher tout haut. Jamais pu l'encadrer.

Le premier document se trouve être le certificat de décès. Je me penche dessus en allumant la lumière pour pouvoir le lire correctement. Notre mère est bien morte avenue Georges-Mandel et pas avenue Kléber. *Cause du décès : rupture d'anévrisme.* Le déroulement des événements me revient subitement. 12 février 1974… Je suis revenu de l'école avec la jeune fille au pair… Mon père m'a annoncé, dès que nous sommes rentrés, que Clarisse était morte brutalement, que son corps avait été emmené à l'hôpital… Je n'ai pas demandé *où* elle était morte. J'ai naturellement pensé que c'était avenue Kléber. En fait, je n'ai jamais posé la question. Et Mel non plus.

Je sais que j'ai raison. *Mélanie et moi n'avons jamais été au courant parce que nous n'avons jamais demandé.* Nous étions si petits. Si choqués. Je revois notre père nous expliquer ce qu'est une rupture d'anévrisme – une veine se rompant dans le cerveau –, comment Clarisse est morte très vite, sans souffrir. Il ne nous en a jamais dit plus sur sa mort. Si la langue de Gaspard n'avait pas fourché, nous aurions continué à penser que notre mère était morte avenue Kléber.

Alors que je feuillette les pages du dossier, quelqu'un tente de tourner la poignée. Je sursaute.

– Occupé ! je m'exclame hâtivement, en repliant les feuilles et en les dissimulant sous ma veste.

Je tire la chasse, me lave les mains. Quand j'ouvre la porte, Mélanie est là, qui m'attend, les poings sur les hanches.

– Qu'est-ce que tu fous ?

Ses yeux inspectent la salle de bains.

– J'avais besoin de réfléchir à deux ou trois choses, c'est tout, dis-je en me séchant rapidement les mains.

– Tu ne me cacherais pas un truc, par hasard ?

– Si, je travaille sur quelque chose qui nous concerne tous les deux. Je rassemble un puzzle.

Elle entre dans la salle de bains et referme doucement la porte derrière elle. Une fois encore, je suis
frappé par sa ressemblance avec notre mère.

– Écoute-moi bien, Antoine. Notre père est mourant.

Je la regarde droit dans les yeux.

– Il t'a dit alors ? Pour son cancer ?

– Oui, il me l'a annoncé. Il n'y a pas très longtemps.

– Tu ne m'en as pas parlé.

– Parce qu'il me l'a demandé.

Je la regarde, ébahi. Puis, de colère, je jette la serviette sur le sol.

– C'est un peu fort. Je suis son fils, nom de Dieu !

– Je comprends que tu réagisses comme ça. Mais
il ne peut pas te parler. Il ne sait pas comment s'y
prendre. Et toi, avec lui, c'est pareil, alors…

Je m'adosse contre le mur et croise les bras. Je suis
furieux, j'enrage.

– Il ne lui reste pas beaucoup de temps, Antoine. Il
a un cancer de l'estomac. J'ai parlé à son médecin. Les
nouvelles ne sont pas bonnes.

– Que cherches-tu à me dire, Mélanie ?

Elle s'approche du lavabo, ouvre le robinet et passe
ses mains sous l'eau. Elle porte une robe de laine gris
foncé, des collants noirs, des ballerines en cuir noir
avec des boucles dorées. Ses cheveux poivre et sel sont
attachés par un ruban de velours, noir aussi. Elle se
penche pour attraper la serviette et s'essuie les mains.

– Je sais que tu as décidé de leur faire la guerre.

– La guerre ?

– Je suis au courant de ce que tu trafiques. Je sais
que tu as demandé à Laurence Dardel le dossier médical de notre mère.

326

Le sérieux de sa voix m'impose le silence.

– Gaspard t'a remis une enveloppe, il me l'a dit. Je sais que tu connais sans doute l'identité de la femme blonde. Et je t'ai aussi entendu questionner Solange, à l'instant.

– Attends, Mélanie, lâché-je en rougissant de honte à l'idée de lui avoir caché tant d'éléments importants pour elle. Tu dois comprendre, je comptais tout te dire, bien sûr, je…

De sa main blanche et fine, elle me fait signe de me taire.

– Contente-toi de m'écouter.

– D'accord, dis-je, avec un sourire gêné. Je suis tout ouïe.

Elle ne me rend pas mon sourire, mais se penche vers moi, approchant ses yeux verts à quelques centimètres des miens.

– Quoi que tu découvres, je ne veux rien savoir.

– Quoi ?

– Tu m'as bien entendu. Je ne veux rien savoir.

– Mais pourquoi ? Je croyais que tu voulais… Enfin, souviens-toi ! Le jour où tu t'es rappelé pourquoi nous avions eu cet accident, tu as dit que tu étais prête à affronter la vérité.

Elle ouvre la porte sans me répondre et j'ai peur qu'elle ne disparaisse en m'abandonnant, mais soudain elle se retourne. Ses yeux sont infiniment tristes. Si tristes que j'ai envie de la prendre dans mes bras.

– J'ai changé d'avis. Je ne suis pas prête. Et si tu trouves… Quoi que tu trouves… n'en parle pas à papa. Jamais !

Sa voix se brise et elle s'éloigne, tête baissée. Je suis incapable de bouger. Comment Mélanie peut-elle préférer le silence à la vérité ? Comment peut-elle vivre sans savoir ? Sans désirer savoir ? Pourquoi veut-elle tant protéger notre père ?

Alors que je reste là, déconcerté, l'épaule contre le cadre de la porte, ma fille apparaît.

– Salut, papa, dit-elle.

Puis, voyant mon visage :

– Mauvaise journée, non ?

J'acquiesce.

– Pareil pour moi, dit-elle.

– Alors, on est deux.

À ma grande surprise, elle me prend dans ses bras et me serre fort. Je lui rends son câlin et dépose un baiser au sommet de son crâne.

Ce n'est que plus tard, beaucoup plus tard, de retour à la maison, qu'une idée me vient.

Je tiens dans mes mains le mot de ma mère pour June Ashby. Je le relis pour la énième fois. Je parcours l'article que j'ai imprimé à propos de la galerie et de la mort de June. Donna W. Rogers... Je sais ce qu'il me reste à faire. C'est évident. Je cherche le numéro de la galerie sur leur site Internet. Je vérifie l'heure.

Cinq heures de l'après-midi à New York. Vas-y, dit la petite voix. *Vas-y, c'est tout. Tu n'as rien à perdre. Elle ne sera peut-être même pas là, peut-être même qu'elle ne décrochera pas, mais vas-y, appelle.*

La sonnerie retentit plusieurs fois, jusqu'au moment où une voix masculine répond aimablement :

– Galerie June Ashby, que puis-je faire pour vous ?

Mon anglais est un peu rouillé. Je n'ai pas parlé depuis des mois. Je demande, comme je peux, madame Donna Rogers.

– Qui dois-je annoncer ?

– Antoine Rey, j'appelle de Paris, en France.

– Et puis-je connaître la raison de votre appel ?

– Dites à Mme Rogers que c'est... c'est un sujet très personnel.

Mon accent français est si fort que je suis au supplice. L'homme me prie de ne pas quitter.

Puis une voix de femme décidée prend l'appareil. Je demeure muet quelques secondes avant de lâcher :

– Oui, bonjour... Mon nom est Antoine Rey. Je vous appelle de Paris.

– Je vois, dit-elle. Êtes-vous un de nos clients ?

– Hmm, non, dis-je un peu gêné. Je ne fais pas partie de vos clients, madame. Je vous appelle pour un tout autre sujet. Je vous appelle à propos de... ma mère...

– Votre mère ? répond-elle, surprise.

Puis, avec beaucoup de courtoisie :

– Excusez-moi, pouvez-vous me répéter votre nom ?

– Rey. Antoine Rey.

Elle ne dit rien.

– Rey. Et le nom de votre mère...

– Clarisse Rey.

Le silence est si long à l'autre bout de la ligne que j'ai peur que nous ayons été coupés.

– Allô ?

– Oui, je suis toujours là. Vous êtes le fils de Clarisse.

C'est une affirmation, pas une question.

– Oui, je suis son fils.

– Vous pouvez patienter, s'il vous plaît ?

– Bien sûr.

J'entends des voix étouffées, inaudibles, des bruits de papier. Puis la voix d'homme :

– Ne raccrochez pas, je vous transfère dans le bureau de Donna.

— Antoine Rey, reprend-elle.

— Oui.

— Vous devez avoir la quarantaine, n'est-ce pas ?

— Quarante-quatre ans.

— C'est cela.

— Connaissiez-vous ma mère, madame ?

— Je ne l'ai jamais rencontrée.

Sa réponse me déçoit, mais mon anglais est trop laborieux pour que je puisse réagir.

Elle continue.

— En fait, voyez-vous, June m'a parlé d'elle.

— Et que vous a-t-elle dit sur ma mère ? Vous pouvez me le raconter ?

Elle marque une longue pause, puis me confie tout bas, si bas que je dois tendre l'oreille pour entendre :

— June disait que votre mère était l'amour de sa vie.

La campagne file à toute allure, n'apparaissant plus, devant mes yeux, que comme une longue traînée grise et marron. Le train roule si vite que les gouttes de pluie ne parviennent pas à s'accrocher aux vitres. Cette dernière semaine a été plutôt humide. Un temps de fin d'hiver typique. Je rêve de retrouver une lumière méditerranéenne, ce bleu et ce blanc, cette chaleur accablante. Oh ! être n'importe où en Italie, sur la côte amalfitaine par exemple, comme il y a quelques années avec Astrid, sentir l'odeur sèche, poussiéreuse, des pins accrochés aux escarpements rocheux, et laisser la brise saline et chaude me fouetter le visage.

Le TGV pour Nantes est plein à craquer. On est vendredi après-midi. Mon compartiment est plutôt studieux. Les passagers lisent des bouquins, des revues, travaillent sur leurs ordinateurs ou écoutent de la musique. Devant moi, une jeune femme écrit consciencieusement dans un carnet moleskine. Je ne peux m'empêcher de la regarder. Elle est extrêmement séduisante. Un visage à l'ovale parfait, une abondante chevelure châtaine, une bouche gourmande comme un fruit. Ses mains sont belles, aussi, les doigts longs et fins, les poignets délicats. Elle ne me jette pas un seul regard. Je parviens à distinguer la couleur de ses yeux quand elle les tourne vers la fenêtre. Bleu Amalfi. Près d'elle, un type grassouillet et habillé de noir, rivé à son Blackberry. Et juste à côté de moi, une femme de soixante-dix ans qui lit de la poésie. Tellement british. Un fouillis de cheveux gris, un nez aquilin, un sourire découvrant une belle dentition, et des pieds et des mains immenses.

Le trajet Paris-Nantes dure à peu près deux heures, mais je compte chaque minute et le temps me semble désespérément long. Je n'ai pas vu Angèle depuis mon anniversaire, en janvier dernier, et je ne tiens plus. Ma voisine se lève et revient du bar avec une tasse de thé et des biscuits. Elle m'adresse un sourire amical, que je lui retourne. La jolie fille écrit toujours et l'homme en noir finit par ranger son Blackberry, puis bâille et se frotte le front d'un geste las.

Je repense à ces dernières semaines. La réaction inattendue de Mélanie après les funérailles de Blanche. *Quoi que tu trouves, je ne veux rien savoir.* L'hostilité de Solange quand j'ai mentionné le nom de June Ashby. *Je ne me souviens de rien concernant ta mère et cette femme.* Et l'émotion dans la voix de Donna Rogers. *June disait que votre mère était l'amour de sa vie.* Elle m'a demandé mon adresse à Paris, ce jour-là. Elle désire m'envoyer des objets que June a conservés et qui me feraient plaisir, peut-être.

J'ai reçu le colis quelques jours plus tard. Il contenait des lettres, quelques photographies et une bobine de film super-huit. Plus une carte de Donna Rogers.

Cher Antoine,
June a gardé toutes ces affaires précieusement, jusqu'à sa mort. Je suis sûre qu'elle serait heureuse de savoir qu'elles sont maintenant entre vos mains. Je ne sais pas ce qu'il y a sur le petit film, elle ne me l'a jamais dit,

mais j'ai pensé qu'il serait mieux que vous le découvriez
vous-même.

    Bien à vous,
Donna W. Rogers

J'ai ouvert les lettres de mes doigts tremblants et, en commençant à les lire, j'ai pensé à Mélanie. J'aurais voulu qu'elle soit là, avec moi, assise à mes côtés, dans l'intimité de ma chambre, pour partager ces précieux vestiges de la vie de notre mère. La date est indiquée : 28 juillet 1973. Noirmoutier, Hôtel Saint-Pierre.

Ce soir, j'ai passé une éternité à t'attendre sur l'esta-
cade. Il s'est mis à faire frais. J'ai préféré rentrer, pen-
sant que tu n'avais pas pu t'échapper cette fois. Je leur
avais dit que j'avais besoin de marcher un peu sur la
plage après le dîner et je me demande s'ils m'ont crue –
elle me fusille toujours du regard comme si elle savait
quelque chose, bien que j'aie la certitude absolue que
personne n'est au courant.

J'ai eu les larmes aux yeux. J'ai dû arrêter ma lecture. Ce n'était pas grave. Je pourrais les lire plus tard, quand je m'en sentirais la force. J'ai rangé les lettres. Les photographies étaient des portraits noir et blanc de June Ashby prises dans un studio professionnel. Elle était belle, des traits fins, bien dessinés, un regard pénétrant. Au dos, ma mère avait noté, de son écriture ronde et enfantine : *Mon cher amour.* Il y avait aussi des photos en couleurs de ma mère dans une robe de soirée bleu et vert que je n'avais jamais vue, devant un miroir en pied, dans une chambre que je ne connais pas. Elle souriait, à travers le miroir, à la personne qui la photographiait, et qui, je suppose, était

June. Sur le cliché suivant, ma mère prend la même pose, mais entièrement nue, la robe bleu et vert jetée à ses pieds. J'ai senti que je rougissais et j'ai immédiatement détourné les yeux du corps de ma mère, que je n'avais jamais vue nue. J'avais la sensation d'être un voyeur. Je n'ai pas voulu regarder le reste des photos. L'aventure amoureuse de ma mère, à présent entièrement dévoilée, tenait dans ces quelques documents. Et si June Ashby avait été un homme ? Non, ça n'aurait rien changé. En tout cas, pas pour moi. Peut-être est-ce plus difficile pour Mélanie d'accepter qu'elle ait eu une relation lesbienne ? Pire encore pour mon père ? Est-ce pour cela que Mélanie ne veut rien savoir ? Finalement, j'ai été soulagé que ma sœur ne soit pas là, qu'elle n'ait pas vu les photos.

Puis j'ai sorti le film super-huit. Voulais-je vraiment en connaître le contenu ? Et si je tombais sur des images trop intimes ? Et si je regrettais ensuite ? La seule façon de le savoir était de transférer les images sur DVD. Je n'ai pas eu de mal à trouver un labo pour le faire. Si j'envoyais le film dès le lendemain matin, j'aurais la copie DVD deux, trois jours plus tard.

Le DVD est maintenant dans mon sac à dos. Je l'ai reçu juste avant de prendre le train, donc je n'ai pas encore eu le temps de le visionner. « 5 minutes », dit la jaquette. Je le sors de mon sac et le tripote nerveusement. Cinq minutes de quoi ? Je dois avoir l'air si bouleversé que la jolie fille lève un instant vers moi des yeux inquisiteurs mais aimables, avant de détourner à nouveau le regard.

Le jour baisse à mesure que le train progresse vers sa destination, en oscillant quand il atteint sa vitesse maximale. Plus qu'une heure. Je pense à Angèle qui m'attend à la gare de Nantes, j'appréhende la route en Harley, sous la pluie, jusqu'à Clisson, à une demi-heure de là. J'espère que l'averse aura cessé.

Je sors le dossier médical de ma mère. Je l'ai déjà lu soigneusement. Je n'y ai rien appris. Clarisse a commencé à voir le docteur Dardel au moment de son mariage. Elle était sujette aux rhumes et aux migraines. Elle mesurait 1 m 58. Plus petite que Mélanie. Et pesait 48 kilos. Un petit bout de femme. Tous ses vaccins étaient à jour. Ses grossesses étaient suivies par le docteur Giraud, à la clinique du Belvédère, où Mélanie et moi sommes nés.

Soudain, un fracas inquiétant retentit et le train dévie violemment, comme si les roues avaient heurté des branches ou un tronc d'arbre. Plusieurs personnes crient sous la force du choc. Le dossier de ma mère s'éparpille sur le sol et la tasse de thé de la dame anglaise se répand sur la table. « Oh, my God ! » s'écrie-t-elle en épongeant le désastre avec une serviette. Le train ralentit et, dans un dernier soubresaut, finit par stopper. Nous attendons tous en silence en échangeant des regards inquiets. La pluie dégouline le long des vitres. Certaines personnes se lèvent, essaient de voir ce qui est arrivé à l'extérieur. Des murmures paniqués montent d'un bout à l'autre de la voiture. Un enfant commence à pleurnicher. Puis une voix résonne dans les haut-parleurs :

– Mesdames et messieurs, notre TGV est bloqué suite à un incident technique. Nous vous donnerons plus d'informations d'ici peu. Toutes nos excuses pour le retard occasionné.

Le gros bonhomme en face de moi laisse échapper un soupir exaspéré et se jette sur son Blackberry. J'envoie un SMS à Angèle pour la prévenir de ce qui vient d'arriver. Elle me répond instantanément et son message me glace le sang. *Plus sûrement un suicide, non ?*

Je me lève en bousculant la dame anglaise et me dirige vers l'avant du train où se trouve la cabine de pilotage. Notre voiture n'en est pas très loin. Les passagers que je croise dans les autres voitures sont dans le même état d'inquiétude et d'impatience. Beaucoup sont pendus au téléphone. Le niveau sonore monte progressivement. Deux contrôleurs apparaissent. Ils ont des visages sinistres.

J'ai le cœur lourd, Angèle a sûrement raison.

— Excusez-moi, dis-je en les coinçant entre deux voitures, près des toilettes. Pouvez-vous me dire ce qui se passe ?

— Un incident technique, marmonne l'un deux en essuyant son front plein de sueur d'une main tremblante.

Il a l'air jeune et son visage est horriblement pâle. Le second contrôleur est plus âgé et apparemment plus expérimenté.

— C'était pas plutôt un suicide ? demandé-je.

L'autre gars acquiesce tristement.

— Oui, malheureusement. Et on risque de rester bloqués un moment. Ça ne va pas plaire à tout le monde.

Le plus jeune s'appuie contre la porte des toilettes. Il est de plus en plus pâle. J'ai de la peine pour lui.

— C'est son premier, soupire l'autre en ôtant sa casquette et en passant les doigts dans ses cheveux clairsemés.

— La personne est-elle… morte ? me hasardé-je à demander.

Le contrôleur me regarde avec étonnement.

336

— Disons qu'à la vitesse à laquelle roule un TGV, c'est en général ce qui arrive, grommelle-t-il.

— C'était une femme, murmure le plus jeune, si bas que je l'entends à peine. Le conducteur a dit qu'elle était à genoux sur les voies, face au train, les mains jointes comme si elle priait. Il n'a rien pu faire. Rien.

— Allons, gamin, accroche-toi, dit le plus âgé en lui tapotant le bras. Il faut faire une annonce, nous avons sept cents passagers ce soir et on en a sûrement pour quelques heures.

— Pourquoi est-ce si long ? me renseigné-je.

— Les restes doivent être ramassés un à un, répond le vieux contrôleur sur un ton sombre et ironique. Et généralement, il y en a tout le long de la voie, sur plusieurs kilomètres. D'après ce que j'ai vu, et avec la pluie, ça risque de prendre un bon bout de temps.

Le plus jeune se détourne comme s'il allait vomir. Je remercie son collègue et retourne à ma place. Je sors une petite bouteille d'eau de mon sac et bois goulûment. Mais j'ai toujours la sensation d'avoir la bouche sèche. J'envoie un autre SMS à Angèle. *Tu avais raison.* Elle me répond : *Ces suicides sont les plus horribles. Pauvre personne.*

L'annonce se fait finalement entendre.

— Suite à un suicide sur la voie, notre TGV aura un retard indéterminé.

Les gens grognent et soupirent. La dame anglaise laisse échapper un petit cri. Le gros homme frappe du poing sur la table. La jolie fille, avec ses écouteurs, n'a pas entendu l'annonce. Elle les enlève.

— Que s'est-il passé ? demande-t-elle.

— Quelqu'un s'est suicidé et nous sommes bloqués au milieu de nulle part, se plaint l'homme en noir. Et moi qui ai une réunion dans une heure !

Elle le regarde fixement avec ses yeux de saphir.

– Excusez-moi, vous venez de me dire que quelqu'un s'était suicidé ?

– Oui, c'est bien ça, dit-il d'une voix traînante en agitant son Blackberry.

– Et vous vous plaignez à cause du retard ? lui souffle-t-elle de la voix la plus glaciale du monde.

Il la fixe à son tour.

– Cette réunion est très importante, maugrée-t-il.

Elle lui lance un regard méprisant, puis se lève en se dirigeant vers le bar. Soudain, elle se retourne et lance, suffisamment fort pour que toute la voiture entende :

– Connard !

La dame anglaise et moi partageons un verre au bar, un chardonnay quelconque, pour nous mettre du baume au cœur. Il fait nuit et la pluie a cessé. D'immenses projecteurs éclairent la voie où se pressent policiers, ambulanciers et pompiers. Je sens encore le choc, cet instant où le train a heurté la pauvre femme. Qui était-elle ? Quel âge avait-elle ? Quel chagrin, quel désespoir l'ont poussée à ce geste, attendre le passage du train à genoux sur la voie, les mains jointes ?

– Vous n'allez pas me croire, mais je me rends à des funérailles, dit la dame anglaise, dont le prénom est Cynthia.

Elle a un petit sourire.

– Comme c'est triste !

– C'est une vieille amie à moi, Gladys. L'enterrement a lieu demain matin. Elle a eu toutes sortes de problèmes de santé très pénibles, mais elle s'est montrée très courageuse. J'ai beaucoup d'admiration pour elle.

Son français est excellent, avec une légère pointe d'accent britannique. Quand je le lui fais remarquer, elle sourit encore une fois.

– J'ai vécu en France toute ma vie. J'ai épousé un Français.

La jolie fille revient au bar et s'assoit près de nous. Elle est au téléphone et ses mains s'agitent.

Cynthia poursuit :

– Et au moment où nous avons heurté cette pauvre personne, j'étais justement en train de choisir un poème à lire aux funérailles de Gladys.

– Vous l'avez trouvé, ce poème ? demandé-je.

– Oui. Vous connaissez Christina Rossetti ?

Je fais la grimace.

– J'ai bien peur de ne pas être très calé en poésie.

– Moi non plus, rassurez-vous. Mais je voulais un poème qui ne soit ni morbide ni triste, et je crois que c'est le cas de celui-ci. Christina Rossetti est une poétesse victorienne, totalement inconnue en France, je pense, et à tort, car elle a, selon moi, un grand talent. Son frère, Dante Gabriel Rossetti, lui a volé la vedette. C'est lui le plus célèbre. Vous connaissez probablement ses tableaux. C'est un préraphaélite. Plutôt bon.

– Je ne suis pas meilleur en peinture.

– Oh, voyons, je suis sûre que vous avez déjà vu son travail, ses femmes ténébreuses et sensuelles avec des chevelures flamboyantes et des lèvres charnues, toujours vêtues de longues robes.

– Peut-être, dis-je en souriant à la façon dont elle mime des poitrines opulentes. Et le poème de sa sœur ? Vous pouvez me le lire ?

– D'accord. Et nous aurons une pensée pour la personne qui est morte ce soir.

– C'était une femme, d'après ce que m'ont dit les contrôleurs.

– Alors, lisons ce poème pour elle. Que son âme repose en paix.

Cynthia ouvre son petit recueil de poésie, fait glisser ses lunettes grossissantes sur le bout de son nez et commence à lire d'une voix théâtrale. Tout le monde se retourne sur elle.

Quand je serai morte, mon amour,
Ne chante pas pour moi de chansons tristes
Ne plante pas de roses sur ma tombe
Ne la mets pas à l'ombre d'un cyprès
Ne laisse au-dessus de moi que l'herbe verte
Mouillée de pluie et de rosée
Et si tu veux, souviens-toi
Et si tu veux, oublie.

Sa voix s'élève dans la voiture, dans un silence profond, couvrant les grincements qu'on perçoit à l'extérieur et dont je ne veux pas tenter d'imaginer la cause. C'est un poème poignant, simple et beau, qui me remplit d'espoir. Quand elle finit sa lecture, on entend des murmures reconnaissants. La jolie fille, elle, est en pleurs.

— Merci, dis-je.

— Je suis heureuse que vous ayez aimé. Je pense que c'est un bon choix.

La jeune fille s'approche timidement. Elle demande à Cynthia les références du poème et les note dans son carnet. Je l'invite à s'asseoir avec nous, ce qu'elle accepte avec plaisir. Elle espère que nous ne l'avons pas trouvée grossière quand elle a insulté le type en noir.

Cynthia toussote en riant.

— Grossière ? Ma chère, vous avez été admirable.

La jeune fille esquisse un sourire. Elle est exceptionnellement attirante. Sa silhouette est superbe – des seins fermes que l'on devine à peine derrière le pull ample, des jambes longues, des hanches étroites, des fesses hautes moulées dans son Levi's.

341

— Je ne sais pas, vous, mais je n'arrête pas de penser à ce qui vient d'arriver, murmure-t-elle. Je me sens presque responsable, comme si j'avais tué cette malheureuse personne de mes mains.

— Mais non !

— C'est plus fort que moi. Je sens comme un nœud, là. – Elle frissonne. – Je pense aussi au conducteur du train… vous imaginez ? Et avec ces TGV, je suppose qu'il est impossible de freiner à temps. Et puis, la famille de cette personne… Je vous ai entendu dire qu'il s'agissait d'une femme… Je me demande si l'on a déjà pu l'identifier ? Peut-être que personne ne sait encore. Ceux qui l'aimaient ignorent encore que leur mère, leur sœur, leur fille, leur femme, que sais-je, est morte. Je trouve cette idée insupportable. – Elle sanglote, tout doucement. – J'ai hâte de descendre de ce fichu train. Je voudrais que ce ne soit jamais arrivé.

Cynthia lui prend la main. Moi, je n'ose pas. Je ne veux pas que cette charmante créature puisse penser que je profite de la situation.

— Nous ressentons tous la même chose, la réconforte Cynthia. Ce qui est arrivé ce soir est atroce. Horrible. Comment ne pas être bouleversé ?

— Et ce type… Ce type qui n'arrêtait pas de se plaindre qu'il allait être en retard, sanglote-t-elle. Et il n'était pas le seul. J'en ai entendu d'autres dire la même chose.

Moi aussi, je suis hanté par le bruit du choc. Je ne lui dis pas, parce que sa prodigieuse beauté est plus puissante que le hideux pouvoir de la mort. Ce soir, je sens à quel point la mort me submerge. Jamais dans ma vie elle ne m'a semblé plus présente. Elle est là, tout autour de moi, comme le bourdonnement incessant d'un papillon de nuit. Mon appartement qui donne sur un cimetière. Pauline. Les carcasses répandues sur la route. Le manteau rouge de ma mère sur le sol du petit salon. Blanche. Le cancer de mon père. Les belles mains d'Angèle s'affairant sur des cadavres. Et cette femme sans visage, désespérée, attendant le passage du train sous la pluie.

Je suis heureux, si heureux, soulagé d'être un homme, de n'être qu'un homme qui, face à la mort, rêve de tripoter les seins de cette magnifique inconnue, plutôt que de fondre en larmes.

Je ne me lasse jamais de la chambre d'Angèle, son style exotique, le plafond safran, les murs d'un beau rouge cannelle. C'est un tel contraste avec la morgue où elle travaille. La porte, les montants des fenêtres et le plancher sont peints en bleu nuit. Des saris de soie brodés, orange et jaune, tiennent lieu de rideaux et de petites lanternes filigranées marocaines répandent sur le lit aux draps de lin fauve une lumière de bougie vacillante. Ce soir, des pétales de rose sont éparpillés sur les oreillers.

– Ce que j'aime chez toi, Antoine Rey, dit-elle en enlevant ma ceinture (et moi la sienne), c'est que sous ton côté romantique et bien élevé, tes jeans bien repassés et tes chemises amidonnées, tes pulls de gentleman anglais, tu n'es qu'un obsédé sexuel.

– N'est-ce pas le cas de tous les hommes ? dis-je, en me débattant avec ses bottes de motard.

– La plupart des hommes sont comme ça, mais certains plus que d'autres.

– Il y avait une fille dans le train…

– Hmm ?

Elle déboutonne ma chemise. Ses bottes tombent enfin sur le sol.

– Incroyablement séduisante.

Elle sourit en faisant glisser son jean noir.

– Tu sais que je ne suis pas jalouse.

– Oh oui, je le sais. Mais grâce à cette fille, j'ai supporté les trois interminables heures d'attente pendant lesquelles ils grattaient ce qui restait de cette pauvre femme sur les roues du TGV.

– Et de quelle façon, si je ne suis pas trop indiscrète ?

– En lisant de la poésie victorienne.

– Tu parles.

Elle rit, de ce rire de gorge si sexy que j'aime tant. Je l'attrape, la serre contre moi et l'embrasse avidement. Les pétales de rose se mélangent à ses cheveux, me tombent dans la bouche, y laissant un goût doux-amer. Je n'arrive pas à me rassasier d'elle. Je lui fais l'amour comme si c'était la dernière fois, fou de désir, fou d'envie de lui dire que je l'aime. Mais ma bouche reste muette sous nos gémissements et nos halètements.

– Tu sais quoi ? Tu devrais prendre le TGV plus souvent, murmure-t-elle, étourdie, dans le fouillis des draps où nous sommes retombés.

– Et moi, j'ai de la peine pour tous les morts que tu rafistoles. Dire qu'ils ne sauront jamais quelle bombe tu es.

Plus tard, beaucoup plus tard, après nous être douchés, après avoir grignoté des tartines de pain Poilâne avec du fromage et quelques verres de bordeaux, après avoir fumé quelques cigarettes, nous avons rejoint le canapé du salon où Angèle s'est confortablement allongée. Là, elle a fini par me demander :

– J'aimerais que tu me racontes. L'histoire de June et Clarisse.

Je sors le dossier médical, les photographies, les lettres, le rapport du détective et le DVD de mon sac. Elle m'observe, un verre à la main.

– Je ne sais pas par où commencer, dis-je, désemparé.

– Imagine que tu me racontes une histoire. Imagine que je ne sais rien, que nous ne nous connaissons pas et que tu m'expliques tout depuis le début. Comme une vraie histoire. Il était une fois…

Je lui pique une Marlboro. Mais je ne l'allume pas, je la garde entre mes doigts. Je me lève et me place devant la vieille cheminée où ne restent plus que quelques braises qui rougeoient dans l'obscurité. Cette pièce aussi me plaît, ses proportions, ses murs recouverts de livres, la vieille table de bois carrée, les volets fermés qui cachent un jardin paisible.

– Il était une fois, pendant l'été 1972, une femme mariée qui se rendait à Noirmoutier avec ses beaux-parents et ses deux enfants. Elle a deux semaines de vacances et son mari la rejoindra tous les week-ends, s'il n'a pas trop de travail. Elle s'appelle Clarisse, elle est charmante, douce, tout le contraire d'une Parisienne sophistiquée…

Je m'interromps. C'est étrange de parler de sa mère à la troisième personne.

– Continue ! me presse Angèle. C'est très bien.

– Clarisse est originaire des Cévennes. Ses parents étaient des gens simples, de la campagne. Mais elle, elle a épousé le fils d'une riche famille parisienne. Son époux est un jeune avocat aux dents longues, François Rey, devenu célèbre après le procès Vallombreux au début des années soixante-dix.

Ma voix s'éraille. Angèle a raison, c'est comme un conte. C'est l'histoire de ma mère. Après une pause, je reprends :

– À l'Hôtel Saint-Pierre, Clarisse fait la connaissance d'une Américaine appelée June, qui est plus âgée qu'elle. Comment se rencontrent-elles ? Peut-être au bar, un soir. Peut-être l'après-midi, sur la plage. Peut-être au petit déjeuner, au déjeuner, au dîner. June possède une galerie d'art à New York. Elle est lesbienne. Est-elle à Noirmoutier avec sa petite amie ? Est-elle venue seule ? Tout ce que nous savons c'est que… Clarisse et June tombent amoureuses, cet été-là. Ce n'est pas juste une… aventure, un amour de vacances… Ce n'est pas qu'une histoire de sexe, c'est une histoire d'amour. Un ouragan d'amour, inattendu, qui les emporte… Un véritable amour… Tel qu'on ne le vit qu'une fois…

– Allume ta cigarette, va, me dit Angèle. Ça t'aidera.

Je l'allume. Je tire une profonde bouffée. Elle a raison. Fumer me fait du bien.

– Évidemment, personne ne doit savoir. Il y a beaucoup à perdre. June et Clarisse se donnent rendez-vous quand elles le peuvent, jusqu'à la fin de 1972 et pendant l'année 1973. Elles ne se voient pas très souvent, car June vit à New York, mais elle vient tous les mois à Paris pour affaires et c'est là qu'elles peuvent se retrouver, à l'hôtel où descend June. Et puis, pendant l'été 1973, elles pensent passer du temps ensemble à Noirmoutier. Mais les choses sont compliquées, même si le mari de Clarisse est souvent absent, car il travaille et voyage beaucoup. Il y a la belle-mère, Blanche, qui, un jour, a une horrible intuition. Elle sait. Et elle décide d'agir.

– Que veux-tu dire ? s'alarme Angèle.

Je ne réponds pas. Je continue mon histoire, en me concentrant, en prenant mon temps.

– Comment Blanche est-elle au courant ? Qu'a-t-elle vu ? Un coup d'œil un peu trop appuyé ? Une tendre

347

caresse sur un bras nu ? Un baiser interdit ? Une silhouette passant, la nuit, d'une chambre à l'autre ?
Quoi qu'ait vu Blanche, elle l'a gardé pour elle. Elle
ne l'a pas dit à son mari. Ni à son fils. Pourquoi ?
Parce qu'elle avait honte. Honte de cette belle-fille
portant le nom de Rey, mère de ses petits-enfants, qui
avait une aventure, qui plus est avec une femme. Le
nom de la famille Rey serait sali pour toujours. C'est
inadmissible, plutôt mourir. Elle a tout fait pour la res-
pectabilité de cette famille. Elle ne peut pas supporter
que tout s'écroule. Elle n'est pas née pour voir une
telle infamie. Pas elle. Pas Blanche Fromet de Passy,
mariée à un Rey de Chaillot. Non, c'est tout bonnement impensable. C'est monstrueux. Il faut y mettre
fin. Et vite.

Bizarrement, je reste très calme en racontant cette
histoire. Je ne regarde pas Angèle, mais je devine que
mon récit l'impressionne. Je sais ce que mes paroles
provoquent en elle, comment elles l'atteignent, quelle
est leur puissance. Je n'ai jamais prononcé ces phrases,
dans cet enchaînement précis, et chaque mot qui sort
est comme une naissance, quand la fraîcheur de l'air
vient frapper le corps nu et fragile de l'être expulsé du
ventre de sa mère.

– Blanche a une explication avec Clarisse à
Noirmoutier. Cela a lieu à l'hôtel. Clarisse pleure, elle
est bouleversée. Il y a une dispute dans la chambre de
Blanche, au premier étage. Blanche la met en garde,
elle l'intimide, la menace de tout révéler à son mari
et à son fils. De lui retirer ses enfants. Clarisse sanglote, oui, oui, bien sûr, elle ne reverra plus jamais
June. Elle le promet. Mais c'est impossible. C'est plus
fort qu'elle. Elle revoit June, encore et encore, et lui
raconte ce qui s'est passé, mais June s'en moque, elle

n'a pas peur d'une vieille dame snob. Le jour où June repart pour Paris d'où elle doit s'envoler pour New York, Clarisse glisse un mot d'amour sous la porte de sa chambre. Mais June ne le trouve jamais. Il est intercepté par Blanche. Et c'est là que les problèmes commencent.

Angèle se lève pour attiser le feu car il se met à faire froid dans la pièce. Il est tard à présent, quelle heure, je ne sais pas, mais la fatigue pèse comme du plomb sur mes paupières. Mais je veux aller au bout de mon histoire, atteindre la partie que je redoute, celle que je n'aurai peut-être pas le courage de raconter à voix haute.

– Blanche sait que June et Clarisse continuent de se voir. Dans la lettre qu'elle a volée, elle apprend que Clarisse rêve de vivre avec June et les enfants. Quoi qu'il en coûte. Elle lit ces mots avec haine et dégoût. Non, il n'y aura pas d'avenir pour June et Clarisse. Aucun futur possible pour elles. Pas dans le monde de Blanche. Et il n'est pas question que ses petits-enfants, des Rey, soient, de près ou de loin, mêlés à cela. Elle se paie les services d'un détective privé, lui explique qu'elle veut faire suivre sa belle-fille. Elle est prête à mettre le prix. Là encore, elle ne dit rien à sa famille. Clarisse pense qu'elle est à l'abri. Elle attend le jour où elle et June seront libres. Elle sait qu'elle va devoir quitter son mari, elle n'ignore pas les consé-quences, elle a peur pour ses enfants, mais dans son esprit, rien ne compte que son amour, et elle est cer-taine que cet amour pourra s'épanouir. Ses enfants sont ce qu'elle a de plus précieux. Elle se plaît à ima-giner un endroit sûr où elle pourrait vivre avec June et eux. June est plus âgée, plus sage. Elle sait. Elle sait que deux femmes ne peuvent pas vivre en couple et espérer être traitées normalement. À New York, peut-être, et encore, mais pas à Paris. Pas en 1973. Et certainement pas dans le milieu où évoluent les Rey. Elle essaie d'expliquer tout cela à Clarisse. Elle lui dit qu'il faut encore attendre, prendre son temps pour que les choses aient une chance de se passer calmement. Mais Clarisse est plus jeune et plus impatiente. Elle ne veut pas attendre. Elle ne veut pas prendre son temps.

La douleur commence à poindre, comme une compagne familière et dangereuse qu'on laisse entrer avec appréhension. Ma poitrine se comprime, j'ai l'impression qu'elle ne peut plus contenir mes poumons. Je m'arrête pour prendre quelques grandes respirations. Angèle se met derrière moi. Elle appuie son corps chaud contre le mien. Cela me donne la force de continuer.

– Ce Noël est terrible pour Clarisse. Elle ne s'est jamais sentie aussi seule. June lui manque désespérément. Mais June a une vie bien remplie, des occupations, une galerie d'art, une association, des amis, ses artistes. Clarisse n'a que ses enfants. Elle n'a pas d'amis, sauf Gaspard, le fils de la bonne de sa belle-mère. Peut-elle lui faire confiance ? Que peut-elle lui avouer ? Il n'a que quinze ans, à peine plus que son fils. C'est un jeune garçon charmant mais simple d'esprit. Que peut-il bien comprendre ? Sait-il seulement que deux femmes peuvent s'aimer ? Que ça n'en fait pas forcément des débauchées, des pécheresses ? Son mari donne tout à son travail, à ses procès, à ses clients. Peut-être essaie-t-elle de lui parler, peut-être lâche-t-elle des indices, mais il est trop occupé pour entendre et pour voir. Trop occupé à grimper l'échelle sociale. Trop occupé à poursuivre sa route vers le succès. Il l'a sortie de nulle part, elle n'était qu'une fille des Cévennes, trop peu sophistiquée au goût de ses parents. Mais elle était jolie. La plus jolie, la plus fraîche, la plus charmante des filles qu'il avait rencontrées. Elle n'en voulait pas à son argent, à son nom. Elle se moquait bien des Rey, des Fromet, des propriétés, des mondanités. Et puis, elle le faisait rire. Personne ne faisait jamais rire François Rey.

Le bras d'Angèle s'enroule autour de mon cou et sa bouche brûlante m'embrasse la nuque. Je redresse les épaules. J'arrive au bout de mon histoire.

– Blanche reçoit le rapport du détective privé en janvier 1974. Tout est là. Combien de fois les deux femmes se retrouvent, quand, comment. Avec photographies à l'appui. Elle en a la nausée. Cela la rend folle. Elle manque de tout raconter à son mari, de tout lui montrer, elle est si furieuse, si horrifiée. Mais elle garde son secret. June Ashby remarque la filature. Elle suit le détective jusqu'à la résidence des Rey. Elle appelle Blanche pour lui ordonner de s'occuper de ses *foutues affaires*, mais Blanche ne répond jamais à ses appels. June passe par la bonne ou le fils de la bonne. Elle demande à Clarisse de faire attention, elle essaie de la prévenir, il faut calmer le jeu, temporiser. Mais Clarisse ne le supporte pas, elle ne supporte pas d'être suivie. Elle sait que Blanche va la convoquer, lui montrer les photos infamantes. Elle sait que Blanche va la forcer à ne plus jamais revoir June, qu'elle va la menacer de lui retirer ses enfants. Alors, un matin froid et ensoleillé de février, Clarisse attend que les enfants soient partis pour l'école, que son mari ait rejoint son bureau, pour mettre son joli manteau rouge et partir à pied vers l'avenue Georges-Mandel. Le trajet est court, elle l'a souvent fait, avec les enfants, avec son mari, mais pas récemment, pas depuis Noël, pas depuis que Blanche veut voir sortir June de sa vie. Elle marche rapidement, son cœur bat trop fort, mais elle ne ralentit pas, elle veut arriver au plus vite. Elle monte l'escalier, elle sonne d'un doigt tremblant. Gaspard, son ami, son seul ami, lui ouvre et lui sourit. Elle doit voir Madame, tout de suite. Madame est dans le petit salon, elle finit son petit déjeuner. Odette lui demande si elle veut du thé, du café. Elle dit que non, elle ne restera qu'une minute, elle a juste un mot à dire à Madame avant de repartir. Monsieur est-il ici ? Non, Monsieur n'est pas là aujourd'hui. Blanche est assise à lire son courrier. Elle porte son kimono de soie et a des bigoudis sur la tête. Quand elle aperçoit Clarisse, elle s'assombrit. Elle donne l'ordre à Odette de fermer la porte et de ne pas les déranger. Puis elle se lève. Elle brandit un document sous le nez de Clarisse, elle aboie : « Vous savez ce que c'est ? Ça ne vous dit rien ? » « Oui, je sais, dit Clarisse tranquillement, ce sont des photographies de June et moi, vous nous avez fait suivre. » Blanche est hors d'elle. Pour qui se prend-elle ? Pas d'éducation. Aucune manière. Sortie du caniveau. Petite paysanne grossière, vulgaire, une souillon. « Oui, j'ai des photos de votre conduite répugnante, tout est là, je vais vous montrer. Tout est là : quand vous la voyez, où vous la voyez. Et je vais donner tout ça à François pour qu'il sache qui est vraiment sa femme, qu'il sache qu'elle n'est pas digne d'élever ses enfants. » Clarisse lui répond très calmement qu'elle n'a pas peur d'elle. Blanche n'a qu'à faire ce qu'elle dit, elle n'a qu'à tout montrer à François, à Édouard, à Solange, au monde entier si elle le veut. « J'aime June et June m'aime, nous voulons passer le reste de notre vie ensemble, avec les enfants, et c'est ce qui va arriver, nous ne nous cacherons plus, nous ne mentirons plus. Je le dirai moi-même à François, nous divorcerons, nous expliquerons la situation aux enfants, aussi délicatement que possible. François est mon mari, alors c'est à moi de lui dire, parce que j'ai du respect pour lui. » Un venin court dans les veines de Blanche, prêt à jaillir, féroce, fatal. « Que savez-vous du respect ? Que savez-vous des vraies valeurs ? Vous n'êtes qu'une traînée. Et je ne vous laisserai pas salir notre nom avec vos sales histoires de lesbienne. Vous allez cesser de voir cette femme immédiatement, et vous ferez exactement ce qu'on vous dira. Vous tiendrez votre rang. »

Je m'arrête. Ma voix est éraillée. Ma gorge me brûle. Je vais dans la cuisine me servir un verre d'eau d'une main tremblante. Je bois cul sec, le verre cogne contre mes incisives. Quand je reviens près d'Angèle, l'image la plus inattendue et la plus accablante me saute aux yeux, comme une diapositive projetée devant moi contre ma volonté.

Je vois une femme à genoux sur des rails, au crépuscule. Je vois le train arriver sur elle à toute allure. Je vois cette femme. Elle porte un manteau rouge.

– Odette est juste derrière la porte, elle est restée là depuis que Madame lui a demandé de sortir, l'oreille collée contre le bois, bien que ce ne soit pas nécessaire. Madame crie si fort. Elle a tout entendu, toute la querelle, quand soudain Clarisse déclare : « Non. Au revoir, Blanche », puis un bruit de lutte, Odette retient sa respiration, surgit une exclamation de Blanche ou Clarisse, elle ne peut pas dire, et un bruit sourd, la chute d'un objet lourd. La voix de Madame appelle : « Clarisse ! Clarisse ! » avant de s'exclamer : « Oh, mon Dieu ! » La porte s'ouvre, Madame a l'air perdu, elle est pétrifiée, elle est absolument ridicule avec ses bigoudis qui pendent. Il faut attendre plusieurs minutes pour qu'elle arrive à prononcer quelques mots : « Il y a eu un accident, appelez le docteur Dardel, vite. Vite ! » Quel accident ? se demande Odette en courant chercher son fils. Elle ordonne à Gaspard d'appeler immédiatement le docteur Dardel et court sur ses jambes courtaudes vers le petit salon où Madame attend, prostrée sur la banquette. Quel accident ? Que s'est-il passé ? « Nous nous sommes disputées, gémit Madame, et sa voix s'étrangle, elle allait partir et je l'ai retenue, j'avais encore des choses à lui dire, je l'ai attrapée par la manche et elle est tombée bêtement, elle est tombée en avant et s'est cogné la tête sur la table, juste là, où c'est le plus pointu. » Odette regarde le coin aigu de la table de verre et découvre Clarisse étendue sur le tapis, qui ne bouge pas, ne respire pas. Le sang semble s'être retiré de son visage. Alors elle lâche : « Oh, Madame, mais elle est morte. » Le docteur Dardel arrive, le bon médecin de famille sur qui l'on peut compter, le vieil et fidèle ami. Il examine Clarisse et conclut, comme Odette : « Elle est morte. » Blanche se tord les mains, elle pleure, elle dit au docteur que c'est un horrible accident, un accident stupide, monstrueusement stupide. Le médecin observe Blanche, signe le certificat de décès sans hésiter : « Il n'y a qu'une chose à faire, assure-t-il. Une seule solution, Blanche. Vous devez me faire confiance. »

J'arrête là. C'est la fin de l'histoire.

Angèle me retourne gentiment pour que je puisse voir son visage. Elle pose ses mains sur mes joues et reste ainsi, à me regarder, longtemps.

– Est-ce comme ça que ça s'est passé, Antoine ? me demande-t-elle d'une voix douce.

– J'y ai tellement réfléchi. Je crois que c'est ce qui s'approche le plus de la vérité.

Elle se dirige vers la cheminée, appuie son front contre la pierre et se tourne vers moi.

– As-tu réussi à aborder le sujet avec ton père ?

Mon père. Par où commencer ? Comment lui décrire notre dernière conversation, il y a quelques jours ? Ce soir-là, en sortant du bureau, je sentais que je devais lui parler, malgré l'avis de Mélanie, malgré ses efforts pour m'en dissuader, pour des raisons qui la regardent. J'avais besoin de braver le silence. Maintenant. Fini, le temps des devinettes. Que savait-il exactement de la mort de Clarisse ? Que lui avait-on raconté ? Connaissait-il l'existence de June Ashby ?

Quand je suis arrivé, Régine et lui dînaient devant la télévision. Ils regardaient les informations. Un sujet sur les prochaines élections américaines. Sur ce candidat grand et mince, à peine plus âgé que moi, que les gens appelaient le « Kennedy noir ». Mon père ne disait rien, il semblait fatigué. Il avait peu d'appétit et une montagne de cachets à avaler. Régine a chuchoté qu'il rentrait à l'hôpital dans une semaine, pour quelque temps.

– Il traverse une mauvaise passe, a-t-elle ajouté en secouant la tête d'un air découragé.

Le repas terminé, Régine s'est isolée dans une autre pièce pour téléphoner à une amie. Alors j'ai annoncé à mon père, en espérant qu'il daigne décoller les yeux de la télé, que je désirais lui parler. Il a eu vaguement l'air d'accepter de m'écouter. Mais quand ses yeux se sont enfin tournés vers moi, ils étaient si abattus que je n'ai pu décrocher un mot. Il avait le regard d'un homme qui sait qu'il va mourir et ne supporte plus de rester sur terre. Un regard exprimant à la fois la plus pure tristesse et une soumission tranquille. J'étais bouleversé. Disparu, le père autoritaire, le censeur arrogant. J'avais face à moi un vieil homme malade, à l'haleine fétide, sur le point de crever et qui n'avait plus envie d'écouter ni moi ni personne.

C'était trop tard. Trop tard pour lui dire qu'il comptait pour moi, trop tard pour lui avouer que j'étais au courant de son cancer, que je savais qu'il était mourant, trop tard pour lui poser des questions sur June et Clarisse, me risquer sur ce terrain glissant avec lui. Il a lentement cligné des yeux, sans expression particulière, il attendait que je parle, et, comme je n'ai rien dit, finalement, il a haussé les épaules et tourné la tête vers le poste de télévision sans insister. C'était comme si le rideau était retombé sur la scène. Le spectacle était terminé. *Allez, Antoine, c'est ton père, fais un effort, prends-lui la main, fais en sorte qu'il sache que tu es là, que tu penses à lui, même si ça te coûte, fais un effort, dis-lui que tu penses à lui, dis-lui avant qu'il ne soit trop tard, regarde-le, il va mourir, il lui reste peu de temps. Tu ne peux plus attendre.*

Je me suis souvenu que, quand il était jeune, il arborait un sourire éclatant sur son visage sévère, ses cheveux étaient noirs et épais, rien à voir avec les trois pauvres mèches qui lui restaient aujourd'hui. Il nous prenait dans ses bras et nous embrassait tendrement. Il promenait Mélanie sur ses épaules au bois de Boulogne, il posait une main protectrice dans mon dos, il m'aidait à avancer et je me sentais le garçon le plus fort du monde. Les tendres baisers avaient disparu à la mort de ma mère. Il était alors devenu exigeant, inflexible. Toujours critique, prompt à juger. Je voulais lui demander pourquoi la vie l'avait rendu si amer, si hostile. Était-ce à cause de la mort de Clarisse ? De la perte de la seule personne qui l'ait jamais rendu heureux ? Parce qu'il savait qu'elle était infidèle ? Parce qu'elle avait aimé quelqu'un d'autre ? Une femme ? Était-ce cela, cette humiliation ultime, qui avait brisé le cœur de mon père, brisé jusqu'à son âme ?

Mais je ne lui ai posé aucune de ces questions. Aucune. Je me suis levé et me suis dirigé vers la porte d'entrée. Il n'a pas bougé. La télévision braillait. Comme Régine dans la pièce d'à côté.

— Au revoir, papa.

Encore une fois, il a vaguement grommelé, sans tourner la tête. Je suis parti en refermant la porte derrière moi. Dans l'escalier, je n'ai pas pu retenir mes larmes. Des larmes amères de remords et de douleur qui, en coulant, me rongeaient la peau comme de l'acide.

– Non, je n'ai pas pu parler à mon père. Impossible.

– Ne t'en veux pas, Antoine. Ne te rends pas les choses encore plus douloureuses.

L'envie de dormir me saisit brusquement, comme si on jetait une épaisse couverture sur ma tête. Angèle me met au lit et je m'émerveille de la douceur de ses gestes, de ses mains attentives et respectueuses qui affrontent la mort tous les jours. Je sombre dans un sommeil agité. J'ai l'impression de m'enfoncer dans une mer trouble et sans fond. Je fais des rêves étranges. Ma mère à genoux dans son manteau rouge face au train. Mon père avec son sourire heureux d'autrefois, escaladant un sommet dangereux, raide et enneigé, le visage brûlé par le soleil. Mélanie dans une longue robe noire, flottant à la surface d'une piscine, noire elle aussi, les bras ouverts, des lunettes de soleil sur le nez. Et moi, tentant de me frayer un passage dans une forêt touffue, pieds nus dans un sol boueux et grouillant d'insectes.

Quand je me réveille, il fait jour et, en un instant d'affolement, je ne sais pas où je suis. Puis tout me revient. Je suis chez Angèle. Dans cette maison remarquablement rénovée du XIXe siècle, qui était, autrefois, une petite école primaire. Près de la rivière, au centre de Clisson, dans ce pittoresque village historique proche de Nantes dont je n'avais jamais entendu parler avant de la rencontrer. Du lierre grimpe sur la façade de pierre, deux grandes cheminées dépassent du toit de tuiles. Et l'ancienne cour de récréation est devenue, à l'abri de ses murs, un jardin enchanteur. Je suis allongé dans le lit confortable d'Angèle. Mais elle n'est pas près de moi. Sa place est froide. Je me lève et descends. Je suis accueilli par une odeur appétissante de café et de tartines grillées. Une lumière pâle et citronnée entre par les fenêtres. Dehors, le jardin est recouvert d'une fine pellicule de givre, on dirait le glaçage d'un gâteau. De là où je me tiens, je ne vois que le sommet des ruines du château fort de Clisson.

Angèle est assise à table. Un genou replié sur sa chaise, elle est plongée dans la lecture d'un document. Son ordinateur est ouvert près d'elle. En m'approchant, je vois qu'elle étudie le dossier médical de ma mère. Elle lève un œil. Ses yeux sont cernés. Elle n'a pas dû beaucoup dormir.

– Que fais-tu ?

– Je t'attendais. Je ne voulais pas te réveiller.

Elle se lève, me prépare une tasse de café. Elle est déjà habillée. Dans sa tenue habituelle. Jean et col roulé noirs, bottes.

– On dirait que tu n'as pas beaucoup dormi.

– J'ai parcouru le dossier médical de ta mère.

Son ton trahit une révélation à venir.

– Et alors ? Tu as remarqué quelque chose ?

– Oui, dit-elle. Assieds-toi, Antoine.

Je m'installe à côté d'elle. Il fait chaud dans la cuisine ensoleillée. Après ma nuit agitée de mauvais rêves, je ne suis pas sûr d'être prêt à affronter une nouvelle épreuve. Je rassemble mes forces.

360

– Et qu'est-ce que tu as vu dans ce dossier ?

– Tu sais que je ne suis pas médecin, mais je travaille dans un hôpital et je vois des morts tous les jours. Je lis leurs dossiers, je parle aux docteurs. J'ai bien étudié le dossier de ta mère pendant que tu dormais. J'ai pris des notes. Et j'ai fait des recherches sur Internet. J'ai aussi envoyé des mails à des amis médecins.

– Et ? insisté-je, soudain incapable d'avaler mon café.

– Ta mère avait commencé à avoir des migraines deux ans avant sa mort. Pas très fréquentes, mais fortes. Tu t'en souviens ?

– Une ou deux fois peut-être… Elle avait dû rester allongée dans le noir et le docteur Dardel était venu l'examiner.

– Quelques jours avant sa mort, elle a eu une crise et elle a vu le docteur. Regarde, c'est là.

Elle me tend le document photocopié où je reconnais l'écriture tordue du docteur Dardel. J'ai déjà vu ce document, il était dans ses dernières notes avant la mort de Clarisse. *7 février 1974. Migraine. Nausée, vomissements, douleurs oculaires. Vision dédoublée.*

– Oui, j'ai déjà lu ces notes. Ça veut dire quoi ?

– Que sais-tu des anévrismes, Antoine ?

– C'est comme une petite bulle, une petite cloque qui se forme à la surface d'une artère cérébrale. La paroi d'un anévrisme est plus fine que celle d'une artère. Le danger survient quand cette membrane se rompt.

– C'est pas mal.

Elle se sert à nouveau du café.

– Pourquoi tu me demandes ça ?

– Parce que je crois que ta mère est en effet morte d'une rupture d'anévrisme.

Je la fixe, interdit. Puis je finis par balbutier :

— Alors, elle ne se serait pas battue avec Blanche ?

— Je te dis juste ce que je crois. C'est tout. C'est toi qui as le dernier mot dans cette histoire. C'est ta vérité.

— Tu crois que j'exagère, que je me fais des idées ? Que je suis parano ?

— Non, bien sûr que non.

Elle pose sa main sur mon épaule.

— Ne t'emballe pas. Ta grand-mère était une vieille bique homophobe, cela ne fait aucun doute. Mais écoute quand même ce que j'ai à te dire, d'accord ? Le 7 février 1974, le docteur Dardel examine ta mère avenue Kléber. Elle a une violente migraine. Elle est au lit, dans le noir. Il lui prescrit le médicament qu'elle prend habituellement et le lendemain, la crise est passée. Enfin, c'est ce qu'il pense. C'est ce qu'elle pense aussi. Mais un anévrisme cérébral peut enfler, lentement et sûrement, et peut-être était-il là depuis un moment, sans que personne ne s'en doute. Quand un anévrisme enfle, avant d'exploser et de saigner, il fait pression sur le cerveau ou sur le nerf optique, les muscles du visage ou du cou. *Migraine, nausées, vomissements, douleurs oculaires, vision dédoublée.* Si le docteur Dardel avait été un peu plus jeune et un peu plus dans le coup, avec ce genre de symptômes, il aurait envoyé ta mère à l'hôpital immédiatement. Mes deux amis médecins me l'ont confirmé par mail. Peut-être le docteur Dardel était-il débordé ce jour-là, peut-être était-il préoccupé par d'autres cas urgents, peut-être a-t-il sous-estimé la situation. Toujours est-il que l'anévrisme a grossi et que le 12 février, c'est-à-dire cinq jours plus tard, il s'est rompu.

— Comment crois-tu que c'est arrivé ? Dis-moi.

– C'est à peu près la même histoire. Elle allait à pied chez ta grand-mère ce matin-là, dans son manteau rouge. Elle ne devait pas se sentir très bien, pas bien du tout même. Elle devait encore avoir la nausée, peut-être avait-elle vomi avant. Elle avait sans doute la tête qui tournait et la démarche mal assurée. Sa nuque était probablement raide. Mais elle a voulu affronter ta grand-mère, malgré tout, pensant sans doute que c'étaient les derniers soubresauts de sa migraine. Elle ne se souciait pas de sa santé. Elle ne pensait qu'à June. À June et à ta grand-mère.

Je me cache le visage dans les mains. Imaginer ma mère souffrante remontant vers l'avenue Georges-Mandel, avec son corps qu'elle avait du mal à traîner, partant braver Blanche comme un courageux petit soldat, est insupportable.

– Continue.

– L'histoire se déroule à peu près comme la tienne. Gaspard ouvre la porte, il remarque qu'elle a mauvaise mine, qu'elle est essoufflée. Elle n'a qu'un but, affronter ta grand-mère. Blanche aussi a sans doute remarqué quelque chose, la pâleur alarmante du visage de Clarisse, sa façon de parler, son manque d'équilibre. La conversation est la même. Blanche sort les photos, le rapport du détective, et Clarisse campe sur sa décision. Elle ne cessera pas de voir June, elle aime June. Et soudain, l'accident. En un éclair. Une douleur intense. Comme un coup de pistolet dans son crâne. Clarisse vacille, porte les mains à ses tempes et s'écroule. Sur le coin de la table de verre peut-être. Mais, de toute façon, elle est déjà morte. Ta grand-mère ne peut rien faire. Le médecin non plus. Quand il arrive, il comprend. Il sait qu'il a commis une erreur en ne l'envoyant pas à l'hôpital… Il a dû porter ce poids toute sa vie.

À présent, je comprends la réticence de Laurence Dardel à me donner ce dossier. Elle savait qu'un œil expert décèlerait rapidement la faute de son père.

Angèle vient s'asseoir sur mes genoux, ce qui n'est pas facile vu la longueur de ses jambes.

– Est-ce que ça t'éclaire un peu ? me demande-t-elle tendrement.

Je l'enlace en posant mon menton au creux de son cou.

– Oui, je crois. Ce qui fait mal, c'est de ne pas savoir.

Elle me caresse les cheveux d'une main apaisante.

– Quand je suis rentrée de l'école ce jour-là, le jour où mon père s'est tiré une balle dans la tête, il n'y avait aucun mot. Il n'avait rien laissé. Ça nous a rendues dingues, ma mère et moi. Juste avant sa mort, il y a quelques années, elle m'a redit comme c'était terrible de n'avoir jamais su pourquoi il s'était suicidé, même après toutes ces années. Il n'avait pas de maîtresse, pas de problèmes financiers. Pas de soucis de santé. Rien.

Je la serre contre moi en pensant à la jeune fille de treize ans qui a découvert son père mort. Sans un mot. Sans explication. Je frissonne.

– On n'a jamais su pourquoi. Il a fallu vivre avec ça. J'ai appris à le faire. Ça n'a pas été facile, mais j'ai surmonté ma douleur.

Et je comprends, à ses mots, que c'est précisément ce que je vais devoir apprendre désormais.

– C'est l'heure, dit Angèle d'un air enjoué.

Nous prenons un café après avoir déjeuné dehors, sur le patio, devant la cuisine. Le soleil est exceptionnellement chaud. Le jardin revient peu à peu à la vie. Le printemps n'est pas loin, il caresse déjà mes narines, mes pauvres narines polluées de Parisien. C'est un parfum d'herbe, d'humidité, de fraîcheur, un parfum piquant. Délicieux.

Je la regarde, surpris.

– L'heure de quoi ?

– L'heure de partir.

– Où ?

Elle sourit.

– Tu verras. Enfile quelque chose de chaud. Le vent réserve parfois des surprises.

– Qu'est-ce que tu manigances ?

– Tu aimerais bien savoir, hein ?

Au début, j'étais mal à l'aise à l'arrière de la Harley. Je n'avais pas l'habitude des motos, je ne savais jamais de quel côté me pencher et, en bon garçon de la ville, j'étais convaincu que les deux-roues étaient trop dangereux pour que je leur accorde la moindre confiance. Angèle faisait le trajet en Harley tous les jours de Clisson à l'hôpital du Loroux, qu'il pleuve ou qu'il vente. Elle détestait les voitures, les embouteillages.

Elle avait acheté sa première Harley à vingt ans. Celle-ci était sa quatrième.

Une jolie femme sur une Harley vintage, ça ne passe pas inaperçu, j'ai pu m'en rendre compte. Le ronronnement caractéristique du moteur attire l'attention, comme la créature tout en courbes et en cuir noir juchée sur l'engin. Rouler à l'arrière est bien plus agréable que je ne l'imaginais. Je suis rivé à elle dans une position explicite, mes cuisses l'enserrent, mon sexe est collé à son cul divin, mon ventre et ma poitrine épousent les courbes de ses hanches et de son dos.

– Allez, le Parisien, on n'a pas toute la journée ! crie-t-elle en me jetant un casque.

– On nous attend ?

– Tu parles si on nous attend ! dit-elle pleine d'enthousiasme, en regardant sa montre. Et si tu ne te bouges pas, on sera en retard.

Nous filons le long de mauvaises routes de campagne bordées de champs pendant environ une heure. Le temps me paraît court lové contre Angèle, grisé par les vibrations de la Harley et le soleil qui me caresse le dos.

Ce n'est qu'en voyant les panneaux annonçant le passage du Gois que je comprends où nous sommes. Je n'avais jamais réalisé à quel point Clisson est près de Noirmoutier. Le paysage me semble si différent à cette saison, des nuances brun et beige, pas de vert. Le sable aussi est plus foncé, plus terreux, mais il n'en est pas moins beau. Les premières balises semblent me saluer et les mouettes qui volent et crient au-dessus de ma tête ont l'air de se souvenir de moi. La grève s'étire au loin, ligne brune parsemée de gris, touchée par l'éclat de la mer bleu marine qui scintille sous le soleil, jonchée de coquillages et d'algues, de déchets divers, de bouchons de pêche et de bois flotté.

Il n'y a plus une voiture sur le passage. C'est l'heure de la marée haute, les premières vagues commencent à recouvrir la chaussée. L'île paraît déserte, contrairement à l'été, quand des foules denses se pressent pour observer la mer dévorer la terre. Angèle ne ralentit pas, elle accélère. Je lui tape sur l'épaule pour attirer son attention, mais elle m'ignore superbement, concentrée sur la Harley. Les rares personnes qui sont là nous montrent du doigt, l'air stupéfait, tandis que nous filons comme l'éclair. C'est comme si je les entendais dire : « Non ! Vous croyez qu'ils vont passer le Gois ? » Je tire sur sa veste, plus fort cette fois. Quelqu'un klaxonne pour nous prévenir, mais il est trop tard, les roues de la Harley font gicler l'eau de mer, en grandes gerbes, de chaque côté de la chaussée. Sait-elle vraiment ce qu'elle fait ? Enfant, j'ai lu trop d'histoires d'accidents sur le Gois pour ne pas penser que ce qu'elle tente est fou. Je m'accroche à elle comme à une bouée, priant pour que la Harley ne dérape pas, ne nous envoie pas la tête la première dans la mer, priant pour que le moteur ne soit pas noyé par une de ces vagues écumeuses qui grossissent de minute en minute. Angèle avale les quatre kilomètres en douceur. Je parierais que ce n'est pas la première fois qu'elle s'amuse à ça.

C'est merveilleux, exaltant. Je me sens en sécurité soudain, absolument en sécurité, plus que je ne me suis senti dans toute ma vie, depuis la main de mon père dans mon dos. Protégé. Mon corps contre le sien, tandis que nous glissons sur l'eau, sur ce qui fut une route. L'île se rapproche, j'aperçois les balises, tels des phares guidant un bateau vers son havre. J'aimerais que ce moment dure toujours, que sa beauté et sa perfection ne me quittent jamais. Nous atteignons la terre sous les applaudissements et les cris des promeneurs qui sont regroupés près de la croix plantée à l'entrée du passage.

Angèle coupe le moteur et retire son casque.

– Je parie que tu as eu une sacrée trouille, me taquine-t-elle avec un grand sourire.

– Non ! me récrié-je en posant mon casque sur le sol pour pouvoir l'embrasser sauvagement, toujours sous une nouvelle salve d'applaudissements. Je n'ai pas eu peur, j'ai confiance en toi.

– Tu peux. La première fois que j'ai fait ça, j'avais quinze ans. C'était avec la Ducati d'un ami.

– Tu pilotais des Ducati à quinze ans ?

– Tu serais surpris de ce que je faisais à cet âge-là.

– Pas envie de savoir, dis-je avec désinvolture. Et comment on retourne chez toi maintenant ?

– On prendra le pont. Moins romantique, mais bon.

– Carrément moins romantique. Et puis, je ne serais pas contre, me retrouver coincé sur une balise avec toi. On ne s'ennuierait certainement pas…

Le gigantesque arc du pont est visible de là où nous sommes, bien qu'il se trouve à cinq kilomètres. La route a complètement disparu et la mer, immense et scintillante, a repris ses droits.

– Je venais ici avec ma mère. Elle adorait le Gois.

– Et moi, avec mon père, dit-elle. Nous avons passé quelques étés ici, nous aussi, quand j'étais enfant. Mais pas au bois de la Chaise, c'était trop chic pour nous, monsieur ! Nous allions à la plage de la Guérinière.

Mon père était de la Roche-sur-Yon. Il connaissait l'endroit comme sa poche.

– Alors peut-être nous sommes-nous croisés ici, au Gois, quand nous étions petits ?

– Peut-être.

Nous nous asseyons sur la butte herbeuse près de la croix, épaule contre épaule. Nous partageons une cigarette. Nous sommes tout près de l'endroit où je me suis assis avec Mélanie, le jour de l'accident. Je pense à elle, enfermée dans son ignorance, par sa propre volonté. Je pense à tout ce que j'ai appris, qu'elle ne saura jamais, sauf si elle me questionne. Je prends la main d'Angèle et l'embrasse. Je pense à tous ces « si » qui m'ont conduit jusqu'à cette main, jusqu'à ce baiser. Si je n'avais pas organisé ce week-end à Noirmoutier pour les quarante ans de Mélanie. Si Mélanie n'avait pas eu ce flash-back. S'il n'y avait pas eu l'accident. Si Gaspard n'avait pas vendu la mèche. S'il n'avait pas conservé cette facture. Et tant d'autres « si ». Si le docteur Dardel avait envoyé ma mère à l'hôpital le 7 février, jour de sa migraine, aurait-elle été sauvée ? Aurait-elle quitté mon père pour vivre avec June ? À Paris ? À New York ?

– Arrête un peu.

C'est la voix d'Angèle.

– Arrête quoi ?

Elle pose son menton sur ses genoux. Elle contemple la mer avec le vent dans les cheveux. Elle a l'air si jeune tout à coup. Puis elle me murmure :

– Tu sais, Antoine, j'ai cherché partout ce mot. Alors que mon père était étendu là, son sang et sa cervelle éclaboussés dans tous les coins de la cuisine, j'ai cherché ce mot en hurlant, en pleurant, en trem-

blant des pieds à la tête. J'ai regardé du sol au plafond, j'ai passé cette foutue baraque au peigne fin, le
jardin, le garage, en pensant à ma mère qui n'allait pas
tarder à rentrer de chez le notaire où elle travaillait.
Il fallait que je trouve ce mot avant qu'elle arrive.
Mais rien. Pas de mot d'adieu. Et ce « pourquoi »
monstrueux qui enflait et me hantait. Était-il malheu-
reux ? Que n'avions-nous pas vu ? Avions-nous été à
ce point aveugles, ma mère, ma sœur et moi ? Et si
j'avais remarqué quelque chose ? Et si j'étais rentrée
plus tôt de l'école ? Et si je n'avais pas été à l'école du
tout ? Se serait-il suicidé ? Ou serait-il encore en vie
aujourd'hui ?

Je vois où elle veut en venir. Elle poursuit, d'une
voix plus ferme, mais où je perçois encore la vibration
émouvante de la douleur.

– Mon père était un homme calme, réservé,
comme toi, bien plus taiseux que ma mère. Il s'appelait Michel. Je lui ressemble. Les yeux surtout. Il
ne semblait pas déprimé, il ne picolait pas, était en
bonne santé, sportif, il aimait lire – tous les livres
qui se trouvent chez moi sont à lui –, il avait beaucoup d'admiration pour Chateaubriand, Romain
Gary, il aimait la nature et la Vendée, la mer. Il avait
l'air d'un type tranquille, heureux. Le jour où je l'ai
trouvé mort, il portait son plus beau costume, un
costume gris qu'il ne mettait que pour les grandes
occasions, à Noël, au Nouvel An. Il portait aussi une
cravate et ses plus belles chaussures, des noires. Ce
n'était pas une tenue de tous les jours. Il travaillait
dans une librairie. Il s'habillait le plus souvent avec
des pantalons de velours et des pull-overs. Il était
assis à table quand il s'est tiré une balle dans la tête.

J'ai pensé que le mot était coincé sous son corps, puisqu'il était tombé en avant après le coup, mais je n'ai pas osé le toucher. J'avais peur des cadavres, à l'époque, pas comme maintenant. Mais quand on est venu enlever son corps, il n'y avait sous lui aucune note. Rien. Alors j'ai pensé que ce mot d'adieu arriverait au courrier, qu'il l'avait peut-être posté avant de se tuer, mais là non plus, rien. C'est seulement quand j'ai débuté dans mon métier et que j'ai eu mon premier suicidé que, de façon tout à fait inattendue, j'ai pu commencer à faire mon deuil. Mais c'était plus de dix ans après sa mort. Je reconnaissais mon angoisse et mon désespoir dans les familles des suicidés dont j'avais à m'occuper. J'écoutais leurs histoires, je partageais leur peine, parfois il m'arrivait de pleurer avec eux. Beaucoup m'ont raconté pourquoi leurs proches s'étaient suicidés, beaucoup savaient. Peine de cœur, maladie, désespoir, anxiété, peur, les raisons étaient diverses. Puis un jour, alors que je m'occupais du corps d'un homme de l'âge de mon père, qui s'était suicidé parce qu'il ne supportait plus la pression à son boulot, ça m'a frappé d'un coup. Cet homme était mort, comme mon père. Sa famille savait pourquoi il avait commis ce geste, la mienne non. Mais quelle différence cela faisait-il ? La mort était au bout, dans un cas comme dans l'autre. Il ne restait qu'un cadavre à embaumer, à mettre dans un cercueil et à enterrer. Quelques prières et le temps du deuil. Savoir ne me rendrait pas mon père et n'adoucirait pas le chagrin. Savoir ne rend jamais la mort plus facile.

Une petite larme tremble au bord de sa paupière. Je l'essuie avec mon pouce.

– Tu es une femme merveilleuse, Angèle Rouvatier.

– Pas d'eau de rose avec moi, s'il te plaît, me prévient-elle. Je déteste ça. Allons-y, il se fait tard.

Elle se lève et se dirige vers la Harley. Je la regarde mettre son casque, ses gants, et démarrer l'engin d'un coup de pied sec. Le soleil a baissé et il commence à faire froid.

Nous préparons tranquillement le dîner tous les deux, côte à côte. Une soupe de légumes (poireaux, carottes, pommes de terre), du citron, du thym du jardin, un poulet rôti avec du riz basmati, un crumble aux pommes. Et pour arroser le tout, une bouteille de chablis bien frais. La maison est chaleureuse, accueillante. Je commence à prendre conscience du bonheur que m'offre son calme, sa taille, sa simplicité bucolique. Je ne pensais pas qu'un citadin comme moi pourrait apprécier un décor si rustique. Serais-je capable de vivre ici avec Angèle ? De nos jours, avec les ordinateurs, Internet, les portables et le TGV, ce type de vie est envisageable. Je pense à ce que l'avenir me réserve. Rabagny est sur le point de me proposer un contrat lucratif sur un brevet issu du dôme de l'Esprit. Je vais bientôt retravailler pour lui et pour Parimbert, sur un projet très ambitieux, à l'échelle européenne, qui va faire rentrer pas mal d'argent. Rien ne m'empêche de bosser d'ici. C'est une question d'organisation.

Mais est-ce qu'Angèle veut de moi chez elle ? Je l'entends déjà. *Je ne suis pas du genre à me marier. Je ne suis pas très famille. Je ne suis pas jalouse.* Peut-être que le charme d'Angèle tient à ce que je sais que je ne la posséderai jamais. J'ai beau adorer faire l'amour avec elle, ce qu'elle apprécie apparemment, et l'émouvoir, parce que l'histoire de ma mère l'a bouleversée, elle ne voudra jamais vivre avec moi. Elle est comme le chat dans les *Histoires comme ça* de Kipling. Le chat qui allait son chemin tout seul.

Après le dîner, je me souviens subitement du DVD sur lequel a été transféré le film en super-huit. Comment ai-je pu l'oublier ? Il est dans le salon avec les photos et les lettres. Je cours le chercher et le tends à Angèle.

– Qu'est-ce que c'est ? demande-t-elle.

J'explique que c'est un film que l'associée de June, Donna Rogers, m'a envoyé de New York. Elle le met dans son ordinateur.

– Je crois qu'il vaut mieux que tu le regardes seul, murmure-t-elle en me caressant les cheveux, et avant même que je ne me décide, elle a déjà jeté son perfecto sur ses épaules et pris la direction du jardin.

Je m'assois devant l'écran et j'attends fébrilement. La première image qui apparaît montre le visage de ma mère en gros plan, dans la lumière du soleil. Ses paupières sont fermées comme si elle dormait, mais un léger sourire se dessine sur ses lèvres. Très lentement, elle ouvre les yeux, pose sa main devant pour se faire de l'ombre. Entre la joie et la douleur, je les admire, incrédule. Ils sont si verts, plus verts que ceux de Mélanie, doux, aimants, lumineux. Tellement charmants.

Je n'ai jamais vu de films avec ma mère. Et la voilà, sur l'écran de l'ordinateur d'Angèle, miraculeusement ressuscitée. Je peux à peine respirer, paralysé, entre euphorie et émotion. Des larmes incontrôlables coulent le long de mes joues que j'essuie immédiatement. Le film est d'une qualité étonnante. Moi qui

m'attendais à de pauvres images délavées et rayées…
À présent, elle marche sur la plage. Mon pouls s'accélère. C'est la plage des Dames, l'estacade, la tour
Plantier, les cabines en bois. Elle porte son drôle de
maillot de bain orange. Je ressens une étrange sensation. Je sais que je suis là, dans le coin, je fais un
château de sable, je l'appelle, mais June ne me filme
pas. Ce n'est pas moi qui l'intéresse. Le film passe
aux balises du Gois et je vois ma mère, de loin, frêle
silhouette marchant le long de la chaussée à marée
basse, un jour de vent et de grisaille. Elle porte un
pull blanc et un short, ses cheveux noirs flottent dans
le vent. Elle s'approche, les mains dans les poches,
avec son inoubliable démarche de danseuse, les pieds
légèrement tournés vers l'extérieur, le dos et le cou
bien droits. Si gracieuse, si aérienne. Elle marche là où
Angèle et moi avons roulé en moto cet après-midi, elle
marche vers l'île, vers la croix. Son visage est flou, puis
de plus en plus net. Elle sourit. Elle se met soudain
à courir vers la caméra, rit, relève une mèche qui lui
tombe devant les yeux. Son sourire est plein d'amour,
si plein d'amour. Puis elle place une de ses mains bron-
zées sur son cœur, y dépose un baiser et brandit sa
paume devant la caméra. Ce petit carré de peau rose
est la dernière image du film. La dernière image que
je vois d'elle.

Je clique pour redémarrer la lecture, hypnotisé par
les images de ma mère vivante, qui bouge, respire, sourit. Je ne saurais dire combien de fois je le visionne.
Encore et encore. Jusqu'à ce que je le connaisse par
cœur, jusqu'à avoir l'impression d'être là-bas avec
elle. Jusqu'à ce que je ne supporte plus de la voir tant
c'est douloureux. Mes yeux sont mouillés de larmes
et les images se brouillent. Ma mère me manque tant

que j'ai envie de m'étendre sur le sol pour pleurer. Ma mère n'a pas connu et ne connaîtra jamais mes enfants. Ma mère ne saura jamais quel homme je suis devenu. Moi, son fils. Un homme qui mène sa vie comme il peut, un homme qui tente de faire de son mieux. Quelque chose est libéré en moi et s'échappe. La douleur s'en va. Demeure à sa place une tristesse qui, je le sais, m'habitera toujours.

Je sors le DVD et je le replace dans sa pochette. La porte qui mène au jardin est entrouverte, je m'y glisse. L'air est frais et parfumé. Les étoiles scintillent. On entend un chien aboyer au loin. Angèle est assise sur un banc de pierre. Elle observe les étoiles.

– Tu veux m'en parler ? demande-t-elle.
– Non.
– Ça va ?
– Oui.

Elle s'appuie contre moi, je l'enlace et nous demeurons là, à respirer l'air frais et calme de la nuit, où résonnent les aboiements d'un chien, à contempler la voûte étoilée. Je pense à la dernière image, la paume de ma mère devant la caméra. Je pense à la Harley volant au-dessus du Gois. Au dos souple d'Angèle contre ma poitrine, à ses mains gantées tenant avec sûreté le large guidon. Et je me sens protégé, à l'abri, comme cet après-midi. Parce que je sais que cette femme, avec qui je vais passer ou non le restant de mes jours, qui peut me mettre dehors demain matin ou me garder à jamais, cette femme extraordinaire dont la mort est le quotidien vient de m'offrir le baiser de la vie.

Merci à :

Nicolas, pour son aide et sa patience.
Laure, Catherine et Julia, mes premières lectrices.
Abha, pour ses précieux conseils.
Erika et Catherine, qui m'ont aidée à imaginer Angèle.
Sarah, pour son œil de lynx.
Chantal, pour la rue Froidevaux.
Harold, pour son travail de Lutin.
Guillemette et Olivier, pour la découverte de Noirmoutier.
Mélanie et Antoine Rey, qui m'ont gentiment prêté leurs noms.
Héloïse et Gilles, pour m'avoir fait une nouvelle fois confiance.

Merci à :

À Nicolas, pour son aide et sa présence.
À Laure, Catherine et Jolia, mes premières lectrices.
À Alba, pour ses remarques constructives et avisées.
À Erika et Catherine, qui m'ont aidée à imaginer Angela.
À Sarah, pour qui est de tyan...
À Thierry, pour me rire ridevaux...
... pour son travail de Lunny...
À Guillen et Olivier, pour la découverte de Mont-
tremblant...
Mélanie et Antoine Roy, qui m'ont gentiment prêté leurs
noms.
Héloïse et Gilles, pour m'avoir fait une nouvelle fois
confiance.

Tatiana de Rosnay
dans Le Livre de Poche

Elle s'appelait Sarah   n° 31002

Paris, juillet 1942 : Sarah, une fillette de dix ans qui porte l'étoile jaune, est arrêtée avec ses parents par la police française, au milieu de la nuit. Paniquée, elle met son petit frère à l'abri en lui promettant de revenir le libérer dès que possible. Paris, mai 2002 : Julia Jarmond, une journaliste américaine mariée à un Français, doit couvrir la commémoration de la rafle du Vél d'Hiv. Soixante ans après, son chemin va croiser celui de Sarah, et sa vie changer à jamais. *Elle s'appelait Sarah*, c'est l'histoire de deux familles que lie un terrible secret ; c'est aussi l'évocation d'une des pages les plus sombres de l'Occupation. Un roman bouleversant sur la culpabilité et le devoir de mémoire qui connaît un succès international, avec des traductions dans vingt pays. *Elle s'appelait Sarah* a obtenu le prix Chronos 2008, catégorie Lycéens, vingt ans et plus.

Une Mercedes couleur moka renverse Malcolm, 14 ans, avant de disparaître en trombe… Un enfant dans le coma, une famille qui se déchire et une mère qui ne renoncera jamais à découvrir la vérité. Qui s'est enfui en laissant son enfant sur la route ? Pleine de suspense, cette intrigue savamment menée nous fait découvrir un émouvant portrait de femme, digne de Daphné Du Maurier. Un roman fort et captivant.